Playa Blanca

Linda van Rijn

Playa Blanca

Thriller

uitgeverij marmer

Hoofdstuk 1

'Dames en heren, over tien minuten zullen wij landen op de luchthaven van Arrecife. Wij verzoeken u vriendelijk uw stoelriemen vast te maken, uw tafeltje in te klappen en...'

De rest van het standaardpraatje van de stewardess ging langs Laura van Diemen heen toen ze door het kleine vliegtuigraampje naar buiten keek. Daar was nu alleen nog het diepe grijsblauw van de Atlantische Oceaan te zien, maar het kon niet lang meer duren voor het uitzicht zou veranderen.

'Eindelijk', hoorde ze haar vriendin Benthe van der Sluijs achter zich verzuchten. 'Ik ben niet goed in stilzitten.'

Haar andere vriendin Annemarie Ketelaar, die naast Benthe zat, grinnikte. 'Dat heb ik gemerkt.'

Laura wisselde een blik met haar vriend Ruben, naast haar op de middelste van de drie stoelen op de rij. Allebei moesten ze lachen. 'Als je in het woordenboek kijkt, staat mijn foto erbij', zei Benthe altijd als iemand vroeg of ze niet toevallig adhd had. Haar tomeloze energie was legendarisch.

'Zijn we er?' Naast Ruben keek Roxanne Wegener wat verdwaasd om zich heen. Ze was bij het opstijgen in slaap gevallen en werd nu knipperend wakker. Laura was niet verbaasd. Ooit was ze met Roxanne, die ze al kende sinds de middelbare school, op een interrail-trip door Europa gegaan. Waar Laura had genoten van het landschap dat urenlang aan de raampjes van de trein voorbij was getrokken, waren Roxannes ogen telkens dichtgezakt zodra de wielen van de trein zich in beweging zetten. 'Nog nooit zo lekker geslapen', had Roxanne achteraf lachend verkondigd.

'Ja', zei Laura als antwoord op Roxannes vraag. 'Nog een paar minuten. O, kijk!' Ze wees uit het raam. Ver onder hen verschenen nu de contouren van het Canarische eiland waarnaar ze op weg waren. Het bruin van het vulkanisch gesteente werd afgewisseld met het wit van de huizen in de hoofdstad. Het vliegtuig daalde. De oceaan leek van kleur te veranderen. Het grijs trok weg, het blauw werd feller.

'Tijd voor een duik', zei Roxanne verlangend toen ze zich half over Ruben en Laura heen boog om een glimp op te vangen van het uitzicht. 'Het water ziet er heerlijk uit.'

Laura knikte. Ze had zelf ook wel zin om te zwemmen in het zeewater dat er zo aantrekkelijk uitzag, maar eerst moesten ze nog met de bus naar het hotel, een rit van zo'n drie kwartier. Gelukkig hadden ze daarna voldoende tijd om te zwemmen, aangezien ze vroeg in de ochtend – te vroeg, had Ruben gekreund toen de wekker vannacht om drie uur ging – waren vertrokken. Laura was het op dat moment hartgrondig met haar vriend eens geweest, maar nu was ze blij dat het pas begin van de middag was. In gedachten zag ze zichzelf al op een ligbedje bij het zwembad liggen, lezend in de thriller die al maanden op haar nachtkastje lag en waarvan ze toch nog maar op pagina twintig was.

Het vliegtuig daalde verder. Roxanne ging weer rechtzitten. Laura voelde hoe de Boeing een scherpe bocht maakte. Even hingen ze zo schuin dat ze vreesde dat ze in een duikvlucht boven op de hoofdstad van Lanzarote terecht zouden komen, maar toen hing het vliegtuig ineens weer recht. Ze voelde in haar buik dat de daling sneller ging.

Laura zette zich schrap voor het moment dat de wielen de grond raakten. Ze was helemaal niet bang in het vliegtuig, maar die klap, gevolgd door het harde remmen, was niet haar favoriete onderdeel van de reis. Gelukkig zette de piloot het toestel keurig aan de grond en terwijl Laura door het remmen naar voren werd geduwd in haar gordel, hoorde ze achterin een groepje vakantiegangers klappen.

'Doen mensen dat nog?' klonk Benthes geamuseerde stem.

'Kennelijk', grinnikte Laura. 'De piloot zal het vast waarderen.'

'De automatische piloot, bedoel je', grijnsde Ruben. 'Piloten hoeven toch echt al een hele tijd niet meer handmatig te landen.'

'Hoe dan ook, we zijn er!' Laura keek weer uit het raampje. Het enige wat te zien was, was de startbaan die te midden van verdord gras lag, maar dat deed er niet toe. De zon scheen, terwijl ze vanochtend in druilerige miezer waren vertrokken. Nog een uurtje en dan wachtten er een heerlijke hotelkamer, drie zwembaden, de zee en – zo had ze gelezen op de website – maar liefst drie verschillende cocktailbars op haar. Terwijl het vliegtuig naar de gate taxiede, pakte Laura Rubens hand vast en kneep er even in. Ze wisselde een opgetogen blik met haar vriend. Acht dagen van ontspanning, lol en lekker eten wachtten op hen. Zelden had ze zoveel zin gehad in een vakantie.

'Lau, moet je kijken, we hebben zelfs een terras!' Ruben had de schuifpui van hun hotelkamer geopend en riep naar haar met opgetogen stem. Laura volgde hem naar buiten en keek bewonderend naar de grote buitenruimte, waar zelfs een fijne loungebank stond.

'Ik dacht dat we zo'n klein balkonnetje zouden hebben', zei ze. 'Maar dit is gewoon meer dan we thuis gewend zijn.'

Ruben lachte en knikte. Het klopte ook: hun Rotterdamse appartement had een balkon waar je met moeite een bistro-setje op kwijt kon. Met z'n tweeën was het prima, maar mochten ze ooit kinderen krijgen, dan wilde Laura toch op zoek naar een huis met een tuin.

'Zit nog lekker ook', deelde Ruben vanaf de bank mee. Hij klopte op de plek naast zich. Laura liet zich op het zachte kussen zakken en nestelde zich tegen hem aan. De middagzon viel op haar gezicht en genietend sloot ze haar ogen. Ze voelde de vermoeidheid door het vroege opstaan, maar tegelijkertijd gaf de zon haar energie. 'Kom mee', zei ze na een tijdje. 'Dan gaan we zwemmen.'

'Moeten we niet even de spullen uitpakken?'

'Als je liever hier op de kamer kleren in de kast gaat leggen dan dat je deze zonnige uurtjes in het zwembad doorbrengt, vind ik het prima', zei Laura, terwijl ze overeind kwam. 'Maar persoonlijk voel ik meer voor een frisse duik. Ik heb onze zwemspullen bovenop gelegd in de koffer.'

'Slim', zei Ruben, die ook overeind kwam, met een grijns. 'Als we het van mijn inpaktalent moesten hebben, zouden we het komende uur aan het zoeken zijn.'

Laura opende de koffer en haalde er een tasje met daarin hun zwemspullen uit. Vijf minuten later liepen ze naar het grootste van de vijf zwembaden, waar het vrij rustig was. Ze vonden twee ligbedjes in de zon en installeerden zich. 'Moet je kijken', zei Laura grinnikend en ze wees naar een bordje waarop stond dat het verboden was om stoelen te claimen door een handdoek neer te leggen. 'Dat zal een hoop ergernis schelen.'

'O ja, vreselijk.' Ruben trok een gezicht. 'Weet je nog vorig jaar in Griekenland?'

Laura knikte. Tijdens hun vakantie op Samos hadden ze in acht dagen tijd drie keer meegemaakt dat gasten bijna, of helemaal, met elkaar op de vuist gingen vanwege een al dan niet geclaimde ligstoel. Het was zo erg dat er zelfs een beveiliger van het hotel aan te pas had moeten komen.

'Volgens mij zijn er hier sowieso wel genoeg ligstoelen', zei Laura terwijl ze om zich heen keek. 'Ik heb niet de indruk dat het hotel helemaal vol zit.'

'Het hoogseizoen zit er ook al zo'n beetje op', zei Ruben. 'Eind september is het nooit erg druk op de Canarische Eilanden.'

'Vreemd eigenlijk.' Laura sloot haar ogen en draaide haar gezicht naar de zon. 'Terwijl het hier nog heerlijk weer is.' Op dat moment was het alsof er een wolk voor de zon schoof, want plotseling lag ze in de schaduw. Verwonderd opende ze haar ogen weer en knipperde even. 'Hé, Benthe!'

'Bezwaar als ik bij jullie kom liggen?' vroeg haar vriendin, die zich had omgekleed en nu een kleurige strandjurk en een grote, rieten hoed droeg. Over haar linkerschouder hing een gevlochten tas waaruit een handdoek stak.

'Nee, natuurlijk niet. Kom erbij.' Laura gebaarde naar het lege bedje rechts van haar. 'Ik denk dat de rest de koffers aan het uitpakken is, maar mij lijkt dat dat vanavond ook wel kan.'

'Ja, precies.' Benthe haalde de handdoek uit haar tas en spreidde die uit over het ligbed. Daarna begon ze zich in te smeren met zonnebrand die sterk naar kokos rook. 'Ik heb gelezen dat hier op het eiland een prachtig museum is', zei ze ondertussen. 'Het Museo Internacional in Arrecife. Er hangt werk van Picasso, Miró en Zóbel. Ik denk dat ik er morgen meteen naartoe ga.'

'Goed idee', zei Laura. 'Misschien ga ik wel mee. Ik weet niet zoveel over kunst als jij, maar ik ben dol op musea.'

'Vooral het werk van Miró is prachtig', vertelde Benthe. Haar ogen begonnen te glimmen toen ze over de kunstenaar sprak. Kunst was Benthes grote liefde en, gelukkig voor haar, sinds een paar jaar ook waar ze van leefde.

'Hoe hij speelt met vorm, en kleur.' Benthe zuchtte diep. 'Dat is zo ontzettend knap. Als ik maar tien procent van zijn talent zou hebben, zou ik al diep gelukkig zijn, maar dat heb ik helaas niet.'

'Je moet jezelf niet tekortdoen', zei Laura. 'Je hebt hartstikke veel talent. Bijna alle schilderijen van je expositie zijn al verkocht. En toen we daar waren, spatte ik bijna uit elkaar van trots over al het moois dat je hebt gemaakt.'

'Ach welnee.' Benthe stak afwerend haar handen op. Daarna vouwde ze ze met een klap samen voor haar borst. 'Ik zal mezelf natuurlijk nooit in één adem kunnen noemen met de grote meesters en dat hoeft ook helemaal niet. Waar het om gaat is dat je de emotie van de kunstenaar voelt in het werk en dat hij zonder het daadwerkelijk uit te drukken, precies kan overbrengen wat hij bedoelt. Dat is zo knap aan Miró, maar ook aan Picasso, want wat zij doen...'

'Ik ga zwemmen', zei Ruben abrupt en hij stond op. Het volgende moment dook hij met een sierlijke beweging het water in, pas tien meter verder kwam hij weer boven.

Benthe fronste, maar ging er niet op in. Laura keek even naar haar vriend en richtte haar aandacht toen weer op Benthe alsof er niets was gebeurd. 'Wat doen zij?' vroeg ze, maar haar vriendin was inmiddels gaan liggen.

'Laten we gewoon naar het museum gaan, dan zie je wat ik bedoel', zei ze. 'Misschien willen er nog wel meer mensen mee.'

Laura gaf geen antwoord. In plaats daarvan zei ze: 'Ik ga ook even zwemmen.'

Benthe humde alleen maar en Laura liep naar de rand. Ze liet zich voorzichtig in het water zakken. Even rilde ze, maar het koele water voelde aangenaam op haar door de zon verwarmde huid.

'Wat deed je nou?' vroeg ze toen ze Ruben had bereikt, die aan de andere kant van het bad ontspannen wat baantjes aan het trekken was. 'Waarom was je ineens weg?'

'O, niks.' Hij kneep zijn ogen samen. 'Ik had het warm.'

'Ik weet dat je haar overdreven vindt, maar ze bedoelt het niet slecht. Ze is gewoon erg enthousiast over kunst. En over... nou ja, over alles.'

Ruben trok een gezicht en ging er verder niet op in. Laura beet op haar onderlip.

Natuurlijk wist ze al langer dat wanneer Ruben mocht kiezen, hij niet meteen met Benthe op vakantie zou gaan. Haar vriendin en haar vriend vormden geen match in karakter – Benthe expressief en licht ontvlambaar, Ruben juist gelijkmatig en bedachtzaam – maar Laura gaf om hen allebei heel veel. En een vakantie met deze vriendengroep betekende gewoon een vakantie met Benthe, dat was vanaf het begin duidelijk geweest.

'Liefje, maak je niet druk', zei Ruben nu. 'Als dat drukke gedoe van Benthe tot oververhitting bij mij dreigt te leiden, is er gelukkig een zwembad dichtbij. Ik weet dat jij dol op haar bent en ik houd het echt wel uit hoor, die acht dagen.' Onder water voelde ze Rubens arm om haar middel. Hij trok haar natte lijf tegen dat van hem aan en gaf haar een kus op haar voorhoofd. 'Ga morgen lekker naar dat museum, schat. Als je het niet erg vindt dat ik dan op het strand ga liggen en van de stilte ga genieten.'

'Dank je wel', zei Laura en even liet ze haar hoofd op zijn schouder rusten. Niet voor het eerst prees ze zichzelf gelukkig met een vriend met zo'n makkelijk karakter. Ze wist dat als Ruben zei dat ze naar het museum moest gaan, hij dat ook meende. Hij was niet zo'n man die dan achteraf moeilijk ging doen of zich gepasseerd voelde. Het enige waar ze hem echt geïrriteerd mee zou krijgen, was van hem verwachten dat hij mee zou gaan.

Ergens begreep ze wel wat hij bedoelde. Hoewel ze zelf dol was op Benthe, zag ze ook wel dat haar vriendin bij vlagen uitermate druk en aanwezig was. Zelf was ze juist dol op de eigenschappen die Benthe kenmerkten. Toen ze elkaar hadden ontmoet, nu zes jaar geleden, waren het Benthes overduidelijke aanwezigheid, tomeloze energie en kenmerkende lach geweest die maakten dat Laura graag in haar buurt was. Benthe had het soort energie dat de ruimte vulde en bleef plakken aan iedereen die aanwezig was. Bruisend, zo had Laura haar weleens omschreven. En als Benthe in de buurt was, ging je als vanzelf zelf ook een beetje bruisen.

'Dat kwam gewoon doordat die yoga zo dodelijk saai was', had Benthe weleens lachend gezegd toen Laura haar die omschrijving had verteld. 'Iedereen met een hartslag had die zaal kunnen doen bruisen. Maar helaas was de rest van de groep al in slaap gevallen.'

Het was typisch Benthe om zo te overdrijven, al moest Laura toegeven dat de yogalerares van destijds niet bepaald het energiepeil in de groep had weten op te krikken. Het was Laura's eerste kennismaking met yoga – Annemarie had haar meegesleept – en ze dacht dat het zo hoorde, maar toen ze later ergens anders lessen was gaan volgen, had ze ontdekt dat ze zich na een les helemaal niet uitgeblust hoorde te voelen. Toch hadden ze achteraf nog veel lol gehad om de lerares en haar zalvende stem, die je, zoals Annemarie graag riep, ongetwijfeld van je slaapproblemen af kon helpen.

Laura geloofde eigenlijk niet zo in het lot, maar dat zij en Annemarie juist door die oersaaie yogalessen Benthe hadden ontmoet, kon toch ook niet helemaal toeval zijn. En dat terwijl Benthe zich voor andere lessen had ingeschreven en die eerste keer per ongeluk de verkeerde zaal van de yogaschool binnen was gelopen. Benthe, die er juist wel van overtuigd was dat toeval onzin was en dat het leven al lang en breed voor je was uitgestippeld, mocht graag beweren dat een onzichtbare kracht haar die avond naar de verkeerde deur had geleid. Laura moest daar altijd om lachen en hield het erop dat Benthes chaotische karakter hoogstwaarschijnlijk een grotere rol speelde. Hoe dan ook, die avond dat Annemarie en Laura hun eerste yogales hadden gevolgd, waren zij en Benthe bij elkaar in de groep terechtgekomen. Na afloop van de les, toen er voor iedereen komkommerwater klaarstond en een gemberdrankje dat Laura bijna had uitgespuugd omdat het in haar mond en keel brandde, waren ze aan de praat geraakt. Er was meteen een klik geweest en toen Laura vertelde dat ze een eigen koffiebar had, had Benthe beloofd snel langs te komen. Eerlijk gezegd zou het Laura niet hebben verbaasd als Benthe nooit was komen opdagen – ging het niet vaak zo met dat soort beloftes? Maar twee dagen later was ze in de zaak opgedoken en omdat het toen net even rustig was, had Laura cappuccino met haar gedronken. Vanaf dat moment was de vriendschap een feit geweest. Een paar weken later waren ze uit eten gegaan met Annemarie erbij en de keer daarop was Benthe aangeschoven toen Roxanne er ook was. Nu, zes jaar later, kon niemand zich meer voorstellen dat Benthe ooit géén onderdeel van de vriendengroep was geweest. Het was zo fijn om haar er als vriendin bij te hebben. Laura had met grote regelmaat spierpijn van het lachen gehad na een avond waarop Benthe haar meest recente liefdesveroveringen in geuren en kleuren had gedeeld. Benthe had een uitzonderlijk slechte smaak waar het mannen – en soms ook vrouwen – betrof en hoewel haar vriendinnen het einde van zo'n scharrel of beginnende relatie al lang zagen aankomen, bleef Benthe heilig geloven dat ze de ware had ontmoet. Als het dan weer op een of andere spectaculaire manier klapte, leverde dat uiteraard de mooiste verhalen op. Laura was dolgelukkig dat ze al zo lang een vaste relatie had en dat ze niet, zoals Benthe, de ene date aan de andere hoefde te rijgen, maar ze genoot met volle teugen van de avonturen van haar vriendin. Maar los van alle gekheid en de bizarre verhalen, was Benthe ook de vriendin die altijd net op het juiste moment wist te bellen. Vorige maand bijvoorbeeld, toen Laura door de stress bijna niet meer kon ademhalen en serieus had overwogen om met haar koffiezaak te stoppen. Gebrek aan personeel, toenemende concurrentie en een huurbaas die een absurde verhoging doorvoerde, hadden gemaakt dat ze amper nog sliep. Het laatste wat Laura wilde was om Laura's, zoals haar zaak simpelweg heette, te sluiten, nadat ze er al vier jaar met hart en ziel alles in had gestopt wat ze had. Inmiddels liep Laura's heel goed, had ze een paar personeelsleden in dienst en kon ze er prima van leven, maar het bleef hard werken. Laura was ambitieus genoeg om altijd weer nieuwe producten en acties te bedenken, zodat de zaak nooit leeg zou zijn. Dat ze daarvoor lange dagen maakte en dat het ten koste ging van de tijd voor haarzelf, dat was dan maar zo. Maar toen ze in één week twee opzeggingen van zaterdaghulpen had gekregen en de huur zo omhoog was gegaan, had ze er echt doorheen gezeten. Ruben was in zo'n geval een typische man: praktisch en oplossingsgericht. Terwijl Laura behoefte had gehad aan een luisterend oor en een arm om haar heen. Dat laatste had Benthe feilloos aangevoeld en tot vier keer toe was ze in de zaak opgedoken om Laura te steunen. 'Het zal mijn zesde zintuig wel zijn', had ze grappend gezegd toen Laura vroeg hoe ze wist dat ze haar nodig had. Maar eigenlijk was het geen grap.

Laura slaakte een geschrokken kreetje toen ze onder water voelde hoe haar benen werden vastgegrepen. Het volgende moment kwam Ruben boven, een grote grijns op zijn gezicht. 'Schrok je?'

'Nee hoor', beweerde Laura lachend. 'Hoe kom je erbij?'

'Ik ga het luchtbed opblazen', zei haar vriend. 'En dan met een cocktail in het zwembad ronddobberen. Ik denk dat ik daar de laatste tijd het meest naar heb uitgekeken.'

'Anders ik wel', knikte Laura. 'Als jij mijn luchtbed ook opblaast, haal ik de cocktails.'

Ruben beloofde het en hees zichzelf soepel uit het water. Laura keek naar hem toen hij over de kant terugliep naar hun stoelen. Al waren ze met vrienden op vakantie, ze vond het fijn om deze week ook weer eens echt tijd voor hem te hebben. Zijzelf was veel in de zaak te vinden, Ruben had als freelance IT'er een klus bij een succesvolle start-up aangenomen, die veel meer tijd in beslag nam dan vooraf was gepland. De afgelopen drie weken had ze hem amper gezien. Hij was vaak al weg als zij 's ochtends naar de zaak vertrok en tegen de tijd dat ze thuiskwam, zat hij nog steeds bij zijn opdrachtgever. Stoppen was een woord dat niet in Rubens woordenboek voorkwam, kiezen op elkaar en schouders eronder des te meer. Hij had zelfs gezegd dat hij de vakantie misschien maar moest laten schieten omdat de klus zoveel tegenslagen kende dat die nog lang niet geklaard was, maar gelukkig was hij daar zelf van teruggekomen. Allebei hadden ze juist behoefte aan even niet de hele dag werken, aan lange gesprekken voeren en aan een keer een boek lezen in plaats van een overvolle mailbox.

'Wil jij ook wat drinken?' vroeg Laura aan Benthe, toen ze bij de stoel haar pareo omsloeg om naar de bar te lopen. 'Ik ga cocktails halen.'

'Geweldig idee', zei Benthe terwijl ze overeind kwam om een duik te gaan nemen. 'Waarschijnlijk zouden we er na zo'n korte nacht beter aan doen om geen alcohol te drinken, maar ach, we zijn op vakantie. Dus doe mij maar een mojito.'

'Komt eraan', zei Laura lachend, maar Benthe hoorde het al niet meer omdat ze met een sierlijke duik in het zwembad was verdwenen. Laura liep naar de bar. Het all-inclusivebandje om haar pols maakte dat ze nog geen tien minuten later zonder te betalen met drie mojito's weer naar buiten liep. 'O, ik loop nog even terug', zei ze, toen ze zag dat Roxanne en haar vriend Sven inmiddels ook waren aangeschoven. 'Willen jullie ook?'

'Nee joh, ik haal zo zelf wel', zei Roxanne. 'Jij bent het hele jaar door al mensen aan het bedienen.'

'Ik doe het graag, hoor', verzekerde Laura haar, maar Roxanne schudde resoluut haar hoofd.

Ruben was nog bezig met het opblazen van de twee knalroze luchtbedden en Laura ging op haar ligbedje zitten. Ze zette Benthes cocktail op het tafeltje naast de stoel van haar vriendin. Benthe maakte een hummend geluid om haar dankbaarheid te betuigen en draaide daarna haar gezicht weer naar de zon, haar ogen gesloten.

'Hebben jullie al uitgepakt?' vroeg Roxanne, die op het lege ligbed naast dat van Sven had plaatsgenomen. Ze pakte haar dikke, donkere haar bijeen en bond het in een hoge paardenstaart.

Laura schudde haar hoofd. 'We hadden meer zin om te gaan zwemmen.'

'Wij ook.' Roxanne glimlachte. 'Of nou ja, ík. Sven wilde natuurlijk eerst alle kleding inruimen.' Ze trok een gezicht. 'Ze zeggen altijd dat mannen van die sloddervossen zijn, maar ik geloof dat ik echt een uitzondering te pakken heb. Gelukkig heb ik hem overgehaald het allemaal straks te doen, want ik snak naar een duik.'

Ze trok haar zomerjurkje over haar hoofd en deponeerde het in haar tas. Daarna pakte ze de zonnebrand. Laura keek met enige jaloezie naar Roxannes buik, waar haar getrainde buikspieren zich aftekenden. Misschien zou ze zelf ook eens wat meer moeten sporten.

'Bijkomend voordeel van mijn werk', zei Roxanne lachend toen Laura er een opmerking over maakte. 'Acht uur per dag sporten in de baas z'n tijd.'

'Nou, dan is er wel wat veranderd sinds de lessen van Van Zon vroeger', zei Laura, doelend op de gymdocent die ze op de middelbare school hadden gehad. 'Ik herinner me hem niet anders dan mank en met een buik die er niet echt uitzag alsof er dagelijks werd gesport.'

'O ja, Van Zon!' riep Roxanne lachend uit. 'Jeetje, ik heb in geen jaren aan die man gedacht. Zou hij nog leven?'

'Geen idee. Maar hij moet jouw grote inspirator zijn geweest.'

'O, zeker', grinnikte Roxanne. 'Ik wilde eigenlijk iets heel anders worden, maar na 4 havo, waar we een jaar lang les van hem hadden, ging ik om en wilde ik niets liever dan gymdocent zijn. Hoe hij in de ringen zweefde... magisch.'

'Ik snap het helemaal', lachte Laura. De beelden waar Roxanne op doelde, verschenen op haar netvlies alsof het gisteren was gebeurd en niet, zoals in werkelijkheid het geval was, achttien jaar geleden. De toen al bejaarde gymdocent die stram en stroef een oefening in de ringen voordeed, en de klas die vooral de adem leek in te houden en hoopte dat de man niet ongelukkig ten val zou komen. Of misschien wel, zodat ze voorlopig op dinsdagochtend het eerste uur vrij zouden hebben.

Roxanne had in dat jaar haar beslissing om zelf gymdocent te worden, allang genomen. Sinds Laura haar in de brugklas van de havo had leren kennen, zei ze al dat dat haar doel was en daar was ze nooit van afgeweken.

'Klaar!' riep Ruben triomfantelijk en hij hield een van de twee roze luchtbedden omhoog. 'Kom je?'

'Ach, wat lief van je, en ook nog precies in mijn lievelingskleur!' riep Sven, waarop ze allemaal moesten lachen.

'Ik ga even ultiem relaxen', zei Laura. 'Tot straks.' Ze stond op, pakte haar in een plastic glas geserveerde cocktail en duwde het luchtbed in het water. Daarna klom ze erop en ging voorzichtig liggen, zonder van de cocktail te morsen. Uiteindelijk peddelde ze naar een gedeelte van het zwembad waar niemand was en liet genietend haar hoofd tegen het kussentje rusten. Ruben was haar gevolgd en dobberde naast haar. Even raakte hij haar been aan en Laura glimlachte naar hem. De zon verwarmde haar huid, maar er leek nog een ander soort warmte te zijn. Een soort warmte die van binnenuit kwam en die haar nog meer leek te vullen dan de zon deed. Lieve vrienden om haar heen, haar vriend naast zich en een geweldige vakantie om naar uit te kijken. Ze wist niet waar ze het aan had verdiend, maar voor even, dobberend op haar luchtbed, voelde ze zich de gelukkigste vrouw op aarde.

HOOFDSTUK 2

'HET WAS ZO MOOI.' BENTHES STEM KLONK ZWIJMELEND, bijna alsof ze verliefd was. Wat, zo bedacht Laura toen ze naast Ruben plaatsnam op het terras, waarschijnlijk ook zo was. Benthe had het talent om letterlijk verliefd te worden op een kunstwerk en ieder detail ervan in zich op te nemen. Laura vond het knap hoe ze werken wist te doorgronden en ook altijd achtergrondinformatie kon oplepelen, die niet op de bordjes stond. Inmiddels tolde Laura's hoofd wel een beetje van het college kunstgeschiedenis dat ze die ochtend van haar vriendin had gekregen in het museum in Arrecife, maar ze kon niet anders dan Benthes conclusie volledig onderschrijven.

'Heel mooi', beaamde ze. 'En je had helemaal gelijk: het

werk van Miró is werkelijk prachtig.'

Laura had het prima gevonden om het bezoek aan het museum, dat ze gisteren op de eerste dag hadden besproken, later in de week te laten plaatsvinden, maar Benthe had meteen de koe bij de horens willen vatten. En dus waren ze die ochtend in de bus naar Arrecife gestapt. Met z'n tweeën, de rest ging liever zwemmen of, zoals Roxanne, sporten. Achteraf was Laura blij dat ze hadden afgesproken met z'n allen te lunchen bij een restaurantje in het dorp Playa Blanca, zodat ze rond halfeen Benthe langzaamaan kon losweken van de schilderijen. Zonder de lunchafspraak hadden ze waarschijnlijk tot sluitingstijd in het museum rondgelopen. Hoe mooi Laura de schilderijen ook vond, liever bracht ze vandaag ook nog wat tijd in de zon door.

'Ik heb je bikini meegenomen', zei Ruben. 'Ik dacht dat je wel zin had om straks in de zee te zwemmen.'

Laura grijnsde. 'Hoe raad je het zo?'

De ober kwam hun bestelling opnemen en ze besloten te gaan voor de halve menukaart aan tapas. Niet lang daarna stond de hele tafel vol schaaltjes met de lekkerste garnalen, olijven, calamares, kazen en empanada's. En de obers bleven maar heen en weer lopen met nog meer eten.

'Ik geloof dat ik voor de komende drie dagen vol zit', zei Laura, toen ze haar bord uiteindelijk van zich af schoof. Ze nam de laatste slok van haar sangria en voelde zich meer dan voldaan. Ze luisterde naar Sven die net bezig was aan een verhaal over een klant met een bizar eisenpakket. Hij was verkoopmanager bij een grote autohandel en de lastige klanten kwamen altijd op zijn bordje terecht, waar hij met de nodige humor over kon vertellen. Ook nu had hij al snel de lachers op zijn hand.

Laura keek intussen naar Annemarie, die aan de andere kant van de tafel zat, naast Roxanne. Ook zij grinnikte om het verhaal van Sven. Af en toe nipte ze van haar sangria. Dus toch alcohol, had Laura net onbewust geregistreerd, nadat ze had gezien dat Annemarie gisteren bij het avondeten – het eerste moment dat ze haar en haar vriend Alec weer had gezien sinds ze in het hotel waren aangekomen – helemaal niet dronk.

'Na een vliegreis is alcohol voor mij altijd een slecht idee', had Annemarie gezegd, toen Laura blijkbaar iets te opvallend naar haar waterglas had gekeken. 'Die lucht in de cabine droogt me zo uit en als ik dan ook nog wijn ga drinken, krijg ik hoofdpijn.'

Laura had geknikt en was er verder niet op ingegaan. Annemarie was haar natuurlijk helemaal geen verklaring schuldig waarom ze wel of niet dronk. Eigenlijk ergerde Laura zich aan zichzelf omdat ze erop lette. Nu ze zelf vierendertig was en nog geen moeder, wist ze als geen ander hoe vervelend het was dat er door haar omgeving te pas en te onpas op een zwangerschap werd gehint. Haar schoonmoeder was wat dat betreft de kampioen en tegenwoordig dronk Laura soms maar gewoon wijn om te bewijzen dat ze niet zwanger was, ook al had ze er niet eens echt zin in.

Zwanger zou ze voorlopig ook niet worden. Ze had wel een kinderwens, en Ruben ook, maar op dit moment paste een baby nog niet in hun leven. Nog een jaar of wat hard werken, zodat de zaak echt goed liep, en dan zou ze misschien iets rustiger aan kunnen doen. Het gaf niet, ze had de tijd en haar kinderwens was niet zo prangend dat die haar echt bezighield.

Maar van Annemarie had ze eigenlijk wel verwacht dat die jong moeder zou worden. Haar vriendin was dol op kinderen, en dat was wederzijds. Ze hoefde er niets voor te doen, kinderen kwamen altijd automatisch naar haar toe en gingen bij haar op schoot zitten. Gisteravond bij het buffet had Laura het ook weer gezien. Een kleuter die zijn moeder kwijt was, had zijn hand meteen in die van Annemarie gelegd en nadat ze zijn bordje voor hem had gevuld, waren ze samen zijn ouders gaan zoeken. Benthe had er een grappig bedoelde opmerking over gemaakt waar ze allemaal om hadden gelachen, al had Laura het moment ook wat ongemakkelijk gevonden. Ze wist dat Benthe nooit rechtstreeks naar Annemaries kinderwens zou vragen en de opmerking was ook niet zo bedoeld, maar Laura kon zich niet aan de indruk onttrekken dat kinderen krijgen bij Annemarie een gevoelig punt was.

'Dat komt wel', had haar vriendin een paar maanden geleden eens gezegd, toen het onderwerp losjes ter sprake was gekomen. Roxanne had net verteld dat Sven eigenlijk wel kinderen wilde maar dat ze het zelf spannend vond. 'Ik twijfel gewoon of ik het wel kan, voor een kind zorgen', had ze eerlijk gezegd. 'Ik vind het zo'n enorme verantwoordelijkheid.'

'Ik geloof dat je een geboren moeder bent', had Laura gezegd.

Annemarie had zich in het gesprek afzijdig gehouden. 'En jij dan', had Roxanne toen gevraagd, maar daar had ze duidelijk ontwijkend op gereageerd. Later had ze er nog aan toegevoegd dat Alec natuurlijk erg druk was in het ziekenhuis en hoewel ze het niet met zoveel woorden had gezegd, had Laura het idee dat de schoen daar wrong.

Terwijl ze haar glas toch nog maar een keer met sangria vulde, keek ze naar de vriend van Annemarie. Grappig genoeg herinnerde ze zich niet echt wanneer ze Sven voor het eerst had ontmoet, of andere geliefden van vriendinnen. Maar bij Alec wist ze het nog precies. Het was vijf jaar geleden en Annemarie gedroeg zich toen al een paar weken anders. Normaal gesproken was ze vaak de rustigste van de groep, bedaard, nadenkend voordat ze iets zei. Maar nu was ze aanwezig, praatte zo ongeveer aan één stuk door en leek geen moment stil te kunnen zitten.

'Wat is er met jou?' had Laura uiteindelijk lachend gevraagd. 'Ben je verliefd of zo?'

Daarmee had ze de spijker op z'n kop geslagen. Schoorvoetend gaf Annemarie toe dat ze iemand had ontmoet die haar in vuur en vlam zette, dat ze amper nog sliep en dat ze zich nog nooit zo had gevoeld. Laura had haar geknuffeld van blijdschap. Annemarie had tot dan toe niet erg veel geluk had in de liefde en Laura gunde haar niets liever dan gewoon een leuke man. Eentje zonder rugzak vol bagage of een iets te actief oog voor andere vrouwen, zoals in haar vorige twee relaties het geval was geweest. En dat was Alec, zo verzekerde Annemarie haar.

Alec was op dat moment hard op weg om internist te

worden. Na de opleiding tot basisarts was hij toen bezig met de specialisatie, die hij vorig jaar had afgerond. Hij was vrijwel altijd aan het werk en sloot niet vaak aan bij etentjes of feestjes, waardoor het twee maanden had geduurd voor Laura hem te zien kreeg. En niet in een restaurant of bij haar thuis, maar op de plek waar hij juist al zijn tijd doorbracht. Tijdens een middagje tennissen met Annemarie verstapte Laura zich, waarna haar enkel meteen drie keer zo dik werd als normaal. Omdat ze niet alleen de enkel maar ook haar tenen niet meer kon bewegen, waren ze toch maar even naar de huisarts gegaan, die haar naar de eerste hulp had doorgestuurd. En daar liep Alec rond, die als internist een patiënt op de spoed moest onderzoeken. De onverwachte ontmoeting had ongemakkelijk kunnen zijn, maar dat was totaal niet het geval geweest. Alec was geestig en voorkomend geweest en Laura had vooral gezien hoe verliefd Annemarie naar hem keek. Ook al had Laura te horen gekregen dat haar enkel zwaar gekneusd was en dat ze er zeker vier tot zes weken zoet mee zou zijn, die middag was ze met een opgetogen gevoel thuisgekomen. 'Ik gun het je zo', had ze tegen Annemarie gezegd en die was zo mogelijk nog meer gaan stralen.

'Of niet, Lau?'

De stem van Ruben haalde Laura uit haar gedachten. Toen ze Rubens blik op zich gericht zag, realiseerde ze zich pas dat ze in haar hoofd ver weg was geweest. 'Wat zei je?' vroeg ze, knipperend achter haar zonnebril. 'Sorry, ik was even afgeleid.'

'Wel meer dan afgeleid', grinnikte Benthe. 'Waar zat jij helemaal met je gedachten?'

'O, gewoon.' Laura glimlachte. Ze ontmoette even de blik van Alec. Ook al droeg ze een donkere bril en kon hij haar ogen niet zien, toch was het of hun ogen een moment lang aan elkaar bleven hangen. 'Bij ons allemaal', zei ze toen. 'Hoe bijzonder onze vriendschap eigenlijk is.'

'Nou, dat is zeker zo.' Benthe pakte haar glas en hield het omhoog. 'Laten we daarop proosten. Op vriendschap en op de duik in de zee die ik zo ga nemen!'

Lachend tikten ze met hun glazen tegen elkaar. De ober kwam de rekening brengen, die door Sven van tafel werd geplukt. Georganiseerd als hij was, had hij toegezegd om alle rekeningen die ze met z'n allen kregen, te betalen met zijn creditcard en het bedrag achteraf door zeven te splitten. Terwijl de rest opstond legde hij zijn Visa op tafel. Laura keek verlangend naar de zee, die er met elke minuut die verstreek aantrekkelijker uit ging zien. Na een uur op het warme terras kon ze de sensatie van het koele water al bijna op haar huid voelen.

Het was rustig op het strandje van Playa Blanca. Er was een gezin met een babytweeling neergestreken en iets verderop lag een stel te zonnen. Een meisje van een jaar of zestien probeerde staand op de rotsen aan de zijkant van het strand een selfie te maken tegen de zon in. Telkens keek ze afkeurend naar het resultaat en schoof haar hand dan weer in dezelfde bestudeerde nonchalante pose in haar haar voor een nieuwe poging.

Met haar badlaken onhandig om zich heen gedrapeerd

wrong Laura zich uit haar zomerjurk en in haar bikini. Daarna spreidde ze haar handdoek uit naast die van Ruben. Aan de andere kant naast haar deed Annemarie hetzelfde. 'Zullen we?' vroeg Laura aan Ruben en hij knikte.

'Wie er het eerst is!' riep Laura en ze zette een sprint in naar de waterlijn. Kinderachtig, maar gierend van de lach lieten ze zich in de golven vallen. Het water voelde net zo weldadig als het eruitzag. Laura dook kopje-onder in een golf en voelde het zout prikken op haar huid.

'Dit is de hemel', zei Alec, die naast haar ineens opdook uit het water, zo dichtbij dat Laura verschrikt naar achteren week. 'O, sorry.' Hij grinnikte. 'Liet ik je schrikken?'

'Welnee, behalve dan dat ik dacht dat er een dolfijn op drift was geraakt.' Laura lachte. 'Maar je hebt gelijk: het water is fantastisch.'

'Ik ben blij dat Annemarie me heeft overgehaald om mee te gaan', zei Alec, terwijl hij een straaltje water dat uit zijn donkere haar liep van zijn voorhoofd veegde.

Laura fronste. 'Moest je overgehaald worden dan?'

'Tja.' Alec staarde langs haar naar de horizon. 'Ik heb de neiging me nogal te verliezen in dingen. En dan heb ik nergens anders meer oog voor.'

'Je werk, bedoel je.'

'Ja, precies. In het ziekenhuis word je makkelijk meegesleept in de waan van iedere dag. Dat heb ik onderschat aan het werk als specialist. Dat stopt niet als je de veertig uur in een week hebt volgemaakt.'

Laura knikte een paar keer. Alec was eigenlijk nooit zo open over de mindere kanten van zijn werk. Meestal hoorde ze alleen maar hoe geweldig het was en hoe succesvol hij als internist was geworden. Of nou ja, dat laatste zei hij niet, dat had ze misschien vooral zelf geconcludeerd naar aanleiding van de verhalen van Annemarie.

'Ik kan me voorstellen dat je werk je hele leven bepaalt', knikte ze. 'En niet alleen jouw leven.'

'Nee.' Alec schudde zijn hoofd. 'Mijn baan heeft natuurlijk ook invloed op het leven van Annemarie.' Hij keek weer even voor zich uit. Toen kneep hij zijn ogen samen en rechtte zijn rug. 'Maar goed, genoeg geklaagd. We leven er ook goed van.'

'Nou, dat zeker', knikte Laura. Annemarie en Alec hadden onlangs een vrijstaand huis aan de rand van de stad gekocht. De tuin alleen was al groter dan Laura's hele appartement.

'Hé.' Annemarie was naast haar vriend opgedoken en keek van de een naar de ander. 'Wie gaat er mee baantjes trekken? Ik heb een keer gelezen dat zwemmen in de zee zo ongeveer de beste work-out is die er bestaat. Door de stroming moet je je spieren veel meer gebruiken om vooruit te komen en niet voortdurend af te drijven.'

Laura trok een rimpel in haar neus. 'Klinkt voor mij als een reden om dat vooral niet te doen', zei ze lachend. 'Ik heb vakantie, hè. En ik heb vanochtend al uren door het museum gelopen.'

'Ik doe wel met je mee', zei Ruben. 'Mijn eigen plan om vanochtend te gaan hardlopen, is helaas gestrand toen ik langs het zwembad liep en er een ligstoel naar me stond te lonken.'

Laura grinnikte en dook nog één keer onder water voor ze naar het strand liep. Daar liet ze zich op haar handdoek vallen en steunend op haar ellebogen staarde ze genietend naar de zee, die soms turquoise en dan weer donkerblauw in het zonlicht schitterde. Na een tijdje ging ze op haar rug liggen en voelde ze hoe haar ogen langzaam dichtzakten.

'Sorry, hebben jullie misschien een kurkentrekker te leen?' Een mannenstem die ze niet kende drong van ver weg door tot Laura's bewustzijn. 'O, het spijt me, ik had niet gezien dat je sliep. Laat maar, ik ga wel even...'

'Ben nu al wakker', mompelde Laura slaperig en ze opende één oog. Een man van een jaar of veertig torende boven haar uit. Ze draaide haar hoofd en zag zijn blote voet, niet ver van haar wang. Langzaam ging ze overeind zitten en ze zette haar verschoven zonnebril op haar neus.

'Hai', zei de man met een geamuseerd lachje. Hij streek zijn halflange, donkerblonde haar uit zijn gezicht. Hij droeg een donkergroene zwembroek met een print van driehoekjes en op zijn gebruinde borst was zorgvuldig getrimd borsthaar te zien. Om zijn nek had hij een ketting van een leren koordje met een haaientand eraan. 'Ik hoopte dat jullie misschien een kurkentrekker bij je hebben.'

Laura keek om zich heen. 'Ik niet, maar misschien een van mijn vrienden.' Ze reikte naar Rubens tas, maar vond daarin niet wat ze zocht. 'Roxanne?' riep ze toen naar haar vriendin, die voorbij de lege handdoeken van Sven en Benthe lag te slapen. 'Hebben wij een kurkentrekker?'

'Ja, hier.' Dat was Sven, die net kwam aanlopen, druipend van het zeewater. 'In mijn tas. Waar heb je hem voor nodig?'

'Voor mij. Hai, ik ben Mike.' De man stak zijn hand uit en schudde die van Sven. Daarna deed hij hetzelfde bij Laura. Zijn handdruk was stevig en hij keek haar geïnteresseerd aan toen ze haar naam noemde. Haar hand hield hij iets langer vast dan ze had verwacht, wat haar een moment lang ongemakkelijk maakte.

'Ook Nederlands dus?' vroeg Mike, hoewel dat aan alle kanten duidelijk was en hij haar in haar eigen taal had aangesproken. Laura wilde iets ad rems zeggen, maar ze knikte alleen maar.

'Zijn jullie hier op vakantie?'

'Gevonden', zei Sven en hij overhandigde Mike de gevraagde kurkentrekker. Met een grijns zei hij: 'Altijd handig voor onderweg.'

'Ja', zei Laura als antwoord op de eerdere vraag. 'We zijn hier een weekje, even nazomeren. En jullie?'

Mike gebaarde in de richting van zijn vriendin, die een eindje verderop op haar buik op haar handdoek lag en een boek las. Naast haar in het zand stond de ongeopende fles wijn waarvoor Mike op zijn missie was vertrokken. 'Mijn vriendin en ik brengen altijd een paar maanden per jaar in het buitenland door en dit jaar is dat Lanzarote. Meestal zijn we van augustus tot januari ergens te vinden waar het dan nog zonnig is.' Hij grijnsde een rij rechte tanden bloot. 'We zijn niet van die winterfans.'

'Wat heerlijk', zei Laura. 'Je hebt groot gelijk.'

Mike knikte een paar keer en hield de kurkentrekker omhoog. 'Nou, bedankt hiervoor. Ik breng hem zo terug.'

Hij liep weg en Laura keek naar de zee, waar Ruben net met Annemarie en Alec terugzwom in de richting van het strand. Benthe volgde hen.

'Zo, dat was lekker', zei Ruben toen hij druipend zijn handdoek bereikte. De druppels koud zeewater vielen op Laura's buik en ze huiverde even, maar op een goede manier.

'Bedankt voor het lenen', klonk weer de stem van Mike, toen hij de opener aan Sven overhandigde.

'O, lekker', zei Alec met een grijns. 'Wit of rood?'

Mike grinnikte. 'Rosé. Wil je? Hij is nog koud ook.'

'Nee joh, grapje.'

Mike stak zijn hand uit en stelde zich voor. 'Het aanbod staat', zei hij daarna. 'Ik heb een rosé van het eiland zelf, Vega de Yuco.'

Alec fronste. 'Is er wijnbouw op Lanzarote? Ik dacht dat hier bijna alleen rotsen en hotels waren.'

'Er is veel vulkanisch gesteente, maar er wordt zeker aan wijnbouw gedaan', zei Mike. 'En ik moet zeggen dat de kwaliteit behoorlijk goed is. De wijnen uit Lanzarote zijn alleen vaak niet bekend in Nederland, omdat er relatief kleine partijen worden geproduceerd en de meeste flessen aan hotels, restaurants en winkels op het eiland verkocht worden.'

'Wat is de druivensoort?' vroeg Alec en nu herinnerde Laura zich weer dat hij een tijdje geleden een wijncursus had gedaan. Al snel waren Mike en hij verwikkeld in een geanimeerd gesprek over wijn. Alec liep met Mike mee om toch maar wat van de rosé te proeven.

'Wat lees je?' vroeg Annemarie, die naast Laura was neergestreken. Laura keek naar het omslag van haar boek alsof ze daar zelf moest zien waarin ze ook alweer verdiept was.

'Een boek over meer uit je onderneming halen in minder tijd', zei ze met een schuin lachje. 'Ik heb ook nog een bloedspannende thriller in mijn koffer, maar deze lonkte dan toch weer het meest naar me.'

'Ik ben niet verbaasd', grijnsde Annemarie. 'Ik ken maar weinig vrouwen die zo ambitieus zijn als jij.'

Laura lachte en knikte en verdiepte zich weer in haar boek, maar om een of andere reden bleef de opmerking van Annemarie hangen. Natuurlijk was die goedbedoeld en ze begreep dan ook niet goed waar het vreemde gevoel vandaan kwam dat zich diep in haar begon te roeren. Ja, ze was ambitieus. Was daar iets mis mee?

'En jij?' vroeg ze aan Annemarie, omdat ze zich niet meer op haar boek kon concentreren.

'En ik wat?'

'Hoe is het op jouw werk?'

'O, prima.' Annemarie knipperde een paar keer. 'Een hoop veranderingen, maar dat is alleen maar goed. Waarschijnlijk gaat mijn manager weg en dan kan ik hoofd communicatie worden.'

'Wauw', zei Laura. 'Dat is goed nieuws, toch?'

Annemarie knikte. 'Zeker, maar ik vind het ook spannend. Ergens ben ik dan altijd bang dat ik het niet kan.'

‘Natuurlijk kan jij dat wel’, zei Laura, die Annemarie lang genoeg kende om te weten dat haar onzekerheid haar altijd in de weg zat. ‘Je bent begonnen als communicatie-medewerker en het was niet voor niets dat je na een jaar al teamleider was. Gelukkig werk je bij een organisatie waar ze jouw talent echt zien.’

Annemarie werkte al jaren op de communicatieafdeling van een grote zorginstelling. Laura wist dat ze zorgde dat ze altijd de meeste uren maakte van iedereen en nooit een mail langer dan een dag onbeantwoord liet.

‘Ik denk dat ze daar dolblij zijn als jij ja zegt op de functie van hoofd communicatie. Als je maar belooft dat je stevig over je salaris onderhandelt.’

‘Dat zei Alec ook al’, lachte Annemarie.

‘En daar heeft hij helemaal gelijk in. Jij verdient zo’n promotie en ik weet zeker dat je er een groot succes van gaat maken.’

Haar vriendin knikte een paar keer en dacht even na. ‘Kan jij niet mijn coach worden?’ vroeg ze gekscherend. ‘Zo’n peptalk kan ik af en toe wel gebruiken.’

‘Best een idee om mijn bedrijf uit te breiden’, grinnikte Laura. ‘Coffee & Coaching, het klinkt goed.’

‘Jongens, dit zijn Mike en Cynthia’, klonk op dat moment de stem van Alec. ‘En ze hebben geweldig lekkere rosé meegenomen, dus ik heb ze uitgenodigd om bij ons te komen zitten.’

Er klonk gelach uit de groep. Laura keek op en zag de man van de kurkentrekker samen met zijn vriendin, die een strooien hoed op haar hoofd had en een grote strandtas droeg. Haar rode bikini had ze deels bedekt met een pareo, maar die scheen zo door dat haar gebruinde huid en strakke buik goed te zien waren. Ze haalde haar zonnebril van haar neus en richtte haar lichtbruine ogen op Laura en Annemarie. 'Hai, ik ben Cynthia', zei ze en ze schudde hun de hand. Daarna deed ze hetzelfde bij de rest van de groep, waarna ze haar handdoek uitspreidde en in de buurt van Laura kwam liggen.

'Zijn jullie hier al lang?' vroeg ze.

'Pas twee dagen.' Laura keek naar Cynthia's huid, die een goudbruine tint had. 'Jullie al wat langer, begreep ik van je vriend.'

'We zijn hier nu bijna een maand en gaan pas in januari weer naar huis.'

'Werken jullie dan vanaf hier?' vroeg Annemarie.

Cynthia knikte. 'Mike en ik werken allebei als webdesigner en daarnaast schrijf ik ook teksten voor websites. We werken voor onszelf en we komen bijna nooit bij onze klanten op kantoor, dus we kunnen werken waar we maar willen. Vorig jaar hebben we een paar maanden op Bali gezeten, dat was ook geweldig.'

'O, wauw', zei Annemarie met iets dromerigs in haar stem. 'Dat klinkt als een droomleven.'

'Dat is het ook. Ik heb niets met het najaar in Nederland, als het donker en guur wordt.' Ze huiverde alleen al bij het idee. 'Zolang ik me kan herinneren, heb ik last van een herfstdip en in de winter wordt het nog erger.'

'In Nederland is het nu ook al slecht weer', zei Laura. 'Ik zag dat er zelfs code oranje is afgegeven voor een herfststorm vanavond. Raar eigenlijk dat ik daardoor de vakantie nog fijner vind.'

'Nee hoor, dat heb ik ook', zei Cynthia. 'De zon voelt altijd nog net wat lekkerder als je weet dat thuis de pannen van het dak waaien. Waar komen jullie eigenlijk vandaan?'

'Rotterdam', zei Laura. 'En jullie?'

'Wij hebben een appartement in Den Bosch, maar dat verhuren we als we op reis zijn.'

Annemarie hield haar hoofd schuin. 'Waarom gaan jullie eigenlijk in januari terug? Dat vind ik juist de ergste maand die er is. Ook al ben ik die maand jarig, ik kan echt niet wachten tot hij voorbij is.'

'O ja', knikte Laura. 'Januari lijkt ook altijd zesentachtig dagen te hebben.'

Cynthia knikte. 'Helemaal mee eens. Het liefst zou ik pas in maart teruggaan, maar Mike en ik zijn naast ons werk als webdesigner een ander bedrijfje gestart. We willen cursussen gaan geven en in de planning kwam het het beste uit als we daarmee in februari zouden beginnen. Omdat we ook nog wat voorbereidingstijd nodig hebben, moeten we half januari terug naar Nederland.'

'Wat voor cursussen?' vroeg Laura nieuwsgierig.

'O, gewoon...' Cynthia knipperde een paar keer. 'Misschien klinkt het een beetje zweverig, maar Mike en ik hebben ons wat meer verdiept in hoe je je leven anders kan inrichten, op basis van je eigen verlangens en niet zozeer op basis van hoe de maatschappij het van je verwacht. Als je echt leeft naar hoe je bent, kun je daar zoveel gelukkiger van worden. Snap je?'

Laura knikte half terwijl ze die woorden op zich liet inwerken. Maandenlang vanuit het buitenland werken was inderdaad niet iets wat iedereen deed. Maar zo revolutionair als Cynthia het deed klinken, was het in haar ogen ook weer niet.

'Maar hoe doe je dat dan?' vroeg Annemarie, waarop een monoloog van tien minuten volgde waarin Cynthia vertelde over het loslaten van angsten en belemmerende gedachten en keuzes die mensen alleen maar maakten omdat hun ouders dat verwachtten.

'Maar durven cursisten na jullie cursus dan wel los te laten?' vroeg Annemarie aan het einde van het verhaal. 'Daar ben ik wel benieuwd naar.'

'Dat hoop ik', lachte Cynthia. 'Het gaat er vooral om dat je een andere mindset krijgt, in je werk, in je vriendschappen en in je relaties. Als je de heersende normen durft los te laten, kan er zoveel moois groeien. Dat hebben Mike en ik al ervaren.'

'O ja?' vroeg Laura, nu toch ook wel nieuwsgierig. 'Op welke manier?'

'Nou ja…' Cynthia lachte. Er leek opeens iets van verlegenheid in die lach te zitten. 'Dat is een beetje een lang verhaal. Vertel ik misschien later wel. Ik ben nu eigenlijk wel nieuwsgierig naar wat jullie voor werk doen.'

'Ik ben communicatieadviseur bij een zorginstelling', zei Annemarie. Ze begon te vertellen waar haar werk uit bestond, terwijl Laura nog nadacht over die opmerking van Cynthia. Ergens had Laura de indruk dat het helemaal niet zo'n lang verhaal was, maar meer iets dat te persoonlijk was om te delen met mensen die je net een paar minuten kende. Ze vond het eigenlijk vervelend van zichzelf dat ze er nu zo nieuwsgierig naar was geworden.

'Ik heb een eigen koffiebar', vertelde ze, toen Annemarie was uitgepraat. 'Laura's, in het centrum van Rotterdam.'

'O, echt? Wat gaaf', reageerde Cynthia enthousiast. 'Dat lijkt me zo leuk. Je kan geen koffietent binnenlopen zonder relaxed te worden. Althans, dat geldt voor mij. Het moet geweldig zijn om zelf zoiets te runnen.'

'Dat is het ook', zei Laura. 'Al is het vaak zo dat de gasten relaxter zijn dan ik, want die ontspannen sfeer behouden is hard werken. Maar ik vind het heerlijk om eigen baas te zijn en al mijn ideeën kwijt te kunnen in mijn bedrijf.'

Ze praatten nog even verder over de bar en toen vroeg Laura: 'Waar verblijven jullie eigenlijk al die maanden? Vast niet in een hotel.'

'Nee, klopt', zei Cynthia. Ze streek een haarlok uit haar gezicht. Het viel Laura op dat de bovenste laag van haar haar lichter was dan het haar dat eronder zat. Dat zou het effect van de zon wel zijn.

'Het lijkt me heerlijk om elke dag verwend te worden met een ontbijtbuffet en een schoonmaakster voor de kamer, maar al die maanden in een hotel is wat al te gortig.' Cynthia gebaarde in de richting van de heuvel achter Playa Blanca. 'Mike en ik hebben een huis gehuurd buiten het dorp, tegen de heuvel aan. Het is echt geweldig, met een eigen zwembad en uitzicht op zee.'

'Klinkt fantastisch', zei Annemarie. 'Vooral dat uitzicht.'

'Dat is het ook. Ik kan uren op het terras zitten en alleen maar daarnaar kijken. Hoe het licht verandert als de zon zakt, hoe er boten aan de horizon voorbijtrekken. De zee heeft iets magisch, dat heb ik altijd al gevoeld.'

'Vooral dat licht, ja', zei Annemarie. 'Als het *golden hour* aanbreekt, dat is zo mooi.'

'Doe je iets met fotografie?' vroeg Cynthia. 'Golden hour is een term die je fotografen vaak hoort gebruiken.'

'Nou, niet professioneel hoor', zei Annemarie. Ze leek ineens wat gegeneerd. 'Maar het is wel mijn hobby. Sinds ik fotografeer, ben ik veel meer op het licht gaan letten. Dat verandert echt de hele dag van kleur en sterkte.'

'Je zou eigenlijk in de villa langs moeten komen', zei Cynthia. 'Het uitzicht is echt magisch, daar kan je met je camera vast wel wat mee. Hé.' Ze hief haar hand een beetje. 'Eigenlijk is dat wel een leuk idee. Mike en ik organiseren van de week een feestje voor vrienden die we hier hebben ontmoet. Als jullie zin hebben, zijn jullie van harte welkom.'

'O, wat leuk.' Laura keek Annemarie aan, een beetje overvallen door de uitnodiging. Haar vriendin knikte. 'Klinkt super. Ter ere waarvan is het?'

'Gewoon, het leven vieren. Dat kun je niet vaak genoeg doen, als je het mij vraagt.' Ze keek langs Laura en Annemarie naar de anderen. 'Jullie zijn hier met je vriendengroep toch? Uiteraard zijn jullie vrienden ook van harte welkom. Als je je nummer geeft, stuur ik je de dag en de plaats.' Ze pakte haar telefoon en Laura noemde haar telefoonnummer. Een paar seconden later hoorde ze al een ping uit haar tas komen, die aangaf dat ze het berichtje binnen had gekregen. Eerlijk gezegd vond ze het best snel voor een uitnodiging, ze kenden Cynthia nog maar net.

'Kijk eens, dames!' riep Sven op dat moment. Hij kwam aanlopen met drie doorzichtige plastic bekertjes met daarin een flinke laag rosé. 'Wijn van het eiland. De beste, heb ik me laten vertellen.'

'Ja, die is geweldig', knikte Cynthia terwijl ze haar beker aanpakte. Laura en Annemarie volgden haar voorbeeld. Laura nam een slokje en knikte goedkeurend.

'Ik ga zwemmen', kondigde Cynthia aan en ze plantte haar bekertje in het zand. 'Ik ben dol op het strand, maar na een halfuur in de zon smelt ik zo'n beetje weg. Ik ben zo terug.'

Ze kwam overeind en liep met stevige passen naar de zee. Laura keek haar na. 'Leuke vrouw', zei Annemarie.

'We hebben binnenkort een feestje.' Ruben kwam naast haar liggen. Zijn plastic bekertje bevatte nog maar een bodempje wijn. 'Mike heeft ons uitgenodigd bij hem thuis.'

'Hij ook al', zei Laura.

'Leuk, hè?' Dat was Benthe, die naast Ruben opdook en zich uitstrekte op de handdoek van Roxanne. 'Ik heb wel zin in een party en ik ben benieuwd naar die villa.'

Laura knikte, maar zei niets. Nu, met de wijn in hun hand en de zon op hun gezicht, klonk het als een goed idee. Maar ze kenden Mike en Cynthia echt nog maar net.

'Wat is er?' vroeg Ruben, die haar aarzeling opmerkte.

‘Heb je geen zin om te gaan?’

‘Jawel hoor, maar laten we morgen even kijken wat we doen. Misschien denken zij morgen wel: waarom hebben we die hele groep uitgenodigd? Je weet hoe die dingen gaan.’

‘Ja, dat is waar’, zei Ruben. ‘Weet je nog die verjaardag waarbij ik de halve kroeg had uitgenodigd?’

Hij diste een anekdote op over een middagje doorzakken op een terras en hoe hij daarna naar het verjaardagsfeest van zijn broer was gegaan met acht totaal onbekenden, die hij joviaal had overgehaald mee te gaan naar het feest. Met een paar drankjes achter zijn kiezen werd Ruben doorgaans iets te gastvrij.

‘Misschien heeft Mike dat probleem ook wel’, grinnikte Laura bij de herinnering. ‘Joh, Cynthia heeft mijn nummer, we kijken morgen wel even of ze erop terugkomt.’ Ze keek op haar horloge. ‘Zullen we zo teruggaan naar het hotel? Ik heb wel zin in een duik in het zwembad.’

‘Prima’, zei Ruben en ze begonnen de spullen in te pakken. Annemarie en Alec wilden mee, de rest besloot met Mike en Cynthia op het strand te blijven. Mike haalde een tweede fles wijn uit zijn koeltas.

‘Ik ben benieuwd wat ze nou bedoelde’, zei Laura toen ze in de taxi naar het hotel naast Annemarie op de achterbank zat.

‘Wat wie bedoelde?’

‘Cynthia. Ze zei dat er zoveel dingen veranderd waren, maar dat dat een lang verhaal was. Volgens mij wilde ze het gewoon niet vertellen.’

'Ik denk het ook', zei Annemarie schouderophalend. 'Misschien ook niet zo gek, ze kent ons niet eens.'

'Nee, dat is ook zo', zei Laura en ze keek uit het raampje van de taxi. Het was maar een klein stukje van het dorp naar het hotel. Aan de linkerkant van de weg passeerden diverse grote hotels, de ene entree nog mooier dan de andere. Rechts waren wit gestuukte huizen te zien en daarachter een vulkanische berg die groot en roestbruin uit het landschap oprees.

'Wat zei ze dan?' vroeg Alec, die naast Annemarie zat.

'O, niks.' Annemarie schudde haar hoofd. 'Dat zij en Mike cursussen geven over hoe je je leven anders kan inrichten en dat je daarvoor terug moet naar de basis. En toen vroegen we wat ze zelf dan had veranderd, maar daar ging ze niet echt op in.' Annemarie ging verzitten. 'Eerlijk gezegd vond ik het behoorlijk zweverig klinken, jij niet?'

'Ja, dat klopt wel. Maar goed, het is ook wel weer mooi als je de gebaande paden loslaat en vanuit je hart leeft, toch? Ik denk dat veel mensen op dat gebied nog wel iets kunnen leren.'

'O ja?' Alec leunde een beetje naar voren en keek haar aan. 'Leef jij niet vanuit je hart?'

Laura grinnikte een beetje om zijn intense blik. 'Als je er zo bij kijkt, zou ik bijna denken dat je zelf zo'n cursus geeft.'

Alec lachte ook. 'Nee, dank je. Ik ben eigenlijk wel gelukkig met het werk dat ik doe.'

'Ik ook', zei Annemarie, al had ze eerder echt geïnteresseerd geleken in wat Cynthia vertelde. 'Al ging het volgens Cynthia niet alleen over werk.'

Laura schudde haar hoofd. 'Wanneer zijn jullie ook alweer jarig? Misschien geef ik jullie allebei wel zo'n cursus cadeau.' Ze maakte een gekscherend geluid. 'Even weg van de gebaande paden en zo.'

'Doe dat', lachte Annemarie. 'Daarna herken je me vast niet meer terug.'

'Ja, ik ben ook wel benieuwd', grinnikte Alec. 'Maar voor nu blijf ik nog even op mijn eigen, gebaande pad, als je het niet erg vindt. Hopelijk leidt dat pad me rechtstreeks naar het zwembad.'

Laura moest ook lachen. 'Een klein omweggetje via die lekkere cocktailbar zou ik ook niet erg vinden', voegde ze eraan toe.

Hoofdstuk 3

DE OCHTENDZON VERSPREIDDE WITGOUDEN LICHT EN de lucht begon alweer op te warmen toen Laura het hekje opende dat van het hotel naar het wandelpad langs de oceaan leidde. Roxanne glipte naast haar door het hek en begon wat rek- en strekoefeningen te doen tegen het lage muurtje dat het pad van de rotsen scheidde. 'Wat is dit heerlijk!' riep Benthe energiek. 'Wie had ook alweer het fantastische idee om te gaan hardlopen?'

'Jij', zei Laura met een ietwat gekweld gezicht. 'En ik doe mee omdat meer lichaamsbeweging leidt tot meer geluk, althans, dat lees ik altijd in tijdschriften. En ik wil natuurlijk wel net zo vrolijk worden als jij.'

'Precies', zei Benthe opgewekt. 'Als je gaat hardlopen,

komen er allerlei stofjes vrij die je een geluksgevoel geven.'

Laura had moeite te bepalen of haar vriendin nu serieus was, maar ze liet het er verder maar bij. 'Wil je links of rechts?' vroeg ze in plaats daarvan.

'Wat?' vroeg Benthe, die haar blik over het water liet gaan.

'Wil je linksaf richting het dorp of rechtsaf richting de vuurtoren?'

'De vuurtoren', zei Benthe en ze zette de looppas in. Roxanne haalde haar soepel in en ging iets voor haar lopen. Laura kwam naast Benthe rennen en na een paar minuten vond ze haar ritme. In Nederland probeerde ze twee keer per week te gaan hardlopen na haar werk of als de koffiebar gesloten was. Het kwam er niet altijd van, maar ze had intussen toch wel wat conditie opgebouwd.

'Weet je nog dat ik vertelde over die meid die ik via de galerie had ontmoet?' vroeg Benthe.

Laura knikte. 'Die had gezegd dat ze toch maar niet op vrouwen viel?'

'Ja, zij.' Benthe grinnikte. 'Ze appte me vanochtend dat het uit is met haar vriend en dat ze graag wil afspreken.'

'Echt?' Laura keek even opzij. 'En nu?'

'Tja.' Benthe schudde haar hoofd. 'Ik weet het niet. Ik ben bang dat als ik ervoor ga, zij toch weer van gedachten verandert. Dat is me al zo vaak gebeurd.'

Laura liet haar blik over de oceaan gaan, die er vanochtend kalm bij lag. Het water glinsterde grijsblauw in het zonlicht. Ze dacht na over Benthes woorden. Toen Benthe nog alleen op mannen viel, was haar liefdesleven al voer voor een Netflix-serie geweest. En nu ze sinds een paar jaar er openlijk voor uitkwam dat ze ook op vrouwen viel, was het er niet eenvoudiger op geworden. Onlangs had ze een vrouw ontmoet op wie ze waanzinnig verliefd was geworden, en gelukkig voor haar leek dat gevoel wederzijds te zijn. Tot de vrouw in kwestie ineens met een al bestaande relatie met een man op de proppen kwam, plus de mededeling dat ze daarvoor wilde vechten. Laura had Benthe niet vaak met een echt gebroken hart gezien, maar dat was deze keer wel het geval geweest. En net nu Benthe daaroverheen was, meldde de dame zich kennelijk weer.

'Kom op!' riep Roxanne, die steeds verder voor hen uit rende. Ze gebruikte de stem waarvan Laura vermoedde dat ze die ook opzette in haar gymlessen. 'Een beetje aansluiten!'

'Wil je haar nog steeds?' vroeg Laura, terwijl ze het tempo iets verhoogde. De woorden kwamen haar mond uit in het ritme van haar ademhaling die nu sneller ging. Het was warmer dan ze had gedacht. 'Ik dacht dat je haar wel achter je had gelaten.'

Benthe maakt een geluid dat van alles kon betekenen. 'Ik ook', zei ze toen. Ze nam een slok water. 'Maar nu ze weer contact opneemt...' Ze veegde een druppeltje zweet van haar voorhoofd en keek opzij naar Laura. 'Het is ook niet zo dat de lovers verder voor het oprapen liggen. Althans, niet degenen met wie ik serieus iets wil opbouwen.'

'Nee', zei Laura hoofdschuddend, alsof ze dat probleem volkomen begreep. Benthe had gisteravond, toen ze na het eten samen thee hadden gedronken op een van de terrassen in het hotel, geheimzinnig gedaan met haar telefoon. Toen Laura ernaar had gevraagd, had ze gezegd dat ze in een ingewikkeld liefdesavontuur verzeild was geraakt en dat de persoon in kwestie al een relatie had. Verder had ze er niet zoveel over willen zeggen.

'Was je gisteravond met haar aan het appen?' vroeg Laura, nu het voorval haar weer te binnen schoot.

'Hm?'

'Toen we op het terras zaten.'

'O, dat... Nee.' Benthe schudde haar hoofd. 'Dat stelt niets voor.'

Ze renden een tijdje zwijgend naast elkaar verder. Roxanne was nu een eindje voorop geraakt en verlaagde af en toe haar tempo, maar het lukte Laura niet om aan te haken. 'Misschien moet ik het nog een kans geven', zei Benthe na een paar slokken water. 'Wat heb ik te verliezen?'

Je pas gelijmde hart, wilde Laura zeggen, maar ze deed het niet. In plaats daarvan opende ze haar mond om iets opbeurends te zeggen, maar Benthe was afgeleid. Roxanne was blijven staan en stond met twee mensen te praten. 'Hé, hallo', zei Benthe nu verrast. 'Nou, dat is toevallig, zeg.'

Laura moest even nadenken voor ze in het stel Mike en Cynthia herkende. Mike droeg alleen een grijze sportbroek en had zijn shirt uitgetrokken om het vervolgens aan zijn broek vast te knopen. Zweet parelde op zijn bovenlijf. Cynthia droeg een sportpakje dat zo felroze was, dat Laura blij was dat ze een zonnebril droeg. Het model was loeistrak, maar Cynthia had het figuur waarbij dat prima paste.

'Ook lekker aan het hardlopen?' vroeg Mike, hoewel het antwoord overduidelijk was.

Laura knikte. 'We hadden gehoord dat het zo'n mooie route is. En een beetje lichaamsbeweging kan ook geen kwaad.'

'Dat we jullie nou net tegenkomen', lachte Benthe. 'Wat toevallig.'

'Ja, al kom je hier wel iedereen tegen die in de wijde omtrek van Playa Blanca wil gaan hardlopen', zei Cynthia. 'Het alternatief is langs de weg of over de heuvel en dat is beide geen pretje. Daarom rijden Mike en ik elke ochtend naar het dorp om hier te gaan rennen. We gaan dan tot de vuurtoren en weer terug.'

'Elke ochtend?' Laura floot bewonderend.

'Ja, dat is een heerlijke manier om je dag te beginnen. En je went zo sneller aan de warmte.'

'Bovendien kunnen ook wij de lichaamsbeweging wel gebruiken', zei Mike met een grijns. 'Want het Spaanse leven met wijn en lekker eten bevalt ons prima.'

'Dat is waar', zei Cynthia. 'Wat gaan jullie verder doen vandaag?'

'O, gewoon.' Laura gebaarde in de richting van het water. 'Zwemmen, denk ik. Misschien nog even naar het dorp.'

'Weet je wat ook heel mooi is? Playas del Papagayo, dat zijn verschillende strandjes bij baaien tussen de rotsen. Wij gaan daar vaak in het weekend naartoe.'

'Klinkt goed', zei Laura. 'Bedankt voor de tip.'

'En als jullie zin hebben: de uitnodiging voor het feestje staat, hoor. Laat maar weten.'

'Ik wil wel', zei Benthe. 'Ik ben dol op een feestje.'

'Nou, leuk', zei Cynthia. 'Het adres heb ik al gestuurd.'

Laura knikte half en zei iets vaags en daarna hervatten ze hun looppas. 'Leuk', zei Benthe. 'Ik ben ook zo benieuwd naar dat huis. Ergens heeft het me wel aan het denken gezet.'

'Wat?'

'Hoe zij leven. Zo vrij, en niet gebonden aan één plaats. Ik kan dat ook doen, met mijn werk.'

'En je atelier dan?'

'Ik heb niet alles van wat daar staat elke dag nodig. Als ik een paar maanden naar het buitenland wil, kan ik een aantal dingen meenemen waarmee ik dan kan werken.' Benthe leek het al helemaal voor zich te zien. 'Wie weet vertrek ik ook wel naar Bali.'

Laura glimlachte. 'Je pakt het meteen groots aan.'

'Waarom niet?' Benthe had een paar seconden nodig om een slok water te nemen en haar ademhaling te hervinden voor ze antwoord kon geven. 'Ik vind het altijd mooi als mensen de gebaande paden verlaten. Daar vind je het avontuur, niet op het pad dat al door miljoenen mensen voor jou is platgewandeld.'

Daar dacht Laura even over na. 'Je hebt gelijk. En ergens vind ik het ook wel bij jou passen. Wie weet sla je ook zo'n type als Mike aan de haak.' Ze lachte. 'Of als Cynthia, natuurlijk.'

Benthe trok een gezicht. 'Haar vind ik wel aantrekkelijk, met dat stoere voorkomen en die vrije houding. Maar hem...'

Laura blikte opzij. Haar longen protesteerden en ze verlaagde haar tempo een beetje. 'Niet?'

'Nee joh. Om te beginnen hou ik al niet van mannen die altijd zonder shirt lopen.'

Laura grinnikte. 'Hij is wel gespierd.'

'Dat zal wel, maar ik val op mannen die goedgekleed zijn. Je zou het niet zeggen, maar ik vind een poloshirt echt aantrekkelijk, met een nette korte broek.'

Laura blikte opzij om te zien of haar vriendin een grapje maakte, maar Benthe hield haar blik naar voren gericht en leek serieus.

'Jij blijft me verbazen', zei Laura hoofdschuddend.

'Je hebt geen idee.' Grinnikend verhoogde Benthe haar tempo. 'Kom, wie het eerst bij de vuurtoren is!'

Er ging geen bus naar Playas del Papagayo, maar een taxichauffeur wiens gebrek aan zangtalent hem er niet van weerhield om hard mee te zingen met de radio, bracht hen erheen.

'Wat een goed idee om hiernaartoe te gaan', zei Roxanne, toen ze boven op een rots stonden en neerkeken op een van de baaitjes met blauw water, wit zand en het bountygevoel waarvan Laura niet had verwacht het op Lanzarote te vinden. 'Het is echt prachtig.'

Ze daalden af en installeerden zich op het strand. 'Wil je mijn rug insmeren?' vroeg Laura aan Ruben. Ze ging op haar buik liggen en genoot van zijn warme, stevige handen op haar huid.

'Klaar', verkondigde hij na een tijdje, veel langer dan hij technisch gezien voor haar rug nodig had gehad.

'Dank je.' Laura draaide zich om en gaf hem een kus. 'Even laten intrekken en dan ga ik zwemmen.'

'Ik ga alvast.' Ruben keek naar het water, dat er inderdaad aanlokkelijk uitzag. 'Tot zo.'

Hij liep weg, achter Sven en Roxanne aan. Ook Alec liep naar de waterlijn.

'Wil jij dit boek lezen?' Annemarie plofte naast haar neer. Ze gaf Laura een pocket met een foto van een landschap op de voorkant. In het midden stond een boom waarvan de bloemen veel uitbundiger bloeiden dan in de dorre omgeving gebruikelijk was.

'Ik heb er veel aan gehad', zei Annemarie. 'Het gaat over jezelf ontwikkelen op gevoel, dus in de richting die je echt wil en niet de richting die van je wordt verwacht.' Ze lachte een scheef glimlachje. 'Ik klink nu net als Cynthia, hè. Maar het is echt een goed boek.'

Laura keek verwonderd naar het boek. Vind je dat ik dat nodig heb, was de lollig bedoelde vraag die ze maar niet stelde. 'Klinkt interessant', zei ze in plaats daarvan. 'Ben je daar veel mee bezig?'

'Ach.' Annemarie haalde haar schouders op. 'Ik ben al vijfendertig, hè. Misschien wordt het tijd om over mijn leven te gaan nadenken.' Ze glimlachte erbij, maar Laura hoorde de serieuze ondertoon.

'Klopt, je bent stokoud', zei ze als grapje. 'Het wordt de

hoogste tijd.' Toen werd ze weer serieus. 'Heb je plannen om iets anders te gaan doen? Ik dacht dat je het erg naar je zin had op je werk.'

'Dat heb ik ook, maar soms denk ik wel na over wat ik wil. Ik ben communicatie gaan studeren omdat het een veilige keuze was en omdat ik zeker wist dat ik er goed in zou zijn. En altijd werk zou vinden.'

Laura hield haar hoofd schuin. 'Had je destijds eigenlijk iets anders willen gaan doen?'

'Niet per se, maar ik merk dat ik niet alles kwijt kan in mijn werk. Bijvoorbeeld de fotografie, waar ik me nu mee bezighoud. Soms vind ik mijn werk droog en saai en mis ik iets waarin ik mijn creativiteit kwijt kan. Iets anders dan een hobby.'

'Zou je verder willen in de fotografie?'

'Dat weet ik niet. Misschien wel, maar aan de andere kant durf ik zo'n stap natuurlijk nooit te nemen. Je weet hoeveel ik hou van zekerheid.' Ze grijnsde, maar haar ogen deden niet mee.

'Je hebt Alec ook nog', zei Laura. 'Als het allemaal niet uitpakt zoals je had gehoopt, hoef je heus niet meteen op een houtje te bijten.'

Annemarie gaf geen antwoord. Ze staarde naar de zee, waar Sven door Roxanne onder water werd geduwd en lachend weer bovenkwam. Alec en Ruben dobberden met hun armen wijd in het water.

'Ja', zei Annemarie, maar ze klonk niet erg overtuigd. 'Dat is zo.'

'Niet?' vroeg Laura.

'Jawel, maar ik vind het niet fijn om afhankelijk van hem te zijn. Ik wil voor mezelf kunnen zorgen. Dat zit er nu eenmaal in bij mij.'

Laura keek begrijpend. Met Annemaries achtergrond snapte ze wel wat haar vriendin bedoelde. Aan geld was in het gezin waar Annemarie was grootgebracht, altijd een groot gebrek geweest. Haar vader was er al voor Annemaries geboorte vandoor gegaan en ze was opgegroeid bij haar moeder en een stiefvader die op haar achtste ook weer vertrok en plaatsmaakte voor een andere stiefvader, die niet erg veel naar haar had omgekeken, laat staan dat hij financieel voor zijn nieuwe gezin had gezorgd. Laura wist dat Annemarie haar moeder nu ondersteunde door uit plichtsbesef zo nu en dan wat geld over te maken, maar van een warme band was geen sprake.

Het kwam door haar jeugd dat Annemarie er altijd op gebrand was geweest te ontsnappen aan de omgeving waarin ze was opgegroeid, letterlijk maar vooral ook figuurlijk. Ze had altijd hard gewerkt om zich eraan te ontworstelen en nog voor ze Alec leerde kennen, had ze al een prima inkomen gehad. En nu hij als specialist werkte, hadden ze met z'n tweeën op financieel gebied sowieso niets te klagen.

'Dat snap ik wel', zei Laura knikkend. 'Maar als het je belemmert om een sprong in het diepe te nemen, is het misschien prettig te weten dat hij een goede baan heeft.' En niet alleen een goede baan, maar dat zei ze niet, dat dacht ze alleen. Alec kwam uit een rijke familie, maar Laura wist dat Annemarie nooit op dat geld zou willen teren. 'Prima op afstand', zei ze over haar schoonouders, uiteraard alleen wanneer Alec het niet hoorde.

Annemarie knikte langzaam, ze leek afgeleid te zijn. 'Ja, daar zit wat in', zei ze, maar ze ging niet door op het onderwerp. Ook Laura liet het rusten. 'Dank je wel', zei ze, met het boek omhoog. 'Ik ben benieuwd.'

'Zullen we zwemmen?' vroeg Benthe. 'Ik weet niet hoe het met jullie zit, maar dat water ziet er best verleidelijk uit.'

'Die koelbox ook.' Dat was Alec, die uit het water was gekomen en naast Annemarie op een strandlaken ging zitten. 'Ik heb zo hard gezwommen, het leek wel een work-out.'

'Je hebt hooguit één teen bewogen', zei Benthe spottend. 'Noem je dat sporten? Je had Laura en mij vanochtend moeten zien.'

'Nou, zeg dat wel', zei Laura. 'Dat was pas een work-out. Ik vrees dat ik morgen spierpijn heb.'

'Ik dacht dat jij al goedgetraind was', zei Alec. Hij streek zijn korte, natte haar naar achter. 'Jij loopt toch meerdere keren per week hard?'

'Klopt', zei Laura. Ze fronste licht. 'Maar hier in de warmte is het toch anders, en het pad liep op sommige stukken omhoog.'

'Hoe dan ook, ik ga zwemmen', zei Benthe. 'Even een paar baantjes trekken.'

'Nou, vooruit', bromde Alec goedmoedig. 'Ik ga met je mee. Laat maar zien dan, hoe een echte work-out eruitziet.'

Benthe grinnikte en holde naar de waterlijn, Alec achter haar aan. Ze liet zich in het water vallen en begon te crawlen. Alec deed zijn best, maar hij hield haar niet bij, wat Laura bijzonder vermakelijk vond.

'Ik ga ook zwemmen', zei Annemarie en ze kwam overeind. Ze vroeg of Laura meeging, maar wachtte niet op het antwoord voor ze naar het water liep. Laura leunde op haar ellebogen en liet haar blik over de hoge rots achter haar gaan en daarna over het water, dat er helder en blauw bij afstak. Ze hoorde haar vrienden in de zee lachen, zag Ruben naar haar kijken en stak even haar hand op voor ze haar ogen sloot en genoot van de zon op haar huid.

Hoofdstuk 4

'WIL JE NOG WEG VANDAAG?' RUBEN KWAM DE HOTEL-kamer in gelopen, gehuld in alleen een handdoek. Hij rook fris van de douche en er vielen druppels uit zijn haar op zijn schouders. Laura lag lui op hun bed en scrolde door Facebook zonder echt iets te lezen.

'Nee hoor', zei ze. 'Ik vind het prima om in het hotel te blijven.'

Ruben keek op zijn telefoon en werd afgeleid door een berichtje dat hij kennelijk moest beantwoorden. 'Oké', pikte hij daarna de draad van het gesprek weer op. 'Ik vind het ook best. En vanavond is dat feestje van Mike en Cynthia.'

'O ja', zei Laura en ze keek op van haar telefoon. 'Wil je daarnaartoe?'

'Jawel, toch?' Ruben fronste. 'Jij niet?'

'Ik weet het niet.'

'Als er niets aan is, gaan we gewoon weer weg. Met een taxi zijn we zo weer terug in het hotel.'

'Dat is waar', zei Laura en ze draaide zich op haar zij. 'Ach, waarom ook niet. Ze zijn wel een beetje apart, maar het wordt vast gezellig.'

Ruben fronste. 'Hoezo apart?'

Laura bedacht dat ze het gesprek met Cynthia helemaal niet met hem had gedeeld. Ze aarzelde even, maar ging toen rechtop zitten en haalde kort haar schouders op. 'Niks, laat maar. Kom mee, dan gaan we ontbijten.'

In de ontbijtzaal troffen ze Sven en Roxanne en ze schoven aan aan hun tafel. De rest had al ontbeten of sliep nog, want ze lieten zich niet zien. Na het ontbijt zochten Laura en Ruben een plekje bij het zwembad en Laura verdiepte zich in haar boek. Toen ze weer opkeek, liep het tot haar verbazing al tegen twaalven.

De dag gleed voorbij en tegen negen uur 's avonds, na het eten, trok ze een kort, zwart jurkje aan, föhnde haar haar tot het golvend over haar schouders viel en bracht twee lagen mascara aan. Ze stiftte haar lippen, spoot een beetje parfum op, keek keurend in de spiegel en trok daarna sandalen met een flinke hak aan, waarvan ze bij het inpakken had getwijfeld of ze ze zou dragen.

'Je ziet er mooi uit', zei Ruben bewonderend. 'Zullen we gaan?'

Alec had een taxi voor hen allemaal geregeld, die vanuit het hotel de weg nam die wegleidde van het dorp, meer het binnenland in. Ze passeerden een paar bungalowparken met vrijwel allemaal het woord 'sol' in de naam, tot de huizen dunner gezaaid werden en de weg slingerend omhoog leidde. Laura keek uit het raam en zag de zee met daarvoor de boulevard aan hotels. De zon was al verdwenen en het licht was blauw en grijs. De oceaan strekte zich uit, in de verte was de punt van Fuerteventura te zien.

Na een tijdje vroeg Laura zich af of ze wel goed reden, omdat er nu bijna geen huizen meer waren. En net op dat moment stopte de taxi voor een witte muur en een hek van staal dat geen pottenkijkers toeliet. Er zat een bordje op de muur met huisnummer 12.

'Hier is prima', zei Alec, die voorin zat. Hij betaalde en nadat ze waren uitgestapt, drukte Benthe op de bel van de intercom.

'Moeten we hem niet even laten wachten?' lachte Laura nerveus toen de taxi keerde en wegreed. 'Straks is het niet het goede adres.'

Maar op dat moment klonk de stem van Mike door de intercom en schoof het hek langzaam open. Laura keek bewonderend naar de witgepleisterde villa en het korte pad van grote, ongelijkmatige keien dat ernaartoe leidde. In de voortuin stonden palmbomen en stekelige bosjes waarvan de bloemen roze bloeiden. Her en der hingen lichtsnoeren met gekleurde peertjes die zacht bewogen in de wind. Tussen de bloemen en planten stonden brandende fakkels.

Het huis was niet eens zo groot. De witte muren staken af tegen de terra dakpannen en de luiken voor de ramen. De overkapping bij de voordeur steunde op twee zuilen, die omzoomd waren met een donkergroene klimplant.

Vaag rook Laura de geur van wierook.

De voordeur stond open en vanuit het huis klonk de dreun van een bas. Achter hen gleed het hek open en een groepje van vier mannen stapte uit een auto. Ze praatten druk in het Spaans en liepen meteen door naar binnen.

'Zullen we?' vroeg Laura en ze gebaarde naar de voordeur.

Binnen was het warm en de geur van wierook was hier sterker. Er klonk muziek, maar het was niet de beat die Laura buiten had gehoord. Ze herkende een nummer van een rockband, maar kon niet op de naam komen.

'Welkom!' riep Mike, die hun tegemoetkwam. Hij had dit keer een shirt aan. Het lichtblauwe overhemd hing wel zo ver open dat de functie van de knoopjes onduidelijk was, en de mouwen waren opgerold. Zijn halflange haar droeg hij los en het baardje van een dag was nog steeds van één dag, zoals de vorige keren dat Laura hem had gezien. Laura begon te vermoeden dat het best wat werk was om zo'n nonchalant baardje te onderhouden. Toen hij haar omhelsde, rook ze iets kruidigs.

Vluchtig omhelsde hij de rest ook. 'De bar is in de keuken', riep hij daarna, wapperend met zijn hand. 'Het is selfservice, maar ik kan cocktails maken als jullie daar zin in hebben.'

Benthe was al onderweg en Laura liep achter haar aan. 'Wijn?' vroeg haar vriendin, die uit een grote schaal met ijs en wijnflessen een rosé had gepakt. Laura schudde haar hoofd en koos voor sangria, omdat ze van wijn zo snel dronken werd. Ze schonk zichzelf in uit een grote kan waar ijsblokjes en fruit in dreven. Zoet, stelde ze vast toen ze proefde, maar lekker.

'Hé, jullie zijn er!'

Laura's drankje golfde bijna over de rand toen Cynthia een arm om haar schouders sloeg en haar tegen zich aan trok. 'Wat leuk!'

'Zo'n aanbod kunnen we natuurlijk niet aan ons voorbij laten gaan', zei Laura met een glimlach. Ze beantwoordde de omhelzing en rook de geur van rozen en iets zoets dat op fruit leek. 'Wat een prachtig huis is dit.'

'Ja, hè?' Cynthia keek dromerig om zich heen alsof ze het huis voor het eerst zag. Het glas in haar hand was bijna leeg en haar ogen glansden. 'Het is geweldig hier. Wil je... O, je hebt al. Ik kan een mojito voor je maken?'

'Sangria is prima voor mij.'

'De dj is fantastisch. Hij is buiten, bij het zwembad. Het trapje af.'

Laura knikte, Cynthia liep verder in een soort zwevende pas, haar glas in de lucht. Laura liep naar buiten. Haar vrienden zag ze niet en ook Ruben was ineens verdwenen. De tuin leek wel een oase. Het was er groen, veel groener dan je in dit vulkaangebied zou verwachten. Er waren terrassen op verschillende hoogtes die met trappetjes waren verbonden. Her en der stonden palmbomen en grote terracotta potten met aloë-veraplanten.

Laura nam een slok van haar sangria en stelde tot haar verbazing vast dat haar glas al leeg was. Ze liep naar binnen en vond Benthe en Alec bij het drankenbuffet. 'Nu al leeg', zei ze met een schuin lachje en ze tilde haar glas op.

'Hier.' Benthe schonk de sangria in tot de rand. 'Ik ga dansen', kondigde ze daarna aan en Laura wilde haar volgen, maar Cynthia kwam weer voorbij en hield haar staande.

'Het kan anders', zei ze en Laura stelde vast dat ze heel erg dronken moest zijn, want er was weinig samenhang in haar woorden te ontdekken. 'Het kan altijd anders.'

'Zeker', knikte Laura. 'Maar het hoeft niet.'

Cynthia hield haar hoofd schuin en staarde Laura aan. Daarna begon ze te grinniken. 'Je bent grappig.'

'O, je moest eens weten.' Laura gebaarde naar buiten. 'Ik ga de dansvloer opzoeken. Volgens mij is dat de beste plek om te zijn op dit feestje.'

'Dat denk ik ook', zei Cynthia, maar ze kwam zelf niet in beweging. In plaats daarvan wees ze naar een groepje Spaanse mannen. 'Weet je dat we hen hebben ontmoet op het vaagste feest ooit? We gingen naar Arrecife, en meer herinner ik me niet. De volgende dag vond ik een telefoonnummer dat met stift op mijn arm was geschreven. Dus toen heb ik maar gebeld en 's avonds zaten we met z'n allen op een terras.'

'Oké', zei Laura. 'Bijzonder.'

'Maar ik weet dus niet hoe ik aan dat nummer kom.' Die gedachte leek Cynthia in het geheel niet te verontrusten. 'Mike dacht dat ik het met een van hen heb gedaan, maar ik weet echt niet met wie.'

Laura had net een slok sangria genomen en verslikte zich bijna. 'Wat?'

'Ja.' Cynthia grijnsde. Laura wist niet of het een grapje

was geweest. Cynthia leek nu niet dronken meer. 'Raar verhaal, ik weet het.'

Laura keek om zich heen. 'Hoe kennen jullie de andere mensen?' vroeg ze, om de aandacht van het ongemakkelijke onderwerp weg te leiden.

'O, dit zijn ook allemaal mensen die we hier hebben ontmoet', zei Cynthia. 'Sinds Mike en ik anders in het leven staan, trekken we zoveel bijzondere mensen aan. Dat is geweldig.'

'O ja?' vroeg Laura. Ze had zin om te dansen.

'Ja. Het gaat erom dat je open-minded bent.'

'Open-minded', herhaalde Laura.

'Mike en ik weten dat we verbonden zijn met elkaar en vanuit die verbinding kunnen we verder kijken, onszelf ontplooien.' Ze liet een stilte vallen. Laura wist niet of wat zij begreep ook was wat Cynthia bedoelde, al paste haar eerdere opmerking daar wel bij. 'Wij geloven niet dat één persoon een ander op de maximale manier kan verrijken. Er zijn zoveel andere connecties die je kunt aangaan, en waarom zou je jezelf belemmeren?'

Laura kneep haar ogen samen. 'Bedoel je dat jullie een open relatie hebben?'

'Als je het zo wil noemen', zei Cynthia en ze trok even met haar schouders. 'Ik denk dat de buitenwereld onze relatievorm inderdaad zo zou omschrijven. Maar voor ons gaat het verder dan dat.'

'Verder dan wat?'

'Verder dan het bed delen met anderen. We doen het niet om de seks, maar om de ervaring.'

'O.' Laura knikte een beetje, alsof ze het snapte. 'Oké.'

'Je moet het ervaren om het te begrijpen', zei Cynthia. Haar stem klonk neutraal, maar met haar vingers raakte ze even Laura's arm aan. 'Ik wil je best helpen als je dat zou willen. Als ik naar jou en Ruben kijk, dan...'

Ze maakte haar zin niet af. Laura vroeg niet naar het vervolg.

'Hoe dan ook.' Cynthia haalde haar schouders op en keek Laura opgewekt aan. 'Leuk dat jullie er zijn, maar dat had ik al gezegd. Ga lekker dansen en genieten en verwonder je over het bonte gezelschap, want dat doe ik ook.'

Dat laatste was niet zo moeilijk, dacht Laura. Ze voelde opluchting toen Cynthia verder liep, het gesprek had haar een ongemakkelijk gevoel bezorgd. Om haar zinnen te verzetten liep ze naar de dansvloer. Daar was inmiddels bijna geen ruimte meer over. Ze zag Benthe en Roxanne en Sven. Annemarie danste met Mike, Alec keek toe van een afstandje en leek het niet erg te vinden dat zijn vriendin lol had met een andere man. Laura dacht weer aan de woorden van Cynthia. Het was misschien maar goed dat Alec op dat gebied van niets wist. Hij was niet erg jaloers aangelegd, wist ze van Annemarie, maar dan nog.

Ze verplaatste haar blik en zag Ruben dansen met een vrouw die ze niet kende. De beat bonkte en haast automatisch begon ze te bewegen. Vrijwel meteen voelde ze Rubens handen op haar taille en zijn lippen in haar nek. 'Daar ben je', zei hij in haar oor. 'Ik miste je al.' Het volgende moment zette de dj een ander nummer op en uit de dansende groep steeg gejoel op. Laura gooide haar handen in de lucht, bewoog haar heupen en liet zich meevoeren door de dreunende beat.

De uren gleden voorbij en in haar sandalen voelde Laura haar voeten protesteren, maar ze genoot van het dansen en wilde niet stoppen. Niemand trouwens, Laura schatte dat er zo'n vijftig mensen op het feest waren en die stonden allemaal op de dansvloer. De drank had de heupen losser gemaakt en voor sommige mensen gold dat hun voeten niet helemaal deden wat hun hoofd wilde, want tot hilariteit van iedereen waren er al drie mensen per ongeluk in het zwembad beland. Zij klommen er weer uit en dansten verder, met nat pak en al. Laura bedacht dat ze nog nooit op een feest als dit was geweest.

Ze had een glas in haar handen en hield het omhoog alsof ze proostte. Ze nam een slok en toen nog eentje en liet de zoete sangria even rondgaan in haar mond. Links en rechts van haar waren lichamen, iedereen bewoog in hetzelfde ritme. Ze keek omhoog, waar de lucht diepdonkerblauw was en de sterren fonkelden. Ze zag een vallende ster en toen nog eentje en toen ze voor zich uit keek, realiseerde ze zich dat het geen vallende sterren waren maar dat als ze haar ogen bewoog, het licht ineens strepen had. Ze fronste bij de vreemde gewaarwording. Opnieuw nam ze een slok, maar de zoetheid had plaatsgemaakt voor iets wrangs.

'Is er iets?' Cynthia dook voor haar op met Benthe vlak naast zich. 'Je kijkt alsof je iets vies hebt geproefd.'

'Ik weet het niet.' Laura knipperde om de rare strepen

kwijt te raken, maar het hielp niet. 'Er is iets...' Ze stak Cynthia haar drankje toe. 'Proef jij eens. Is er iets raars aan deze sangria?'

Cynthia pakte het glas aan en zette het aan haar lippen. Ze nam een ferme slok en toen nog eentje en schudde haar hoofd. 'Nee hoor, juist lekker. Hier.' Ze gaf Laura het glas terug, maar die schudde haar hoofd. 'Ik heb geloof ik wel even genoeg gehad.'

'O.' Cynthia fronste en haalde kort haar schouders op en dronk toen ook het laatste restje sangria. 'We gaan weer dansen!' riep ze en stortte zich opnieuw tussen de dansende mensen, op de voet gevolgd door Benthe. Laura volgde haar voorbeeld, maar de vreemde strepen verdwenen niet. Na een tijdje voelde ze zich duizelig worden en haar mond was droog. Misschien kon ze beter even wat water drinken.

Door de dansende lijven probeerde ze zich een weg te banen naar de rand van de dansvloer.

'Alles oké?' vroeg Ruben, die ze passeerde, en Laura knikte. 'Even wat drinken halen.'

'Zal ik het voor je doen?'

Laura schudde haar hoofd en schoof verder. Een man danste ineens heel dicht tegen haar aan, ze voelde iets hards tegen haar heup. Geschrokken keek ze om. 'Sorry', zei de man vrolijk, niet in het minst uit het veld geslagen.

De volgende die ze tegenkwam was Benthe, die nu dicht bij Cynthia stond. Laura wilde iets tegen haar vriendin zeggen, maar bedacht zich toen ze zag dat Cynthia zich vooroverboog en met haar mond dicht bij Benthes oor kwam. Benthe op haar beurt lachte. Haar ogen hadden een speciale blik en het volgende moment zag Laura haar vingers over de blote rug van Cynthia gaan. Laura deed een stapje naar achteren. Ze dacht vluchtig aan het gesprek dat ze eerder die avond met Cynthia had gevoerd en er speelde een glimlachje om haar lippen. Eigenlijk was het een geweldige match.

De dj zette een bekend nummer op dat Laura al zeker drie keer voorbij had horen komen, maar het miste opnieuw zijn uitwerking niet. Met de beat versnelde ook het tempo van de dansende menigte en ze werd platgedrukt tussen twee of drie mensen. De onverwachte beweging deed haar wankelen en bijna verloor ze haar evenwicht, tot een sterke hand haar bij haar arm greep. Ze verdraaide haar knie en voelde ook pijn in haar rug, maar bleef overeind. Ze mompelde een bedankje voor ze de rand van de dansvloer bereikte en het trapje op liep, richting het huis. Pas nu ze stopte met alcohol, voelde ze zich vreemd genoeg meer dronken dan de hele avond het geval was geweest.

Haar hand trilde toen ze het bodempje water dat ze in een plastic fles vond, in een glas schonk waarvan ze hoopte dat het schoon was. Er golfde wat vloeistof over de rand, ze kreeg haar hand niet stil.

Tequila, schoot het door haar heen. Dat was zo'n drank waarvan je altijd te veel dronk zonder iets te merken en dan ineens nam de alcohol in één klap bezit van je. Het voelde alsof ze de hele avond tequila had gedronken, maar in werkelijkheid had ze er geen glas van genomen.

Ook de tweede poging om het water in het glas te laten belanden, strandde op een golfje op de vloer en uiteindelijk dronk ze wat er wel in het glas zat, maar dat was niet veel. Tussen de lege en omgevallen drankflessen zocht ze een nieuwe waterfles, maar ze vond niets. Haar hartslag versnelde en een vreemde angst ging door haar heen. De alcohol leek een golf die haar overspoelde. Ze had echt water nodig.

De koelkast. Laura draaide zich om. Met een beangstigende snelheid begon de keuken te golven en ze moest zich vasthouden aan de tafel die als drankenbuffet diende. Het duurde een paar seconden – of langer, de tijd leek op een vreemde manier te vervagen – voor ze opnieuw kon bewegen. Deze keer bereikte ze de koelkast wel.

Geen water.

Cola dan maar, besloot ze, en ze pakte een blikje. Na enig prutsen kreeg ze het open en ze goot de zoete drank naar binnen alsof ze uitgedroogd was. Ze pakte een tweede blikje en dronk ook dat helemaal leeg en toen merkte ze dat ze niet alleen was.

'Gaat het?' vroeg Mike, die van een afstandje naar haar keek. Haar observeerde, dat was een beter woord. Laura keek ongemakkelijk naar het blikje in haar hand. 'Sorry', zei ze, al wist ze niet echt waarvoor. 'Ik zocht water.'

Mike wuifde haar excuus weg en pakte een fles die recht voor hem op het drankenbuffet stond. 'Water staat hier. Wacht, ik help je.' Hij schonk een glas in. Laura nam een paar slokken, maar de cola had de dorst al gelest.

'Dank je wel', zei ze.

'Gaat het echt wel?' vroeg Mike opnieuw. Hij hield zijn hoofd schuin en keek haar geringschattend aan. 'Wil je anders even gaan zitten?'

'Nee hoor, nee.' Laura trok met haar mond en hoopte dat die een glimlach vormde. Ze wilde best zitten, maar ze wilde niet laten merken hoe wiebelig ze zich voelde. Dronkenschap was een gênante vertoning die ze liever voor zichzelf hield zolang ze nog het gevoel had dat ze zichzelf misschien wel in de hand kon houden. 'Ik kom zo weer dansen.'

'Oké', zei Mike. Hij kneep zijn ogen samen en het leek alsof hij nog iets wilde zeggen, maar toen liep hij door naar buiten. In haar maag voelde Laura de cola borrelen.

Zitten, ja, dat was toch wel een goed idee. Het was of met Mike ook het laatste restje controle over haar lichaam was verdwenen en ze zwalkte naar de woonkamer, waar een bank stond die Laura pas bereikte nadat ze vier keer haar scheenbeen op dezelfde plek tegen de tafel had gestoten. Ze ging zitten en toen liggen en kwam met een ruk weer overeind, omdat het golven in haar maag zo erg werd dat ze ervan overtuigd was dat ze wagenziek was geworden op een stilstaande bank.

Met moeite werkte ze zich weer omhoog op haar benen. Staan was beter. Lopen ook. De cola zou zo wel werken. De cafeïne zou haar helderder maken, een gevoel waar ze intens naar verlangde nu haar hoofd zo vreemd deed. Ze liep de woonkamer weer uit, de hal in, naar buiten via de voordeur. De buitenlucht was fris en dun, maar veranderde niets aan de groeiende prop watten in haar hoofd.

Wat had ze in vredesnaam gedronken?

Meer water, misschien zou dat helpen. Het was een gedachte die opkwam en die vrijwel meteen sneuvelde in de watten. Ze wilde haar voeten wel in beweging zetten, maar het lukte niet meer. Ze deed haar mond open zonder duidelijk doel. Praten, ja, maar tegen wie? Schreeuwen, misschien. Maar niemand zou haar horen en bovendien lukte het haar toch niet om geluid te maken. Alcohol was een gemene killer, dat wist ze, maar alcohol was ook voorspelbaar. Alcohol sloop langzaam door je heen, bouwde zich op en misschien was de piek hoger dan verwacht – en steiler, zoals met tequila – maar daarna nam die af en bleef een katerig gevoel over. Nu leek het alsof ze in een op hol geslagen lift naar die piek zat, een piek die zich telkens omhoog leek te verplaatsen en die elke keer buiten bereik lag. Haar knieën voelden slap, als spaghetti die gekookt werd.

Ze moest weer in beweging komen. Iemand vinden, het liefst Ruben. Hij had haar zo vaak dronken gezien – al was dat zelden zo erg als dit geweest – en zou weten wat hij moest doen. Terug naar het hotel, koffie misschien. Slapen.

Laura wist niet of ze naar binnen liep of strompelde of kroop, ze wist alleen dat ze op een zeker moment de drempel van de voordeur weer passeerde. 'Ruben', zei ze schor, ze wist niet eens of het verstaanbaar was. 'Ru...' Het lukte niet meer om de rest van zijn naam te vormen. Haar keel voelde als schuurpapier en haar tong lag als een nutteloze lap veel te groot in haar mond. Ze knipperde, maar kreeg haar zicht niet helder. Vaag voelde ze paniek. Iemand moest haar nu echt helpen, omdat ze de golven niet te boven kwam en alles langzaam in een kolkende duisternis verdween.

Die geur van wierook binnen, die knalde nu haar neus binnen. Haar zintuigen hadden geen filters meer en waren tegelijkertijd afgesneden van de wereld, wat een hoogst bizarre ervaring was. Zou het zo voelen om drugs te gebruiken? Laura wist het niet, ze had het nooit gedaan.

Ze passeerde een man die ze niet kende. Of wel, ze wist het eigenlijk niet meer. Alles was vaag en bewegingen trokken een spoor, alsof haar hersenen niet snel genoeg konden verwerken wat haar ogen registreerden. Ze klampte de figuur aan, zijn huid voelde warm en zweterig of misschien waren dat haar eigen handen wel. 'Ik wil weg', zei ze, maar ze hoorde de woorden traag en kleverig uit haar mond komen, misschien wel onverstaanbaar.

'Dan ga je', zei de man en hij schudde haar af.

Ja, dacht Laura, en ze knikte een paar keer, waardoor de wereld nog meer golfde dan hij al deed. Dan ga je. Dat zou ze doen. Gaan.

Maar hoe?

Ze moest Ruben vinden, dat móést. Hij was hier ergens. Haar veilige haven. Hij zou haar meenemen naar het hotel en als een klein kind instoppen in bed. Hij zou haar morgenochtend geamuseerd vragen of ze misschien niet wat eerder op de rem had moeten trappen en dan zou ze beschaamd toegeven dat dat inderdaad wel een beter idee was geweest, om zich vervolgens op een katerontbijt te storten. Ineens verlangde ze daar intens naar. Niet naar het ontbijt, maar naar dat het achter de rug was, dat het golven zou stoppen en dat dit alles niet meer zou zijn dan een herinnering waar ze met enige gêne aan terugdacht.

Bellen. Dat kon ze doen. Ruben had altijd zijn telefoon bij zich. De hare zat in haar tasje, dat ze kruislings over haar lichaam droeg. Ze prutste het ritsje open en pakte haar mobiel, maar die glipte uit haar ongecontroleerde handen. Ze zakte neer op haar handen en knieën. De vloer was plakkerig toen ze naar de telefoon tastte. Ze vond weggerolde kurken en gevallen bierdopjes, ze haalde haar vinger open aan een glasscherf maar voelde amper pijn. Haar ogen hadden haar nu echt in de steek gelaten en meer dan vage strepen, als op een uitgelopen aquarel, wist haar netvlies niet meer door te geven. Toen ze schoenen onder haar vingers voelde keek ze op, maar door die strepen zag ze niet meer dan een uiterst vaag silhouet.

'Ruben?' vroeg ze, maar ze wist niet of in het krakerige geluid dat uit haar mond kwam, daadwerkelijk een woord hoorbaar was.

Er kwam wel een antwoord. Een stem dicht bij haar oor. 'Kom maar', zei iemand en hoewel het geluid vervormde, wist ze dat de woorden een geruststelling waren. 'Kom maar. Ik help je.'

Hoofdstuk 5

LAURA HAD EIGENLIJK NOOIT GEWETEN DAT ER MEERdere tinten zwart bestonden voor ze probeerde wakker te worden uit iets wat leek op een onpeilbare diepte. Er was een stem, maar die was veel te ver weg om verstaanbaar te zijn. Verder was het donker en leek het of ze door een muur heen moest breken om daar te komen waar ze, zo besefte ze, naartoe moest.

De duisternis ging van diep- en donkerzwart naar een tint die ze herkende van de nacht, al wist ze ergens dat het geen nacht was. Ze probeerde haar ogen te openen, maar geen spier in haar gezicht leek te voldoen aan haar verzoek. Niet alleen in haar gezicht trouwens. Ze wist waar haar hand zat en ze wist dat ze die wilde bewegen, maar ook op dat gebied liet haar lichaam haar in de steek.

De stem klonk weer en het zwart trok een klein beetje op. Laura bevond zich nu in een donkergrijze wereld. Het kleine beetje licht dat blijkbaar in haar hoofd naar binnen sijpelde, veroorzaakte ook meteen een scheurende hoofdpijn. Ze kreunde zacht, maar wist niet of ze daadwerkelijk geluid maakte.

De stem was bekend, dat hoorde ze nu. Dat besef hielp haar verder omhoog uit de duisternis. Het was een man. Ze probeerde opnieuw te knipperen en deze keer verschoof er iets in haar oog. Een klein streepje licht maakte de hoofdpijn erger.

Dorst. Toen het woord door haar hoofd ging, besefte ze dat haar mond zo droog was dat hij pijn deed. Als ze haar tong bewoog was het of die scheurde, als de bodem in een opgedroogde rivier.

'Laura.' Daar was die stem weer. Heel bekend. Iemand die...

Ruben! Natuurlijk. Ze voelde zich onrustig. Ze zocht Ruben overal en nu hoorde ze hem en...

'Ah, je bent wakker.'

Laura keek gedesoriënteerd om zich heen. Het licht brandde zich door haar ogen een weg naar het binnenste van haar hersenen en ontlokte haar een kreet van pijn. Snel sloot ze haar ogen weer om ze daarna tot de helft te openen.

'Katertje?' vroeg Ruben. Hij lachte niet.

Laura probeerde haar stem. 'Ik...' zei ze met een krakerig geluid. Ze schudde haar hoofd, wat de pijn deed golven. Ruben rolde uit bed en rommelde wat in de badkamer. Toen kwam hij terug met een glas water en twee paracetamol. Laura dronk gulzig en legde haar hoofd op haar kussen, hopend dat de pijnstillers snel hun werk zouden doen.

'Waar was je nou vannacht?' vroeg Ruben. 'Ik heb je wel twintig keer gebeld.'

Laura draaide haar gezicht naar hem toe. Ze hoorde wel wat hij zei, maar de woorden leken op een of andere manier niet door te dringen.

'En toen ik in het hotel aankwam, sliep je zo diep dat je met geen mogelijkheid wakker te krijgen was.' Hij hield zijn hoofd schuin en leek wat geïrriteerd over de situatie. 'Had je zoveel gedronken?'

Laura schudde langzaam met haar hoofd. De beweging veroorzaakte een draaikolk in haar hersenen, inderdaad alsof ze het gisteravond veel te bont had gemaakt met alcohol. 'Ik was niet stomdronken', zei ze, meer tegen zichzelf dan tegen Ruben.

'Mensen hebben je door het huis zien zwalken.'

Zijn woorden deden haar hartslag toenemen. Dat was geen prettig gevoel, maar het rondgepompte bloed leek haar wel helderder te maken. 'Ik was wel aangeschoten', zei ze langzaam. 'Ik denk dat ik vier of vijf glazen sangria heb gedronken.' Ze fronste. 'Voor zover ik weet.'

'Waarom ben je dan weggegaan?' Ruben stond op uit bed. 'Sorry Lau, maar ik vind het echt heel gek. We zijn met z'n allen op een feestje en ineens ben jij...'

'Ik weet het niet', zei Laura zacht, terwijl er heel ver in

haar gedachten een beeld voorbijkwam van een donkere auto – een taxi? – en een man met heel kort en heel donker haar. Er hoorde Spaanse muziek bij de herinnering, maar ze wist niet zeker of die in de auto had geklonken.

'Wat weet je niet?' vroeg Ruben. 'Je weet toch nog wel waarom je zomaar dat feestje hebt verlaten? Ik heb je nog gezocht en uiteindelijk ben ik achter je aan gegaan naar het hotel. Wij allemaal, trouwens. Maar toen was je al een tijdje weg, volgens mij.'

Laura haalde diep adem en probeerde dieper in de herinnering te duiken, maar die was haar alweer ontschoten.

'Hoe laat was je hier dan?' vroeg Ruben, maar Laura moest hem het antwoord schuldig blijven. 'Hoe laat is het nu?' vroeg ze.

'Halfnegen.' Hij wreef over de brug van zijn neus. Hoewel ook hij de nodige alcohol had gedronken en kennelijk niet zoveel had geslapen, leek hij geen last te hebben van een kater.

Laura deed haar mond open om iets te zeggen, maar sloot hem weer toen ze naar haar vriend keek. De hele situatie irriteerde hem duidelijk. Als Laura op begrip en een geamuseerde zachtheid had gerekend, kwam ze bedrogen uit. 'Dat je te veel drinkt, oké', zei Ruben, die haar gedachten blijkbaar goed inschatte. 'Maar dat je zomaar weggaat, dat slaat echt nergens op. Je had toch naar mij toe kunnen komen?'

'Ik kon je niet vinden', zei Laura kleintjes.

'Was op de bank gaan zitten, weet ik veel. Had me

gebeld.' Ruben snoof diep en trillend. 'Als het je is gelukt een taxi te bellen, was het je vast ook wel gelukt om mij te bellen.'

Laura staarde hem aan met open mond. Zijn woorden zonden een herinnering door haar vertroebelde hoofd. Ze zat op de vloer, zocht iets. Er was iemand. 'Ik heb die taxi niet gebeld', zei ze zacht, meer tegen zichzelf. Ze knipperde. Op het nachtkastje lag haar telefoon keurig aan de lader.

'Het is gewoon niet zo slim om in het buitenland zomaar in je eentje in een taxi te stappen', zei Ruben, nu wat milder gestemd. 'Er had wel ik weet niet wat kunnen gebeuren. Je was nog dronken ook.'

Laura wist dat hij gelijk had, maar de woorden leken af te ketsen. Die taxi, die zat ook ergens in haar herinnering. Donker en groot, maar was dat de auto of de chauffeur geweest?

'Het spijt me', zei Laura, afgeleid door wat zich in haar hoofd afspeelde. Die taxi, daar was iets mee. De herinnering was rafelig en bezorgde haar een vreemd gevoel in haar buik. Haar hoofd liet haar echter in de steek. Ze wilde beelden terughalen, maar het was of er een luik dichtzat dat ze met geen mogelijkheid openkreeg.

Ze voelde Rubens blik zwaar op zich gericht en het leek of hij nog iets wilde zeggen, maar uiteindelijk liet hij zijn adem ontsnappen. 'Ik ga douchen', zei hij en beende naar de badkamer. Een paar seconden later hoorde ze het geluid van lopend water.

Laura kwam overeind. De paracetamol deed zijn werk

en de hoofdpijn werd iets minder. Ze knipperde een paar keer en draaide haar hoofd van links naar rechts. Ze had spierpijn die niet van het hardlopen kon komen. Meer alsof ze verkrampt was geweest, als na een val.

Was ze gevallen? Ze sloot haar ogen, maar herinnerde zich niet zoiets. Hoewel het natuurlijk niet onlogisch was als ze zo zwabberend op haar benen had gestaan.

Met moeite sloeg ze haar benen over de rand van het bed. Ze keek naar haar lijf en stelde vast dat ze alleen een onderbroek droeg. Dat was niet vreemd, zo sliep ze altijd. Op een stoel vond ze haar jurk en beha, die koud voelden door de airconditioning. Ze rook aan de stof en trok snel haar neus terug. Verschraalde alcohol en zweet en iets zoets, misschien de sangria. Ze controleerde het jurkje, maar het was niet kapot. Ze keek naar haar knieën: een ervan voelde wat beurs, maar ze zag geen schaafwonden, niets. Toch niet gevallen dan, waarschijnlijk.

Haar benen begonnen te protesteren en ze ging weer op het bed liggen, half rechtop met haar rug tegen het hoofdbord. De deken liet ze voor wat die was. De koele luchtstroom uit de airconditioning deed haar beseffen dat haar lichaam verhit aanvoelde. En er was nog iets. Iets wat niet klopte.

Ze keek naar haar buik en bovenbenen en realiseerde zich nu pas dat het beurse gevoel dat ze had, daar niet hoorde. Ze ging op de rand van het bed zitten, kneep haar ogen samen en wist niet hoe ze over het hoofd had kunnen zien dat op de binnenkant van haar dijbeen blauwe plekken zaten.

Alsof haar hersenen het beeld van haar gebutste huid nodig hadden om het bijbehorende gevoel terug te brengen, werd het doffe gevoel van pijn ineens erger. Het geklop vermengde zich met iets anders, iets branderigs. Laura merkte dat de tere huid aan de binnenkant van haar been rood was en uitgerekt voelde, alsof iemand het kinderachtige prikkeldraadspelletje van de basisschool veel te lang had volgehouden. Haar blik viel op een beurse plek op haar bovenarm, die zo groot was dat ze niet begreep dat ze die eerder niet had opgemerkt.

Ze sloot haar ogen, de draaikolk in haar hoofd werd erger. In haar maag klotste het en dat gevoel voelde vertrouwd, als iets dat ze kende. Er kwamen flarden van beelden voorbij. Het feestje waar de muziek ineens veel te hard had geklonken en ze was gaan zweten door warmte die er zo laat in de avond helemaal niet was. Uit alle macht probeerde ze de centrifuge te laten stoppen, zodat ze de beelden rustig kon bekijken, maar haar hoofd werkte niet mee. De dansvloer, de duizeligheid, lichte paniek die steeds erger werd, dat herinnerde ze zich nog.

Maar daarna?

De auto was vaag. Was ze alleen geweest op de achterbank? Ze had geen idee. Hoe ze op de hotelkamer was gekomen wist ze evenmin.

Maar er was, zo merkte ze als ze haar ogen gesloten hield, wel een vaag beeld van iemand. Een figuur, of misschien was het meer een gevoel. Elke keer als er een kleine flard voorbijkwam in haar hoofd, nam haar hartslag toe. Haar huid voelde brandend en koud tegelijk. Het was vreemd hoe haar lichaam reageerde op een herinnering die haar hoofd niet kon terughalen.

Angst ging door haar heen. Ze deed haar mond open, maar er kwam geen geluid uit en ineens wist ze met alles wat ze in zich had dat dit eerder was gebeurd. Die angst, het schreeuwen zonder geluid. Ze voelde iets warms en zwaars op haar lijf, ze hapte naar adem die niet kwam. De herinnering was zo levendig dat ze de paniek in haar hele lijf voelde. Haar ogen vlogen open en ze keek weer naar de blauwe plekken aan de binnenkant van haar dijbeen. Voelde de schrijnplekken. Die hoorden daar niet. Die kwamen daar niet door vallen of stoten. Ze voelde vingers op haar huid, en ze had het gevoel dat ze stikte.

'Wat is er?' vroeg Ruben, die gedoucht de kamer weer in kwam. Laura staarde hem aan, haar ogen nog steeds opengesperd. Rubens blik werd bezorgd. 'Lau? Gaat het wel?'

Ze opende haar mond, sloot hem weer, maar dwong zichzelf toen om hem opnieuw te openen en de woorden te vormen die ze niet wilde zeggen, niet eens wilde denken. Maar hoe bizar de zin ook was, ze moest hem uitspreken.

'Ik ben bang dat er vannacht iemand in mijn bed is geweest.'

'Jeetje, wat heftig.' Benthes blik was een en al bezorgdheid toen ze Laura aankeek. 'Je moet echt onmiddellijk de politie bellen. En de beveiliging van het hotel. En dat taxibedrijf, degene die je vannacht heeft gebracht. Als die goorlap...'

'Laten we niet op de zaken vooruitlopen.' Dat was Ruben. Zijn stem klonk vertrouwd kalm, al hoorde Laura een lichte trilling die er normaal gesproken niet was. 'We weten nog niet precies wat er is gebeurd.'

'En daarom moet de politie dat uitzoeken', riep Benthe geestdriftig. 'Misschien ben je wel gedrogeerd! Je hoort de gekste dingen tegenwoordig.'

Laura hield haar ogen wat langer gesloten toen ze knipperde. Ze wreef erin, maar het branderige gevoel verdween niet. Ze plukte aan een broodje dat Ruben voor haar van het ontbijtbuffet had gehaald, maar het idee dat ze iets in haar mond moest stoppen maakte haar misselijk. Ruben zat naast haar op het bed en aaide over haar arm. Zijn irritatie was helemaal verdwenen, hij was nu alleen nog maar bezorgd.

'Ik weet niet of ik wel naar de politie wil', zei Laura. Ze voelde lichte paniek bij het idee dat ze haar verhaal moest doen tegenover een agent. Haar verhaal met zoveel gaten erin. Ze wist niet wat er was gebeurd, ze had alleen schimmige herinneringen, een donker gevoel en een paar onverklaarbare plekken op haar lichaam. 'Ze zullen vast denken dat ik veel te veel had gedronken en me heb misdragen.'

'Maar je had niet absurd veel gedronken', zei Benthe. 'Dus hoe kan alcohol de boosdoener zijn?'

Laura schokte met haar schouders. Ruben had koffie gehaald en ze dwong zichzelf ervan te drinken, ook al protesteerde haar maag tegen de bittere vloeistof. Eerder had ze nog half geknikt toen ze de koffie proefde en vastgesteld dat die beter, maar ook zeker slechter had gekund.

Nu leek het alsof ze de inhoud van een benzinetank naar binnen moest werken.

Er klonk een klopje op de deur en Benthe stond op van haar stoel om open te doen. Annemarie kwam binnen, op de voet gevolgd door Alec. Laura trok het laken wat verder over zich heen. 'Wat is er gebeurd?' vroeg Annemarie bezorgd. 'Benthe appte me.'

'We weten het niet precies', antwoordde Benthe in Laura's plaats. 'Er is iets met Lau gebeurd vannacht, maar ze kan het zich niet herinneren.'

Annemarie keek niet-begrijpend. 'Hoe bedoel je? Wat is er gebeurd?'

'Ik voelde me gisteren op het feestje ineens niet goed', zei Laura. 'Het leek of ik veel te veel had gedronken, maar dat was niet zo. Ik herinner me vaag dat er een man was en een auto en vanochtend werd ik hier wakker met blauwe plekken.'

Annemarie ademde scherp en geschrokken in. 'Wat erg.'

'En niet zomaar blauwe plekken', vulde Benthe aan. 'Blauwe plekken aan de binnenkant van je dijbeen. Net of iemand...'

Laura kromp een beetje ineen. Benthe maakte haar zin niet af en ook Annemarie stelde slechts de helft van een vraag. 'Denk je dat je...'

'Ik weet het niet', zei Laura feller dan ze wilde. 'Ik weet het gewoon niet. Maar ik zie zo'n beeld in mijn hoofd van iemand die te dichtbij is en ik merk dat dat me bang maakt, alsof ik wel een herinnering heb maar die niet kan terughalen. En als ik dan naar die blauwe plekken kijk, die zo vreemd zijn daar, dan denk ik: er moet iets gebeurd zijn.'

'Misschien kan Alec...' Annemarie keek aarzelend naar haar vriend en toen weer naar Laura. 'Ik bedoel, als arts...'

Laura trok haar deken nog wat verder omhoog. 'Ik heb geen pijn van die plekken', zei ze snel. 'Daar gaat het niet om.'

Alec knikte half. 'Als er een arts naar moet kijken, zou het forensisch moeten zijn.'

'Misschien', zei Laura, al bezorgde dat idee haar een lange en onaangename huivering die van haar nek helemaal naar beneden liep.

'Kunnen we Mike en Cynthia niet bellen?' vroeg Annemarie. 'Misschien weten zij meer.'

'Ik heb Mike al geappt.' Ruben hield zijn telefoon omhoog. 'Maar hij reageert niet.'

'Ergens zijn het ook wel rare lui', zei Annemarie.

'Ik vind dat je naar de politie moet gaan', zei Benthe. 'Er is duidelijk íéts gebeurd en zij kunnen uitzoeken wat dat is. Ze kunnen ook een test laten doen om te zien of je echt alleen maar te veel had gedronken of dat er meer aan de hand is.'

Annemarie keek nadenkend. 'Er hangen toch camera's bij de ingang van het hotel? Misschien kunnen ze daarop zien hoe je vannacht precies bent teruggekomen.'

Laura knipperde een paar keer. 'Dat is een idee.'

'Ik ga wel', zei Alec. 'Mij lijkt dat die beelden gewoon worden opgeslagen.'

Hij verliet de kamer en zonder zijn aanwezigheid durfde Laura de blauwe en rode plekken wel aan Annemarie te laten zien. Haar vriendin schrok zichtbaar. 'Dat is echt niet goed hoor, Lau', zei ze. 'Dit komt niet doordat je je aan de muur hebt gestoten of zo.'

'Nee.' Laura voelde aan een van de plekken. De huid eronder was beurs en de aanraking veroorzaakte een zeurderige pijn. Heel even flitste er iets door haar hoofd. Een hand, op die plek. Een schreeuw. En het gevoel dat ze onder de douche stond.

'Wat?' vroeg Benthe, die blijkbaar haar gezicht probeerde te lezen. Laura knipperde een paar keer. 'Ik weet het niet', zei ze. 'Ik dacht dat ik me iets herinnerde, maar het is allemaal ook meteen weer weg.'

'Schrijf alles op wat je te binnen schiet', adviseerde Benthe en ze legde een schrijfblok en pen met het logo van het hotel voor haar neer. 'Hoe klein ook, het kan belangrijk zijn.'

Laura knikte en begon te schrijven, maar meer dan een paar losse flodders waren het niet. Alec kwam weer binnen. Laura keek hem verwachtingsvol aan, maar hij schudde zijn hoofd. 'De beveiliging wil niet meewerken. Ze zeggen dat ze die beelden niet zomaar mogen laten zien in verband met de privacy van de gasten.'

'Dit is niet zomaar', bromde Benthe.

'Zij vinden van wel.'

'Des te meer reden om naar de politie te gaan', vond Benthe. 'Die kunnen die beelden gewoon opeisen.'

Ruben keek Laura aan. 'Dat ben ik wel met Benthe eens',

zei hij. 'Maar we gaan alleen als jij het wil.'

'Maar wat moet ik dan zeggen?' vroeg Laura. 'Dat ik denk dat er iemand aan me heeft gezeten toen ik dronken was, maar dat ik me niets herinner?'

'Je brengt het alsof dat doodnormaal is', zei Benthe geestdriftig. 'Maar het is juist heel heftig. Weet je hoeveel vrouwen dit meemaken en het niet durven te vertellen omdat ze bang zijn dat ze niet worden geloofd?'

Laura herinnerde zich natuurlijk wel de berichten uit het nieuws hierover, maar toch voelde haar situatie anders. Het kon natuurlijk wel dat ze zich op een heel rare manier had gestoten. Of misschien was ze wel bijna gevallen en had iemand geprobeerd haar overeind te houden? Hoewel het dan wel aparte plekken waren waar ze was vastgegrepen om een val te voorkomen.

Ze wilde dat ze haar hersenen kon dwingen om meer van de herinneringen terug te brengen. Ergens in haar hoofd moesten de beelden van wat er vannacht was gebeurd nog zijn. Alcohol mocht dan de neiging hebben gebeurtenissen te wissen, ze had nog nooit meegemaakt – ook niet op momenten dat ze veel meer had gedronken dan gisteren – dat ze niets meer kon terughalen. 'Was ik het maar vergeten', had ze in haar jongere jaren weleens half lachend verzucht na een iets te wilde avond. 'Ik hoef er niet meer per se aan te denken.'

'Ik denk dat het goed is om toch naar de politie te gaan', zei Annemarie. 'Als de drank niet de boosdoener kan zijn van jouw toestand van gisteren, dan ben ik het met Benthe eens dat er ook andere opties zijn. En als dát zo is, is het mogelijk om dat nog te achterhalen met bijvoorbeeld een bloedtest.' Ze keek vragend naar Alec. 'Toch?'

'Zeker', knikte hij. 'Verdovende middelen zijn soms nog tot vierentwintig uur na het toedienen terug te vinden. Maar dat geldt niet voor alle soorten, sommige zijn al na acht uur helemaal verdwenen.'

'Misschien is het dan toch wel beter om de politie in te lichten', zei Ruben nu ook. In zijn stem merkte Laura de lichte aarzeling die ze zelf ook had. Het voelde als een onevenredig grote stap om naar de politie te stappen met niet meer dan een paar vage beelden in haar hoofd en de plekken op haar lijf.

'Het ergste wat er kan gebeuren, is dat blijkt dat er niets aan de hand is geweest', zei Annemarie, die Laura's aarzeling haarfijn aanvoelde. Ze keek op haar horloge. 'Hoelang geleden ben je teruggekomen in het hotel?'

Laura keek hulpzoekend naar Ruben. Ze had geen idee.

'Ik denk dat het een uur of drie was toen ik merkte dat jij er niet meer was', zei Ruben. 'Misschien iets later. We zijn gaan zoeken en om halfvier ben ik naar het hotel gegaan. Het was ongeveer twintig minuten rijden en toen ik hier aankwam, lag jij te slapen. Ik kreeg je met geen mogelijkheid wakker en ik weet niet hoelang jij hier al was.' Zijn mond werd een streep bij de herinnering. 'Toen ben ik ook gaan slapen.'

'Dus laten we zeggen dat jij ergens tussen halfdrie en drie het feestje hebt verlaten', zei Benthe. Ze tikte op haar telefoon om het scherm tot leven te wekken. 'Het is nu kwart voor tien. Dat is dus zo'n zeven uur geleden.'

'Ja?' Laura keek haar aan. 'Wat wil je daarmee zeggen?'

'Dat als je naar de politie wil gaan, het wel goed is om daar niet zo lang mee te wachten.' Benthe kwam overeind en schoof ongevraagd de kledingkast open. Ze haalde een korte jeans en een wit T-shirt met een plaatje van een zonnige cocktail op de borst uit de kast. 'Misschien beter van niet', mompelde ze met een glimlachje en ze verruilde het shirt voor een zwarte top waarvan de mouwen lang genoeg waren om over de grote blauwe plek op Laura's arm te vallen.

'Ik wil graag eerst douchen', zei Laura.

'Ik denk dat je dat beter niet kunt doen.' Benthe keek haar keurend aan. 'Dan was je alle sporen weg.'

Laura wilde zeggen dat dat vast wel mee zou vallen, maar Ruben was het met Benthe eens en ook Annemarie knikte. Laura's telefoon ging en ze zag dat het Roxanne was. 'Ik neem wel op', zei Benthe. 'Ga jij je maar opfrissen in de badkamer.'

Dit was Benthe ten voeten uit – de leiding nemen, de boel regelen. Annemarie en Alec verdwenen en Laura liep naar de badkamer. De mist in haar hoofd leek wat te zijn opgetrokken, blijkbaar had de koffie toch z'n werk gedaan. Bij de wastafel liet ze koud water over haar polsen lopen en daarna waste ze haar gezicht met haar handen. Gisteravond had ze haar make-up niet verwijderd en ze boende tot de mascararesten verdwenen waren. In de spiegel ontmoette ze haar eigen blik. Haar ogen waren wat vaal en haar huid was bleker dan normaal, maar verder zag ze er niet vreemd uit. Haar haar, dat ze gisteravond in lange golven had geföhnd, viel nog in hetzelfde model over haar schouders, ware het niet dat hier en daar een lok wat piekte. Ze rommelde in haar toilettas tot ze een klem vond en stak het op. Met haar vinger ging ze over haar droge lippen en ontdekte een rood puntje dat pijn deed als ze eraan zat. Alsof ze op haar lip had gebeten.

Ze poetste haar tanden, smeerde vaseline op haar lippen en bracht toch weer wat mascara aan omdat ze nu eenmaal niet graag zonder make-up de deur uit ging. Nog altijd voelde ze ergens twijfel of ze wel bij de politie kon aankloppen – wat als er niets was gebeurd?

Maar aan de andere kant wist ze ook dat Benthe gelijk had: als er niets aan de hand was, zou dat snel genoeg blijken. En dan wist ze het tenminste zeker.

Ze trok de kleren aan die Benthe kwam brengen, schoot in haar teenslippers en liep de kamer weer in. 'We kunnen gaan', zei ze, waarop Ruben overeind kwam en haar tas pakte. Ze wist eigenlijk niet of Benthe mee zou gaan, maar toen ze haar mond opendeed om dat te vragen, keek haar vriendin op haar telefoon en zei: 'Ik heb een berichtje van de chauffeur dat de taxi voor de deur staat. Zullen we naar beneden lopen?'

Met z'n drieën stapten ze in, Benthe naast de chauffeur. Ze overlegden half in het Spaans en half in het Engels over de bestemming en toen de wagen zich in beweging zette, draaide Benthe zich om naar Laura en Ruben. 'Er is een politiebureau in Playa Blanca', zei ze. 'Daar gaan we naartoe.'

Laura kon zich al niet voorstellen dat een dorp als Playa

Blanca een omvangrijk politiebureau had, maar toen ze aankwamen was het nog kleiner dan ze had verwacht. Ze stapte uit de taxi en voelde de warme walm van de bussen op het busstation, waar het politiebureau naast lag. Benthe liep voor hen uit naar binnen, waar een ventilator tevergeefs z'n best deed om de ontvangstruimte te koelen. 'Misschien was dit toch niet zo'n goed idee', zei Laura tegen Ruben, maar hij gaf geen antwoord.

'*Hola*', zei de jonge agent die zat te werken achter een balie waarvan het niet duidelijk was of het een bureau of receptie was. Hij sprak Spaans, maar ging over op gebrekkig Engels toen hij merkte dat hij met toeristen te maken had.

'We willen aangifte doen', zei Benthe.

De man knikte. 'Waarvan?'

Benthe keek even naar Laura. 'Mogelijke aanranding', antwoordde ze toen. Laura kromp een beetje ineen. De agent fronste licht, maar liet verder niets merken. Hij trok een formulier naar zich toe, bevestigde het op een klembord en schoof dat met een pen over de balie naar Benthe. 'Als u dit invult, komt er zo een collega bij u.'

Ze namen plaats in de kleine wachtruimte, waar precies drie plastic stoelen stonden. Laura vulde haar gegevens in op het formulier en aarzelde bij de vraag waar de aangifte uit bestond. Uiteindelijk koos ze toch maar voor wat Benthe ook al had gezegd.

De agent keek amper op toen ze het formulier inleverde en Laura ging weer in de wachtruimte zitten. De zoemende ventilator deed niets anders dan warme lucht verplaatsen. Laura voelde zweet op haar rug prikken.

De muur was geel geverfd, maar in de diverse butsen en gaten was het witte pleisterwerk zichtbaar. Een poster die waarschuwde voor de gevaren van drugs krulde om aan de randen. Op een foto van een gezochte misdadiger had iemand een snorretje getekend.

Benthe bestudeerde een flyer over het voorkomen van auto-inbraken, Ruben was verdiept in iets op zijn telefoon. Laura voelde zich te onrustig om zich ook maar ergens op te kunnen concentreren en wriemelde wat met haar vingers. In haar hoofd oefende ze wat ze zo meteen zou zeggen, maar ze liep elke keer vast.

Het duurde maar vijf minuten voor een jonge vrouw opdook en haar naam noemde. Laura keek verwonderd op, ze had verwacht dat ze hier nog wel even zou zitten. De vrouw droeg een blauwe pantalon en een lichtblauwe blouse met het logo van de politie erop en keek Laura met haar donkerbruine ogen onderzoekend aan. 'Ben jij Laura?' vroeg ze in het Engels. 'Kom maar mee.'

Ruben en Benthe stonden ook op, maar de agente stak haar hand op en keek naar Laura. 'De aangifte betreft jou, toch? Dan vind ik het prettig om jou eerst te spreken.'

Haar stem klonk vriendelijk maar ook vastberaden en Laura knikte. 'Oké', zei ze en ze volgde de vrouw naar een kleine kamer met een bureau en drie stoelen. Een computer zoemde en verspreidde een chemische warmte. Een raam bood uitzicht op een blinde muur waar iemand een verwensing aan het adres van de overheid op had gekalkt. Althans, dat was wat Laura er met haar gebrekkige Spaans uit opmaakte.

'Ga zitten', zei de vrouw vriendelijk. 'Mijn naam is Sofía Peña en ik ben rechercheur bij de politie op Lanzarote.' Ze nam zelf plaats en keek even naar het formulier dat al klaarlag naast haar toetsenbord. 'Ik heb je gegevens ingevoerd in de computer, ik heb straks alleen nog even je paspoort nodig. Maar laten we het eerst hebben over wat jou is overkomen.' Ze liet haar vinger rusten bij de regel waar Laura 'aanranding' had ingevuld. 'Gezien de aard van de aangifte heb ik je gevraagd om alleen met mij te praten, dat is eigenlijk standaard bij een dergelijke aangifte. Ik hoop dat dat oké voor je is?'

Laura knikte. 'Natuurlijk, maar ik...' Ze haalde diep adem en keek wat beschaamd naar haar handen. 'Het probleem is dat ik denk dat mij iets is overkomen, maar dat ik het niet zeker weet. Ik kan het me niet goed herinneren.'

Ze keek naar rechercheur Peña en was blij dat de vrouw niet verwonderd of zelfs afwijzend terugkeek. In plaats daarvan trok ze haar wenkbrauwen iets op, hield haar hoofd schuin en zei: 'Vertel me maar wat je wel weet.'

Laura vertelde over het feestje en over haar vage herinneringen en dat ze niet zoveel had gedronken dat dat haar warrigheid en gebrek aan concrete herinneringen kon verklaren. Ze pakte het briefje met aantekeningen erbij, waarvan ze blij was dat ze het had meegenomen, want ze voelde zich nerveus en dat deed haar hoofd geen goed. 'Ik herinner me een auto en een man en Spaanse muziek', somde ze op. 'En ik weet ook dat ik bang was, maar ik weet niet of dat op dat moment was. En gek genoeg heb ik een beeld in mijn hoofd van dat ik onder de douche stond, maar ik kan dat zelf niet helemaal plaatsen. Als ik naar die blauwe plekken kijk, herinner ik me ook dat ik heb geschreeuwd en dat iemand me vastpakte, maar hoe precies, dat weet ik niet. Ik probeer echt om dat terug te halen, maar mijn geheugen lijkt wel gewist.'

Rechercheur Peña had al die tijd geluisterd zonder Laura één keer in de rede te vallen. Nu keek ze haar aan met iets van medeleven in haar blik. 'Wat een nare ervaring', zei ze. 'Ik kan me voorstellen dat je flink geschrokken bent, juist omdat je je niet alles goed herinnert.'

'Ja.' Laura beet op haar onderlip. Gek genoeg voelde ze haar keel dik worden bij die vriendelijke woorden. Ze slikte een paar keer. De rechercheur schoof een glas water haar kant op, dat Laura met kleine slokjes leegdronk.

'Ik heb een paar vragen die ik je moet stellen', zei de agente daarna. 'Het zijn standaardvragen, maak je geen zorgen als je het antwoord niet weet.'

Laura slikte nog één keer en rechtte haar rug. Daarna knikte ze.

'Heb je gisteravond drugs gebruikt?'

Laura schudde haar hoofd. 'Nog nooit', voegde ze toe.

De rechercheur knikte kort. 'Het is ook belangrijk om te weten of je de hele avond zicht hebt gehad op je eigen drankje of dat je het misschien zo hebt neergezet dat andere mensen er ook bij konden.'

Laura haalde diep adem. Haar herinnering aan de eerste uren van het feest was helder. 'Ik heb volgens mij de hele tijd mijn glas in mijn hand gehouden of weggezet op de momenten dat het leeg was.'

'En heb je alle drankjes zelf gehaald?'

Laura wilde al knikken, maar aarzelde toen. 'Ja, volgens mij wel. Ik herinner me één keer dat Mike me heeft bijgeschonken, maar toen had ik zelf mijn glas in mijn hand.'

'Mike?'

'Ja, dat is die man die het feestje gaf, samen met zijn vriendin.'

'O ja, eh...' Sofía Peña wierp een blik op haar aantekeningen. 'Cynthia.'

'Ja, precies. Maar Mike heeft me toen bijgeschonken uit een grote kan sangria, dat herinner ik me. En het was juist toen ik naar binnen liep om water te halen, dat ik me niet goed voelde.'

De rechercheur knikte een paar keer. Ze stelde nog wat vragen over de andere gasten, maar daarop moest Laura bijna alle antwoorden schuldig blijven. Daarna vroeg ze Laura alle namen van haar vrienden op te schrijven en ook die van Mike en Cynthia, waarbij Laura enigszins tot haar schaamte moest vaststellen dat ze hun achternamen niet wist.

'Goed.' De rechercheur stopte het blaadje in een dunne dossiermap en keek Laura daarna aan. 'Ik denk dat het goed is om te laten vaststellen wat er daadwerkelijk met je is gebeurd. Daarvoor is het van belang dat een arts naar je verwondingen kijkt en dat we testen of in je bloed sporen van drugs te vinden zijn.' Ze trok een la open en haalde er een formulier uit. 'Omdat bepaalde drugssoorten snel worden afgebroken, is het belangrijk dat je meteen naar de dokterspost gaat om bloed te laten afnemen. Ik zal zo meteen bellen om dat door te geven en ook om te checken of er een arts beschikbaar is voor het onderzoek. Meestal maken ze er tijd voor, zodat je niet uren hoeft te wachten.' Ze schoof het formulier naar Laura toe. 'Het adres staat erop en je kunt meteen die kant op gaan. Als de uitslag er is, neem ik even contact met je op en kijken we hoe we het verder aanpakken. En als er herinneringen terugkomen, schrijf die dan op of spreek ze in op je telefoon zodat je ze niet vergeet. Ook de allerkleinste dingen kunnen van belang zijn.'

'Dat doe ik', zei Laura en ze stond op. Ze bedankte de rechercheur en liep de kamer uit. Ze voelde zich moe en alert tegelijk en stelde enigszins verbaasd vast dat het gesprek met de rechercheur haar op een vreemde manier goed had gedaan. Ze had echt gedacht dat haar verhaal te vaag was om iets mee te doen en dat de politie het niet erg serieus zou nemen.

Ruben stond op toen ze terugkeerde in de wachtruimte. 'En?' vroeg hij.

Laura knikte en hield het formulier omhoog. 'Ze willen graag dat ik een bloedtest laat doen en dat er een arts naar die plekken kijkt. En ik heb alles verteld wat ik me kon herinneren.'

'En nu?' vroeg Benthe. 'Gaan ze er wel iets mee doen?'

'Dat hangt denk ik van de uitslag van die onderzoeken af. De rechercheur heeft beloofd me te bellen als ze op dat gebied meer weet.'

'Goed zo', zei Benthe en ze knikte tevreden terwijl ze

het bureau verlieten. 'Het zou natuurlijk al te gek zijn als ze zo'n verhaal naast zich neer zouden leggen, maar je hoort de vreemdste dingen.'

Ruben zocht op zijn telefoon op waar de dokterspost zich bevond en hield een taxi aan. Laura begon er spijt van te krijgen dat ze geen huurauto hadden genomen, al was het een ritje van minder dan vijf minuten. De taxi stopte voor een laag, wit gebouwtje met vervaagde blauwe letters op de gevel, waar Laura nog net het woord '*medico*' uit kon opmaken. Een belletje bij de deur kondigde hun komst aan. Binnen was het koel en rook het naar desinfectiemiddel. Een oudere vrouw met grijs haar in een strakke knot dirigeerde hen naar weer een wachtruimte.

Rechercheur Peña had gelijk gehad en nog geen tien minuten later verscheen een vrouwelijke dokter van in de vijftig, die Laura meenam naar een onderzoeksruimte met groene muren en gesloten lamellen. Ze legde in foutloos Engels uit wat ze ging doen en ook dat de recherche had gevraagd om een volledig onderzoek dat naast de bloedtest bestond uit zowel een uitwendig als inwendig lichamelijk onderzoek. Ze benadrukte dat het de standaardprocedure was die hoorde bij een mogelijke aanranding of verkrachting. Het was voor het eerst dat Laura dat laatste woord hoorde en ze huiverde even. De arts merkte het en stelde haar gerust met de belofte dat ze voorzichtig zou doen.

Ze hield woord, moest Laura toegeven, maar toch liep ze een halfuur later opgelucht dat het onderzoek achter de rug was, de kamer uit. De arts was grondig te werk gegaan en had naast de blauwe plekken ook zo'n beetje haar hele huid afgespeurd op mogelijke andere sporen. Ze had zelfs foto's gemaakt van plekjes die Laura nooit eerder had opgemerkt en die vast niet relevant waren, maar Laura had haar laten begaan.

Nu keerde ze terug in de wachtruimte, waar Ruben en Benthe allebei verdiept waren in iets op hun telefoon. Haar eigen mobiel had ze heel vaak voelen trillen in haar zak, maar ze was er niet aan toegekomen om alle berichten te lezen. 'We kunnen gaan', zei ze.

'Waarheen? Terug naar het bureau?'

'Nee, naar het hotel. De politie neemt contact op als ze meer weten of extra informatie nodig hebben.'

Voor de derde keer die dag namen ze een taxi en tegen de tijd dat ze aankwamen in het hotel, voelde Laura zich zo moe dat het een opgave van formaat was om naar haar kamer terug te keren. 'Ik ga liever even liggen', zei ze tegen Ruben toen hij vroeg of ze naar het zwembad wilde, of misschien iets eten. Ze schopte alleen haar slippers uit en liet zich op het bed zakken, dat hij voor haar opensloeg. Zodra haar hoofd het kussen raakte, was het of de vermoeidheid in een golf over haar heen spoelde en ze liet zich meevoeren in de duisternis van de slaap.

Hoofdstuk 6

RECHERCHEUR SOFÍA PEÑA WIST NIET MEER WAAROM ze had gekozen voor tonijnsalade en ze trok een vies gezicht toen ze een hap van haar broodje nam. Haar maag rommelde en ze moest iets eten, het ontbijt had ze vanochtend ook al overgeslagen. 'Ze kunnen ook wel even zonder je', zei haar moeder als ze hoorde dat Sofía weer eens voor zeven uur op het bureau was en twaalf uur later nog niet van plan was om naar huis te gaan. En dat was waarschijnlijk ook wel zo, maar bezorgd zijn om kinderen was nu eenmaal de taak van een moeder en bovendien, de stapel onopgeloste zaken zou er niet kleiner op worden nu het korps onderbezet was en een inbraakgolf over het eiland ging.

'Ik ben niet bij de politie gegaan om toe te kijken hoe criminelen vrij spel krijgen', zei ze tegen haar moeder als die weer eens bezorgd deed en dan loog ze een aantal uur van haar wekelijkse werktijd af. Dat kon makkelijk: sinds het vertrek van Fernando – nu zes maanden geleden – was er toch niemand meer die echt op haar lette. Dat zou een treurige conclusie kunnen zijn, maar voor Sofía voelde het nog steeds alsof ze bevrijd was van iets zwaars dat te lang om haar nek had gehangen. Dat Fernando uiteindelijk degene was geweest die de relatie na drie jaar had verbroken, zei misschien wel genoeg. Zelf had ze niet eens de energie voor een breuk kunnen opbrengen.

Gedachteloos nam ze nog een hap van het broodje, maar het deeg en de te vette salade vormden in haar mond een bal die ze amper doorgeslikt kreeg. Ze gooide de rest van het broodje in de prullenbak en stelde vast dat die paar happen haar honger hadden gestild. De hap in haar mond spoelde ze weg met koude koffie.

'Peña', meldde ze zich toen haar mobiel begon te rinkelen. Op het scherm zag ze dat het telefoontje uit het laboratorium kwam. Automatisch trok ze een blocnote en een pen naar zich toe.

Aan de andere kant van de lijn klonk de stem van María Vatenas, een jonge laborante die nu vier maanden bij de politie werkte en die in die korte tijd Sofía's bewondering had geoogst door onderzoekuitslagen waar ze voorheen altijd een week op moest wachten, binnen een dag haar kant op te sturen.

'We hebben het bloedonderzoek uitgevoerd bij Laura

van Diemen', zei María, struikelend over de Nederlandse naam. 'Zoals je hebt gevraagd is het bloed onderzocht op alcohol en drugs.'

Sofía mompelde bevestigend en schreef de naam van Laura bovenaan het blaadje van haar blocnote.

'In het bloed hebben we alcohol gevonden', zei María. 'Maar de hoeveelheid doet vermoeden dat de consumptie daarvan al enige uren geleden is, waarschijnlijk gisteravond of vannacht. Wat betreft het drugsonderzoek...'

Sofía ging wat meer rechtop zitten. Dat in het laboratorium vastgesteld zou worden dat Laura had gedronken, was weinig verbazend. Maar naar de uitslag van de drugstest was ze wel benieuwd.

'Er is een kleine hoeveelheid GHB in het bloed gevonden. GHB heeft als kenmerk dat het snel afbreekt, binnen acht tot twaalf uur. Een kleine hoeveelheid kan erop duiden dat er daadwerkelijk een klein beetje drugs is gebruikt, maar ook dat de oorspronkelijke hoeveelheid groter is geweest en dat die al deels is afgebroken.'

Sofía trok haar wenkbrauwen op. 'GHB', krabbelde ze op haar blaadje en ze zette er een paar cirkels omheen.

'Zet je het rapport in het dossier?' vroeg ze aan María, die beloofde het onmiddellijk te doen. Daarna verbrak Sofía de verbinding en tikte een paar keer met haar pen tegen haar blocnote. Dus toch.

Ze overwoog om Laura op te bellen en te vragen naar het bureau te komen, maar ze besloot te wachten tot het rapport van de arts er ook was. De medische informatie die daarin stond was dermate vertrouwelijk dat ze eerst haar teamchef moest vragen om toestemming om de gegevens te kunnen inzien. Met de drugs die in Laura's bloed waren gevonden, begon Sofía te vermoeden wat ze straks in het rapport zou lezen. En dat was geen geruststellend vermoeden.

Ze tikte tegen de muis om de computer tot leven te wekken en opende de aangifte. In eerste instantie was ze nog niet al te gedetailleerd ingegaan op wat Laura had gezegd, maar nu, met de aangetroffen drugs, was het van belang om in elk geval de tijdlijn concreet te maken. Hoe laat waren de drugs toegediend? Hoe laat had Laura het feestje verlaten? Hoe laat was ze in het hotel aangekomen? Dat waren allemaal nog gaten die opgevuld moesten worden.

Ze moest Laura spreken, opnieuw alleen. Uiteraard om haar te vertellen wat er uit het bloedonderzoek naar voren was gekomen, maar ook om vast te stellen of ze echt de waarheid sprak. Dat wist je natuurlijk nooit zeker, maar Sofía had in de loop der jaren zo haar methodes ontwikkeld om mensen vriendelijk maar ook met enige druk te vragen naar gebeurtenissen die misschien ongemakkelijk maar wel belangrijk waren. GHB stond bekend als een drug die stiekem via drankjes werd toegediend, maar er waren ook mensen die het zelf innamen. Sofía, wars van alle vormen van drugsgebruik, wist niet wat het effect ervan was, maar ze had zich laten vertellen dat het prettig kon zijn dat de drugs al je grenzen deden vervagen. Een situatie die haar verschrikkelijk leek, maar ze stond dan ook bekend als een controlfreak.

Ongeduldig wachtte ze tot het dossier was geladen en

toen dat was gebeurd, belde ze met hetzelfde ongeduld naar haar teamleider José Mirando om toegang tot het medisch rapport van Laura van Diemen te vragen. Ze kreeg de voicemail, belde opnieuw en dat tafereel herhaalde zich drie keer voor José opnam. 'Waar is de brand?' vroeg hij met een zekere berusting in zijn stem, omdat hij het legendarische ongeduld van zijn rechercheur natuurlijk wel kende. 'Ik ben weggelopen uit een vergadering, dus ik mag hopen dat het belangrijk is.'

'Ik heb toestemming nodig om een medisch rapport in te zien.'

'Sofía...'

'Het is echt dringend', zei ze zo overtuigend mogelijk. 'Uit bloedonderzoek blijkt dat er sprake is van sporen van GHB, de vrouw in kwestie zegt dat ze zelf niets heeft gebruikt. Er zijn verwondingen die wijzen op aanranding of een poging daartoe. Ik heb het medisch dossier nodig om het slachtoffer te kunnen vertellen wat er met haar aangifte wordt gedaan en ik kan me zo voorstellen dat ze graag wil weten wat er is gebeurd.'

'Daar heb je gelijk in', zei José. 'Ik zal het meteen in orde maken.'

Sofía hing op en wachtte een paar minuten en toen werd het bolletje voor het rapport groen. Ze klikte het aan en de pdf met daarop het logo van het medisch centrum opende zich op haar scherm. Ze controleerde of de naam en het paspoortnummer overeenkwamen met de gegevens in de aangifte en scrolde daarna naar beneden door het rapport.

De arts begon met het uiteenzetten van de manier van onderzoek, een beschrijving van een standaardprocedure die Sofía grotendeels oversloeg. Er zaten foto's van de verwondingen in het dossier en daarna had de arts eerst haar medische bevindingen – ecchymose, wat stond voor een blauwe plek – en vervolgens haar conclusies genoteerd. Dat laatste was het gedeelte waarin Sofía het meest geïnteresseerd was, maar bij de medische bevindingen bleef haar blik hangen aan twee opvallende zaken. Ten eerste had de arts vastgesteld dat er sprake was van inwendig trauma, ten tweede had ze gezien dat Laura een klein, rood plekje had ter hoogte van haar navel. Het was minder dan een millimeter in doorsnee en Sofía betwijfelde of het Laura was opgevallen, maar het geoefende oog van de arts had het wel gezien.

Sofía scrolde door naar de conclusies. De arts schreef dat de genoemde inwendige en uitwendige verwondingen pasten bij het gebruik van dwang of geweld, zowel fysiek als seksueel. Tenzij Laura van Diemen er zo'n wild seksleven op na hield dat ze zich vrijwillig pijn had laten doen, was het een vrij zekere conclusie dat ze hardhandig was verkracht. Volgens de arts was er sprake geweest van penetratie en op het uitstrijkje dat als onderdeel van het onderzoek was gemaakt, was sperma aangetroffen. De arts had ook nog in haar rapport geschreven dat Laura een soa-test moest ondergaan. Het risico op een zwangerschap was gelukkig minimaal, omdat Laura een spiraal had.

Sofía haalde diep adem en pauzeerde even. Ze had vaker

dit soort rapporten gelezen en was niet zozeer uit het veld geslagen door wat de arts schreef, maar ze voelde mee met Laura die zo meteen te horen zou krijgen wat er met haar was gebeurd terwijl ze zelf buiten bewustzijn was. Het moest vreselijk zijn te vernemen dat je lichaam door een ander was gebruikt en ze zou Laura vanuit de politie psychologische hulp aanbieden om dit te verwerken.

Ze las verder over het gevonden sperma. Uiteraard was het uitstrijkje opgestuurd naar het laboratorium, waar onderzocht zou worden of de hoeveelheid sperma groot genoeg was om een DNA-profiel te kunnen opstellen. Zo ja, dan zou Sofía dit profiel uiteraard vergelijken met dat van Ruben om uit te sluiten dat het sperma van hem was. Daarna zou ze het afzetten tegen de profielen in de databank van de politie. Als de dader eerder met de politie in aanraking was geweest en als er toen DNA was afgenomen, zou ze hem op die manier kunnen vinden. Sofía wist echter wel beter dan hierdoor de hoop te koesteren dat ze de dader nu binnen afzienbare tijd in de cel zou hebben. Het afnemen van DNA voor de database gebeurde maar in een beperkt aantal gevallen en de kans dat er geen match zou zijn was vele malen groter dan de kans dat het wel zo was. Als het onderzoek in de databank niets zou opleveren, kon er een DNA-onderzoek worden gedaan onder alle mannen die aanwezig waren geweest op het feest. Dat was zelfs de meest logische vervolgstap, maar Sofía wist uit andere zaken dat dit niet zo eenvoudig was als het leek. DNA-onderzoek van deze omvang moest eerst door een rechter-commissaris worden goedgekeurd en daar gingen vaak enkele dagen overheen. Het kon de mannelijke feestgangers daarnaast niet worden verplicht om hun DNA af te staan. Het was eenvoudig om de conclusie te trekken dat alleen de schuldige niet wilde meewerken en dat iemand die zijn medewerking weigerde het dus wel gedaan zou hebben. Maar toch lag het niet altijd zo eenvoudig. Er konden meerdere redenen zijn waarom iemand niet wenste mee te werken. Niet zelden gebeurde dat omdat ze bang waren gepakt te worden voor bijvoorbeeld een oud misdrijf. In een grootschalig DNA-onderzoek gebeurde het eigenlijk nooit dat iedereen z'n medewerking verleende en het kostte de politie veel tijd en mankracht om uit te vinden wat de beweegredenen van de weigeraars waren, waarbij kostbare tijd verloren ging aan mensen die bij regulier onderzoek niet eens als verdachte waren aangemerkt en die ook niets met de zaak te maken hadden.

Sofía las verder. Het rode puntje dat de arts op Laura's buik had gezien, paste mogelijk bij het gebruik van een injectienaald. Het stond er als één droge zin, de arts wijdde er verder geen woorden aan. Maar Sofía voelde hoe haar nekhaar overeind ging staan. Laura had haar drankje niet uit het oog verloren, had ze gezegd. En toch was er sprake van GHB in haar bloed. Zou het kunnen dat het puntje daar iets mee te maken had?

Sofía opende haar internetbrowser en surfte naar Google. De laatste tijd had ze weleens wat in het nieuws gelezen dat haar aandacht had getrokken maar waar ze professioneel nog niet mee te maken had gehad. Toch was dat het eerste wat nu in haar hoofd opkwam.

'Needlespiking', typte ze in in de zoekmachine. Meteen kreeg ze een aantal nieuwsberichten te zien, vrijwel allemaal uit het buitenland. Ze herinnerde zich dat er onlangs een zaak in Arrecife was geweest waarbij needlespiking niet werd uitgesloten, maar de conclusies van het onderzoek waren niet sluitend. Ze klikte een bericht aan over een zaak in Londen en ook, gezien Laura's nationaliteit, eentje in Nederland waaruit zelfs een veroordeling was voortgekomen. Haar ogen vlogen over de regels. Needlespiking was een vrij nieuw fenomeen en vormde een zeer gevaarlijke variant op het drogeren van vrouwen via GHB in hun drankjes. In het begin was er twijfel geweest over de echtheid van de berichten – was het niet allemaal verzonnen? Maar gaandeweg waren er op festivals en in drukke clubs bewijzen gevonden dat vrouwen wel degelijk door middel van een injectie werden gedrogeerd om daarna te worden meegenomen en verkracht. Sindsdien was de politie er uitermate alert op. Als vrouw je drankje beschermen kon nog wel lukken, maar in een drukke gelegenheid zoveel afstand van iedereen houden dat je niet geprikt kon worden, dat was haast onmogelijk.

Sofía klikte het nieuwsbericht weg, opende het rapport weer en keek naar de zin die de arts had genoteerd. Nee, je kon uit deze summiere medische vaststelling niet de sluitende conclusie trekken dat Laura door middel van een naald was gedrogeerd, maar dat er drugs waren toegediend, stond wel vast. En ook dat daarna verkrachting had plaatsgevonden, waarschijnlijk door dezelfde persoon als die de drugs had toegediend.

Sofía pakte de telefoon en toetste het nummer in dat ze in het dossier vond. Terwijl ze in haar hoofd alvast oefende wat ze zou gaan zeggen, wachtte ze tot Laura opnam.

De ventilator roteerde warme lucht in haar richting en toch rilde Laura toen ze plaatsnam in hetzelfde kamertje als waar ze die ochtend ook had gezeten. De wijzers van de klok wezen aan dat het een paar minuten voor drie was. Ruben zat een meter of dertig verderop in de wachtruimte, maar voelde verder weg dan ooit.

'Ik heb het rapport van de arts binnengekregen', zei de rechercheur, al had ze dat aan de telefoon al verteld. Laura slikte moeizaam en knikte kort en reikte naar het water dat de rechercheur had klaargezet, maar haar hand bleef halverwege steken, alsof haar lichaam vergeten was wat haar hoofd van plan was geweest.

'Oké', zei ze schor en ze ging verzitten, maar er was geen goede houding. Haar lichaam voelde warm en log aan. Ze had geprobeerd nog wat te slapen, maar had zich uiteindelijk op een ligbed aan het zwembad geïnstalleerd. Het boek dat ze had opengeslagen, had ze enige tijd later op exact dezelfde pagina weer dichtgeslagen. En al die tijd had ze met groeiende frustratie scenario's in haar hoofd afgespeeld die al dan niet gebeurd waren, zonder te weten waar de feiten haar in de steek lieten en de fictie het overnam.

Er was een man geweest, zoveel had ze inmiddels uit haar warrige geheugen weten te distilleren. Een man die had gezegd dat hij haar zou helpen. Dat had ze geruststellend gevonden, dus blijkbaar had ze hem – wie hij ook was – niet als een bedreiging gezien. Was dat omdat ze hem kende of juist omdat ze hem niet kende? Dat wist ze niet, daarvoor was haar herinnering veel te vaag. In ieder geval kon hij, als ze een van de theorieën van de recherche volgde, niet iemand zijn die iets in haar drankje had gedaan, want tegen die tijd was ze al behoorlijk ver heen geweest. Mocht zoiets de oorzaak zijn van haar totaal benevelde toestand, dan moest het al voor die tijd zijn gebeurd.

Ze had nog steeds moeite zich voor te stellen dat ze gedrogeerd was. Natuurlijk, ergens vormde dat een verklaring voor de situatie waarin ze zich had bevonden, maar ze kon niet echt geloven dat iemand het op zo'n besloten feestje op haar had voorzien. Aan de andere kant: misschien was dat wel erg naïef gedacht. Ze kende de gasten niet, ze kende zelfs Mike en Cynthia niet. En wat ze wel van hen wist, duidde nou niet meteen op een rustige levensstijl. Al dat gepraat over open-minded zijn, de open relatie – misschien school daarin juist de verklaring voor wat er was gebeurd.

Hoe langer ze die mogelijkheid door haar hoofd liet gaan, hoe naïever ze zichzelf vond. Ze was goed van vertrouwen, dat was altijd zo geweest. Maar het leven van Mike en Cynthia was heel anders en vooral een stuk ruwer en ruiger dan ze gewend was. Al die tijd had ze al een dubbel gevoel gehad bij het feestje, waarbij ze haar twijfels uiteindelijk aan de kant had gezet. Want wat kon er gebeuren?

Ze ging verzitten en voelde de beurse plekken aan de binnenkant van haar benen. Het gevoel trok omhoog en leek zich ook binnen in haar te manifesteren. Wat kon er gebeuren? Er kon zoveel gebeuren!

Sofía Peña klikte een paar keer op haar muis en mompelde iets dat als een verwensing aan het adres van de computer klonk en toen fronste ze en klaarde haar gezicht op. 'Ah, hier heb ik het', zei ze, meer tegen zichzelf dan tegen Laura, ook al sprak ze Engels. Haar ogen vlogen over een paar regels en toen draaide ze zich naar Laura en keek haar aan. 'Zoals je weet heeft de arts op ons verzoek een lichamelijk onderzoek bij jou uitgevoerd en is er bloed afgenomen dat in het forensisch laboratorium is onderzocht. Uit het bloedonderzoek is naar voren gekomen dat er in jouw bloed sporen van de drug GHB aanwezig waren.'

Ze liet een korte stilte vallen. Voor Laura voelde het alsof de woorden nadreunden in haar oren. Ze wist zeker dat ze de rechercheur goed had verstaan, maar toch trok ze haar wenkbrauwen op en keek de vrouw ongelovig aan voor ze zei: 'Ik begrijp het niet.'

De rechercheur hield haar hoofd schuin en knikte begripvol. 'We hebben het hier vanochtend al kort over gehad en jij hebt al aangegeven dat je zelf gisteravond geen drugs hebt gebruikt en er ook niet van op de hoogte bent geweest dat iemand anders je enige vorm van drugs heeft toegediend.' Ze pauzeerde even. 'Is er iets dat je daaraan wil toevoegen nu je de uitslag van de bloedtest weet?'

Laura kneep haar ogen samen. 'Nee', zei ze. Ook al

wankelden haar gedachten, haar stem klonk beslist. 'Ik weet zeker dat ik zelf niets heb genomen en ik kan me ook niet herinneren dat ik mijn glas uit het oog ben verloren.' Ze dacht na en trok haar wenkbrauwen op. 'Hoe zit het met de andere gasten? Als er meer mensen zijn bij wie het is gebeurd, kan het misschien in een van de drankjes hebben gezeten die ik zelf heb ingeschonken.'

De rechercheur knikte. 'Uiteraard nemen we dat mee in ons onderzoek. Daarbij is het lastig dat GHB na acht tot twaalf uur uit het bloed verdwijnt en dan ook niet meer te traceren is.'

'Maar je moet dat toch voelen?' Laura likte aan haar droge lippen. 'Ik kan niet zeggen dat het ongemerkt aan mij voorbij is gegaan.'

'Dat klopt.' De rechercheur pakte de muis weer en scrolde. 'Er zijn meer bevindingen van de arts die ik met je moet delen.' Ze keek Laura aan en even kreeg haar blik iets peinzends. Net zo snel als dat kwam, was het ook weer verdwenen. Laura rechtte haar rug. 'De blauwe plekken', zei ze, misschien nog wel het meest om zichzelf voor te bereiden.

De rechercheur knikte. 'De arts heeft vastgesteld dat er inderdaad sprake is van bloeduitstortingen als gevolg van een trauma, waarbij wordt bedoeld dat iets of iemand je op die plekken met zoveel druk heeft geraakt dat je daardoor gewond bent geraakt. Daarnaast heeft het lichamelijk onderzoek aangetoond dat er sprake is van penetratie, waarbij ook geweld is gebruikt.' Ze liet weer even een stilte vallen. 'Ook inwendig zijn bloeduitstortingen geconstateerd, die natuurlijk kunnen samenvallen met vrijwillige seks die je eventueel hebt gehad, maar die bij, laten we zeggen, normaal seksueel contact niet zouden ontstaan. Dus de vraag of jij...'

Voor ze die zin afmaakte, schudde Laura haar hoofd al. De rechercheur tikte met haar pen tegen een papiertje, maar schreef niets op. 'Verder is er sperma aangetroffen, dat uiteraard voor onderzoek naar het laboratorium is gestuurd.'

Laura staarde de vrouw met open mond aan. Het volgende moment voelde ze zich vies. 'Maar dat is...'

De rechercheur hield haar hoofd iets schuin en wachtte tot Laura de zin zou afmaken, maar dat deed ze niet. 'Het is mogelijk dat dit sperma afkomstig is van jouw eigen vriend', zei Sofía Peña. 'In het laboratorium kunnen we dat uitsluiten of bevestigen en daarvoor vragen we hem mee te werken aan een DNA-test.'

Laura dacht na en schudde haar hoofd. 'Sinds we op Lanzarote zijn hebben wij niet...' Ze voelde zich ongemakkelijk en het lukte haar niet om uit te spreken wat ze bedoelde, maar de rechercheur begreep haar zo ook wel. Sofía Peña knikte. 'We nemen het mee in het onderzoek', zei ze. 'Als we jouw vriend hebben uitgesloten, zullen we in onze databank op zoek gaan naar een DNA-match en mocht die niet worden gevonden, dan is DNA-onderzoek bij alle op het feest aanwezige mannen een mogelijke volgende stap. Maar daarvoor moeten een aantal juridische hordes worden genomen en daar gaan waarschijnlijk een paar dagen overheen.' Sofía Peña pauzeerde heel even.

Daarna deed ze haar mond weer open. 'In elk geval betekent dit dat we ervan uitgaan dat jij gisteravond door een nog onbekend persoon bent verkracht en we zullen er met ons onderzoek alles aan doen om de dader te vinden.'

Laura sloot even haar ogen. De woorden leken door de lucht te vliegen en de hele kamer te vullen, maar in haar hoofd bleven ze niet hangen. Ze tastte ernaar, maar miste doel. Ze had ze gehoord, ze had ze begrepen, maar de zinnen leken op geen enkele manier betrekking op haar te hebben. Alsof haar hersenen haar wilden beschermen tegen de harde waarheid die uit het politierapport naar voren was gekomen.

'De arts heeft het advies uitgesproken om over vier weken een soa-test te doen', zei de rechercheur. 'En wat betreft het risico op een eventuele zwangerschap...'

Laura schudde haar hoofd. Ze was blij dat ze haar anticonceptie op orde had. 'Ik zal de test binnenkort doen', zei ze en haar mond werd droog. Opnieuw voelde ze zich smerig en ze huiverde zo hard, dat er kippenvel over haar hele lichaam trok.

'Er is nog iets.' De donkerbruine ogen van de rechercheur stonden spijtig, alsof ze liever op dit punt was gestopt en Laura had bespaard wat er kennelijk nog gezegd moest worden. 'De arts heeft een plek op je buik gezien die mogelijk is veroorzaakt door een injectienaald. Heb je onlangs een injectie gehad die die plek zou kunnen verklaren?'

Laura schudde haar hoofd en probeerde zich te concentreren op haar eigen gedachten. Had ze een injectie gehad? Hoewel ze wist dat dat niet het geval was, ging ze toch diep nadenken, maar uiteraard kwam er niets naar voren in haar hoofd. Ze haalde kort haar schouders op. 'Ik weet het niet.'

De rechercheur keek haar onderzoekend aan. Laura sloeg haar blik neer. Wat ze net had gehoord was te veel om in één keer te verwerken. Ze had GHB in haar bloed gehad, ze was verkracht en bovendien had ze een injectie gehad.

Duizelig van de schok dronk ze een paar slokken water uit het bekertje dat de rechercheur voor haar had neergezet. Ze voelde zich ook misselijk, alsof ze te veel rondjes in de achtbaan had gemaakt. 'Ik begrijp het niet', zei ze.

De rechercheur legde uit dat het toedienen van GHB met als doel het slachtoffer te verkrachten, lange tijd vrijwel uitsluitend via drank gebeurde. Maar sinds kort was er een nieuwe methode, namelijk door middel van een injectienaald. 'Op Lanzarote hebben we dit nog niet eerder meegemaakt, maar in het buitenland zijn er al wat zaken geweest waarin needlespiking, zoals deze methode heet, een rol speelt.'

Laura sloot even haar ogen. Ze herinnerde zich de term, die ze was tegengekomen bij het scrollen door Nu.nl, maar ze had er nooit echt aandacht aan besteed.

De rechercheur keek haar aan met haar hoofd schuin. 'Ik snap dat het veel is om nu te verwerken. We hebben hier mensen die gespecialiseerd zijn in traumaverwerking. Als je wil, kan ik iemand voor je bellen om je te helpen.'

Laura schudde haar hoofd. 'Ik wil vooral heel graag terug naar mijn hotel', zei ze. Er prikte zweet op haar rug. Ze rilde weer ondanks de warme lucht van de ventilator en nam nog een slok water. 'Is dat goed?'

'Dat begrijp ik', zei de rechercheur. 'Maar bij vrijwel elke zaak geldt dat de eerste uren het belangrijkst zijn voor het verzamelen van informatie, bewijsmateriaal en sporen. Daarom zou ik je toch graag nog wat vragen willen stellen.'

'O', zei Laura. 'Oké.'

'Het is belangrijk dat we de tijdlijn van gisteravond op orde krijgen', ging de rechercheur verder. 'En ik wil de achtergrond van het feestje weten. Hoe zijn jullie daar terechtgekomen, wie waren er allemaal – dat zijn vragen waarop we antwoord moeten krijgen. O, en er is nog iets.' Ze stak haar vinger op bij die laatste zin. 'Ik wil je vragen om niet naar je hotelkamer te gaan voor mijn collega's van de technische recherche daar zijn geweest. Dat kan snel, ik stuur ze zo meteen op pad en dan zijn ze er met een halfuur. Zij zullen proberen sporen veilig te stellen in de kamer. En we hebben de kleding nodig die jij gisteravond droeg.'

Laura knikte een paar keer langzaam. 'Die ligt op mijn kamer, over de bureaustoel.'

Sofía typte iets in op de computer. Laura nam nog een slokje water en probeerde haar gedachten te ordenen, maar ze wist niet waar ze moest beginnen. Het was te veel om te kunnen bevatten en tegelijkertijd fronste ze. 'Ik weet niet eens zeker of het wel in het hotel is gebeurd.'

'Misschien niet', zei Sofía Peña. 'Maar voor de zekerheid doen we toch sporenonderzoek voordat eventueel bruikbaar materiaal verdwenen is.'

'Oké.' Laura knikte opnieuw. De energie van de rechercheur vulde de ruimte, terwijl de hare juist leek weg te vloeien. Ineens voelde ze zich dom en onnadenkend dat ze zich had laten meeslepen. Ze had naar haar gevoel moeten luisteren en het feestje moeten laten schieten. Al die mensen die ze niet kende, dat rare gedoe over open en open-minded zijn. Het was niets voor haar en dat had ze meteen geweten. Waarom dan toch gaan? Omdat ze geen spelbreker wilde zijn?

Ze wreef met haar beide handen over haar voorhoofd, dat gloeiend heet aanvoelde. Zonder dat ze het zelf merkte begonnen er tranen over haar wangen te lopen, die warm en zout op haar lippen drupten. Het volgende moment voelde ze de hand van de rechercheur troostend op haar arm en wilde ze dat ze nooit aan de hele vakantie was begonnen.

Hoofdstuk 7

'NEE!' BENTHES OGEN WAREN ZO GROOT DAT LAURA EEN moment lang bang was dat ze uit hun kassen zouden rollen. 'Dat is... Dat is...' Het juiste woord kwam blijkbaar niet in haar op en ze stopte met praten, al bleef haar mond nog openstaan.

'Ja', zei Laura, die net zelf had verteld dat ze afgelopen nacht was verkracht, maar het desondanks amper kon geloven. Door het gebrek aan herinneringen voelde de informatie vreemd en afstandelijk, alsof het over iemand anders ging. Iemand die ze niet eens kende.

Ze trok haar benen onder zich. Omdat ze nu niet in hun eigen kamer konden, zaten ze bij Benthe. De anderen waren bij het grote zwembad en Laura, Ruben en Benthe hadden beloofd ook die kant op te gaan, maar Laura voelde een vreemde angst bij het idee dat er zoveel mensen om haar heen zouden zijn. Ze had het aanbod van psychologische hulp vanuit de politie afgeslagen, maar begon zich af te vragen of ze er niet toch goed aan deed om het te accepteren.

'Ze moeten iedereen die op dat feestje was traceren', zei Benthe geestdriftig. 'En ondervragen. En als het klopt wat de politie zegt over die naald, dan moet die toch te vinden zijn? Hebben ze het afval al onderzocht?'

De woorden deden Laura duizelen. 'Ik weet het niet', zei ze. 'De rechercheur zei dat ze een uitgebreid onderzoek gingen doen.'

Er klonk een klopje op de deur en Benthe stond op om open te doen. De anderen kwamen binnen, Annemarie voorop. Laura wist dat ze hen moest bijpraten, maar op een of andere manier leek haar mond niet in staat dat te doen. Ze keek hulpzoekend naar Ruben, die in haar plaats vertelde wat de politie had gezegd. De anderen keken haar aan met een mengeling van ongeloof en medeleven. Roxanne stamelde een paar woorden, gevolgd door Sven die zich duidelijk geen raad wist met de situatie. Annemarie omhelsde Laura. Er stonden tranen in haar ogen. 'We hadden nooit naar dat feestje moeten gaan', zei ze. 'Die Mike en Cynthia zijn van die vreemde types, dat trekt alleen maar andere rare lui aan.'

Alec legde even zijn hand op de arm van zijn vriendin, als om te voorkomen dat ze verder zou praten. 'Ik denk dat het nu niet zoveel zin meer heeft om daarover na te denken', zei hij zacht, maar ook dwingend. 'Laten we nu vooral kijken wat we kunnen doen om de politie te helpen in het onderzoek.'

'Weten we ook waar het precies is gebeurd?' Dat was Roxanne, die peinzend naar Laura keek. 'Ik bedoel: het maakt natuurlijk uit of het in het huis van Mike en Cynthia is gebeurd of hier in het hotel, of in die auto die jij je een beetje herinnert.'

Laura knikte langzaam. 'Ik weet het niet precies, maar als ik de volgorde van mijn herinneringen aanhoud, was er eerst een man die zei dat hij me zou helpen, daarna is het allemaal vaag en daarna is er een moment dat iemand me pijn deed. Van dat laatste herinner ik me geen locatie, maar wel dat het lichter was dan in de auto. Alsof er een lamp aanstond. En er was een bed.'

'Zou het een hotelkamer geweest kunnen zijn?' vroeg Alec.

Laura trok met haar mond. 'Dat kan, maar ik weet niet hoe de kamer eruitziet, dus ik weet ook niet of het dit hotel was.'

'De politie krijgt vast wel toegang tot de camerabeelden van de ingang', zei Alec. Er klonk iets geïrriteerds in zijn stem door, alsof het hem stak dat die toegang hem was geweigerd.

'Ik ga Mike opnieuw bellen.' Dat was Benthe, die haar telefoon had gepakt. 'Tot nu toe neemt hij niet op, maar ik wil horen wat hij te zeggen heeft. Hij kent al die mensen op dat feest.'

Laura knikte langzaam. Ze had niet geteld hoeveel

mannen en hoeveel vrouwen er aanwezig waren geweest, maar ze schatte dat grofweg de helft van de ongeveer vijftig aanwezigen man was geweest.

'Ongeveer vijfentwintig mannen dus', zei Annemarie, toen Laura haar herinnering hardop uitsprak. 'En van slechts drie van hen weten we zeker dat zij het niet waren.'

Laura knikte. 'De politie heeft op het bureau het DNA van Ruben afgenomen, zodat ze zeker weten dat het sperma niet van hem is.'

'Waarom doen ze niet bij alle mannen gewoon een DNA-test?' vroeg Roxanne. 'Dan heb je de dader zo te pakken.'

'Dat willen ze ook doen', zei Laura. 'Maar het schijnt lastig te zijn om dat snel te organiseren. De rechter moet daar toestemming voor geven en daarna is het nog een hele operatie.'

'Kunnen ze niet nu al alle mannelijke gasten vragen op vrijwillige basis hun DNA af te staan?' vroeg Alec. 'Dan ben je misschien wel sneller.'

'Ze zullen jou en Sven ook wel vragen', zei Annemarie.

Alec fronste en knikte. 'Dat lijkt me ook. Al stond Laura nog op de dansvloer toen ik wegging.'

Laura keek op. 'Hoe bedoel je?'

'Alec is eerder naar het hotel gegaan', antwoordde Annemarie in zijn plaats. 'Hij voelde zich niet zo lekker.'

Benthe keek van de een naar de ander. Laura kneep haar ogen samen. 'Dat kan ik me ook niet herinneren.'

'Ik heb het ook niet tegen jullie gezegd', zei Alec. 'Ik had gewoon te veel gedronken en ik denk dat ik daar te oud voor word.' Hij grijnsde met een scheve mond. 'Of misschien ben ik het niet meer gewend, ik heb de laatste tijd vooral veel gewerkt. Ik voelde me helemaal niet lekker en heb een taxi naar het hotel genomen. Of nou ja, bijna naar het hotel.'

'Hoe bedoel je?' vroeg Roxanne.

Alec keek wat beschaamd. 'Onderweg voelde ik me zo slecht dat ik bang was dat ik moest overgeven, dus ben ik uitgestapt. Maar goed...' Hij keek naar Laura. 'Dat is nu allemaal niet zo belangrijk.' Hij dacht even na. 'Het was kwart voor twee toen ik in het hotel aankwam, maar toen was jij nog niet terug, denk ik.'

Laura schudde haar hoofd, hoewel ze zich de tijdstippen zelf niet meer herinnerde.

'Vijfentwintig mannen dus, van wie we er drie kunnen uitsluiten', zei Roxanne nu. 'Dat betekent dat ze bij tweeëntwintig mannen DNA-onderzoek moeten doen. Dat kan toch geen weken in beslag nemen?'

'Drie?' Benthe keek het groepje rond. 'Sven, Ruben en Alec. En Mike dan?'

Roxanne trok met haar mond. 'Ik durf er niet van uit te gaan dat hij er niets mee te maken heeft.'

'Hij neemt nog steeds niet op', zei Benthe, die hem nog steeds aan het bellen was. Ze probeerde het nummer van Cynthia, maar hing vrijwel meteen weer op. 'Voicemail.' Op dat moment ging de mobiel van Laura wel. Een nummer uit Lanzarote, meldde haar iPhone automatisch. 'Met Sofía Peña', klonk de stem van de rechercheur toen Laura opnam. 'Ik wilde je laten weten dat mijn collega's klaar zijn met hun onderzoek. Ze hebben jouw kleding ook meegenomen.'

'O', zei Laura. 'En?'

'Ik kan er nog weinig over zeggen. Wat ik wel heb begrepen, is dat in de tussentijd dat jij hier op het bureau was, de housekeeping het bed heeft verschoond en de kamer heeft gedweild, dat is jammer.'

'O', zei Laura opnieuw. Ze kreeg een zwaar gevoel in haar maag.

'Geen zorgen', zei de rechercheur met een zekere opgewektheid in haar stem. 'We hebben nog heel wat andere mogelijkheden. Zo stuurt de beveiliging van het hotel ons zo snel mogelijk de camerabeelden die afgelopen nacht bij de ingang van het hotel zijn gemaakt. Ook nemen we contact op met de taxibedrijven op het eiland. Als jij vannacht met een taxi naar het hotel bent gebracht, hopen we de chauffeur te vinden. We zijn daarnaast bezig Mike en Cynthia te traceren om hen te kunnen ondervragen. Vooralsnog nemen ze hun telefoons niet op en ze zijn ook niet thuis, maar we verwachten wel dat we hen snel vinden.' Ze pauzeerde even om Laura de kans te geven te reageren, maar Laura liet een stilte vallen omdat ze niet goed wist wat ze moest zeggen.

'Het is belangrijk dat al jouw vrienden ook vandaag een verklaring afleggen over wat zij hebben gezien en gehoord', ging de rechercheur verder. 'Er wordt een extra rechercheur vrijgemaakt om met mij aan deze zaak te werken. Die zal later vandaag contact opnemen, zodat iedereen zo snel mogelijk kan worden gehoord. Ikzelf wil jou straks ook graag spreken om de tijdlijn van gisteravond verder in te vullen en te kijken aan welke momenten je herinneringen hebt. Op die manier kunnen we het verloop van de avond zo waarheidsgetrouw mogelijk invullen en dat helpt bij het reconstrueren van wat er is gebeurd.'

'Oké', zei Laura. 'Dat lijkt me goed.'

'Ik kom daarvoor met een collega naar jouw hotel', zei Sofía Peña. 'Dan is het voor jou het minst belastend.'

Laura knikte een paar keer en zei opnieuw dat het oké was. 'Dan hoor je snel weer van mij', zei de rechercheur. 'En als je behoefte hebt om met iemand te praten over wat er is gebeurd, dan weet je me te vinden, toch? Het nummer waarmee ik nu bel, is mijn mobiele nummer. Ik ben dag en nacht bereikbaar als het nodig is.'

'Dank je wel', zei Laura zacht. Ze verbrak de verbinding en keek op. Al haar vrienden hadden hun blik op haar gericht. 'Dat was de politie', zei ze ten overvloede. 'Er zijn extra rechercheurs op de zaak gezet en ze willen met iedereen van ons praten.'

'Dat lijkt me logisch', zei Roxanne. 'En wat zei ze verder?'

Laura dacht na. 'De lakens van het bed waren al verschoond', zei ze toen. 'Dus de kans is klein dat die nog tot bruikbare sporen gaan leiden. Maar de politie gaat nog allerlei andere dingen onderzoeken. Die rechercheur lijkt er veel vertrouwen in te hebben dat daar iets uit komt.'

'En Mike en Cynthia?' vroeg Annemarie. 'Hebben ze al contact met hen gehad?'

Laura schudde haar hoofd. 'Ze zei dat ze telefonisch

niet te bereiken zijn en dat ze ook niet thuis waren.'

Benthe wierp een blik op haar telefoon. 'Mij bellen ze ook niet terug.'

'Dat is toch vreemd.' Annemarie kneep haar ogen samen en keek van Benthe naar Laura. 'Als je gisteravond zo'n feest hebt gehad dat nog niet was afgelopen toen wij rond drie uur weggingen, dan zou je toch denken dat je vandaag thuis bent. Al was het maar om uit te slapen of de boel op te ruimen.'

Laura haalde kort haar schouders op. Ze had niet het idee dat ze met logisch redeneren de gedachtegang van Mike en Cynthia kon volgen. Op dat moment bedacht ze dat ze haar vrienden nog niet had verteld over het gesprek dat ze gisteren aan het begin van het feest met Cynthia had gehad. Ze deed haar mond open, maar aarzelde en sloot hem na een paar seconden weer. Het ontbrak haar simpelweg aan de energie. Ze zou het straks wel aan de politie vertellen, al wist ze niet zo goed of het ertoe deed.

Er begon een telefoon te rinkelen. Hoewel Laura de ringtone niet als de hare herkende, keek ze toch op het scherm, maar het was de mobiel van Benthe. 'O', zei haar vriendin verwonderd. 'Het is Mike.'

Ze nam op en zette het gesprek op de speaker. 'Hé Mike', zei ze zo neutraal mogelijk. 'Goed dat je even terugbelt.'

'Ja.' Zijn stem klonk schor en vermoeid. 'Natuurlijk.'

'Ik wil graag iets met je bespreken', zei Benthe. De woorden klonken wat formeel en het leek of Benthe even niet wist hoe ze het gesprek moest inleiden. 'Er is iets gebeurd op het feest. Iets vervelends.'

'O, dus jullie hebben het al gehoord.' In zijn stem klonk verbazing door. 'Ik kan het gewoon niet geloven. Het was zo gezellig en ik weet niet hoe dit heeft kunnen gebeuren. Ik ben nu bezig iedereen te bellen die misschien iets heeft gezien, al waren jullie volgens mij al weg toen het gebeurde.'

Laura kneep haar ogen samen. Ze zag Ruben hetzelfde doen. Benthe fronste. 'Hoe bedoel je? Wij waren er gewoon nog.'

'Echt? Ik kan me niet herinneren dat ik jullie toen nog heb gezien.' Mike haalde diep adem. 'Maar ik weet het niet helemaal zeker.'

'Waar heb je het over?' vroeg Benthe na een korte stilte. 'Wij waren er nog, en toen kwamen we erachter dat Laura weg was en zijn wij ook vertrokken om haar te gaan zoeken. Maar we weten niet hoelang ze toen al verdwenen was.'

Nu was het Mikes beurt om even stil te zijn. 'Laura? Wat is er met Laura?'

'Wacht even.' Benthe keek vluchtig op. 'Waar heb jij het over? Wat is er gebeurd?'

Mikes stem klonk moeizaam toen hij zei: 'Cynthia is vannacht bijna verdronken in het zwembad. Ze ligt nu in coma op de intensive care.'

Sofía Peña verbrak met een druk op de rode knop de verbinding en keek fronsend naar haar collega Manuel Rossado, die tegenover haar zat en het gesprek met een half oor had gevolgd. 'Gezellig feestje', zei ze, met een stem waaraan te horen was dat ze het tegendeel bedoelde. 'De een wordt gedrogeerd en verkracht, de ander ligt in coma.'

'Drank?' vroeg haar collega, maar Sofía schudde haar hoofd om vervolgens haar schouders op te halen. 'Ze zal vast niet geheel nuchter zijn geweest.' Je zou denken dat je te midden van feestvierders niet ongemerkt in een zwembad kon vallen, maar als de drank, en misschien ook wel de drugs, rijkelijk had gevloeid, was het maar de vraag hoe oplettend mensen nog waren. Sofía reikte naar haar mobiel en belde José om een aanvraag voor weer een medisch onderzoek te doen.

'Opnieuw een bloedtest', zei ze. 'Deze keer bij een van de twee mensen die het feest georganiseerd hebben.'

José beloofde de aanvraag goed te keuren en vroeg daarna pas naar de aanleiding. 'Deze vrouw is vannacht bijna verdronken in het zwembad en kon op het nippertje worden gered. Ze ligt nu in coma in het ziekenhuis, maar ik heb begrepen dat ze stabiel en buiten levensgevaar is.'

'Bijzonder feest', was de reactie van haar chef en Sofía glimlachte. 'Ook niet mijn idee van een leuke avond en blijkbaar is iemand erop uit geweest om het inderdaad niet al te gezellig te maken.'

'Stuur me aan het einde van de dag een update', zei haar chef. 'En je onderzoeksrichtingen. Als je iets nodig hebt, laat het me weten.'

Sofía beloofde het en verbrak de verbinding. Ze rondde de aanvraag voor een bloedtest af. Als er ook in het bloed van Cynthia sprake was geweest van GHB, was dat na meer dan twaalf uur niet meer te traceren. Maar Sofía wilde het desondanks getest hebben en bovendien waren er ook soorten drugs die veel langer zichtbaar waren. Ook andere soorten drugs konden verband houden met wat Cynthia was overkomen. Dat kon natuurlijk net zo goed een ongeluk zijn en als de zaak van Laura van Diemen niet had gespeeld, zou Sofía waarschijnlijk geen onderzoek hebben opgestart. Maar twee van zulke gebeurtenissen op één feest was voor de politie genoeg aanleiding om in elk geval uit te zoeken of er een verband was.

Ze belde Cynthia's vriend, van wie ze inmiddels wist dat hij Mike de Laat heette, en liet hem weten welk onderzoek er bij zijn vriendin zou worden gedaan. Hij stemde in, al was zijn toestemming niet noodzakelijk voor het onderzoek. Sofía vroeg zich af of hij al op de hoogte was van de gebeurtenissen rondom Laura van Diemen, maar ze begon er nog niet over. 'Wij zijn over een uur in het ziekenhuis', zei ze alleen maar. 'We ontmoeten je daar graag voor een gesprek.'

Mike stemde toe en Sofía maande Manuel om voort te maken. Haar collega sloot zijn computer af en liep weg om de sleutels van een van de politieauto's te halen. Niet lang daarna stapten ze in en reden naar Arrecife, waar het witte ziekenhuis voor hen opdoemde. Sofía belde naar Mike en tien minuten later keek ze vanachter een kop automatenkoffie toe hoe een man van rond de veertig in een korte jeans en een blauw overhemd met haastige passen naar het kleine restaurant liep en vervolgens zoekend om zich heen keek. Zijn halflange haar hing los om zijn hoofd en zijn baard was piekerig. Alles aan hem straalde vermoeidheid uit.

Sofía stond op en zwaaide kort. Ze ving zijn zoekende blik en hij beende met ferme passen op haar af. Zijn ogen waren, zo zag ze toen hij dichterbij kwam, vaal en rood. Om zijn nek hing een haaientand aan een koordje. 'Ik ben Mike', zei hij in het Spaans. Zijn handdruk was ferm.

Sofía stelde zichzelf en haar collega voor en informeerde naar Cynthia. Mike haalde diep adem en schokte met zijn schouders. 'De artsen zeggen dat ze het wel haalt, ook al heeft ze behoorlijk wat water binnengekregen, dat in haar longen is gekomen. Maar we waren er waarschijnlijk net op tijd bij.'

Sofía vroeg de naam van de hoofdarts en noteerde die. Later zou ze haar bellen en een aantal vragen stellen over de toestand van Cynthia. Vragen waarop de arts niet alle antwoorden zou mogen geven, maar met een beetje geluk kon de recherche genoeg informatie bij elkaar sprokkelen om toe te voegen aan de diverse puzzels die er te leggen waren.

'Ik waardeer het dat jullie de moeite nemen om de zaak te onderzoeken', zei Mike met een flauwe glimlach. 'Maar mij lijkt dat er sprake is van een ongeluk.'

Sofía knikte kort. 'Ik denk dat ik je eerst iets anders moet vertellen', zei ze. 'Er is vannacht nog meer voorgevallen op jullie feest. Een zaak die we hoog opnemen.'

De verbazing in de ogen van Mike de Laat nam toe met elke zin die ze uitsprak, zag Sofía. Ze vertelde hem over het drogeren van een van de mensen op zijn feestje en de verkrachting die erop was gevolgd en terwijl ze praatte, peilde ze intussen zorgvuldig zijn reactie. Ze wist dat Manuel, die zwijgend toekeek, hetzelfde deed. De reactie leek oprecht te zijn, maar ze zou dit achteraf nog uitgebreid met Manuel bespreken. Soms konden kleine details van belang zijn. Details die de een wel en de ander niet opvielen.

'Wat erg', zei Mike zacht toen Sofía was uitverteld. 'Wat verschrikkelijk voor haar. En het idee dat een van onze gasten...' Hij maakte die zin niet af met zijn mond maar kennelijk wel in zijn hoofd, want hij huiverde bij wat het vervolg zou moeten zijn. 'Vreselijk', fluisterde hij bijna onverstaanbaar.

'Ja', zei Sofía. 'Je zult begrijpen dat wij graag willen uitzoeken wie er verantwoordelijk is voor wat Laura van Diemen is aangedaan en dat we in dat kader ook onderzoeken wat jouw vriendin is overkomen.' Ze ging verzitten en tikte met haar pen tegen haar notitieblok. Daarna keek ze Mike aan. 'Kun je om te beginnen vertellen wie je allemaal op het feest had uitgenodigd?'

Mike schoof heen en weer op zijn stoel en staarde naar zijn handen. 'Tja', zei hij uiteindelijk. 'Ik weet dat dit misschien vreemd klinkt, maar ik ken eigenlijk niet alle gasten. Sommige mensen zijn weer met andere meegekomen. En bijvoorbeeld de vriendengroep van Laura...' Hij zweeg even. 'Ik weet eerlijk gezegd niet al hun namen.'

'Stuur me dan de namen die je wel weet.' Ze schoof haar visitekaartje naar hem toe. 'Mijn e-mailadres staat erop.'

'Dat zal ik doen', zei Mike en hij staarde nadenkend voor zich uit. Uiteindelijk mompelde hij iets dat Sofía niet kon verstaan, zweeg weer even en begon toen te praten.

'Ik was er echt van overtuigd dat het gewoon een stom ongeluk was', zei hij, zijn blik gericht op een punt achter Sofía. 'Maar nu ik dit weet...' Hij zweeg weer en na bijna een halve minuut zei Sofía: 'Nu je dit weet wat? Wat zijn je gedachten?'

'Dat ik het moeilijk aan elkaar te leggen vind. Er is op het feest iets gebeurd dat absoluut niet door de beugel kan, maar ik weet niet of wat Cynthia is overkomen daar nou meteen mee te maken heeft. Het is een paar uur later gebeurd.'

Sofía knikte. Dat was haar natuurlijk ook niet ontgaan. 'Waar was jij eigenlijk toen Cynthia in het zwembad viel?'

'Binnen', zei hij. 'Er gingen gasten weg en ik was afscheid aan het nemen. De dansvloer was op dat moment leeg, de dj was tot vier uur ingehuurd en was aan het inpakken. Er waren nog gasten, maar die stonden ook binnen, bij de drank.'

'Dus Cynthia was alleen buiten?'

'Ja.' Hij keek nadenkend. 'Daarom duurde het ook even voor ik doorhad wat er gebeurd was.'

Sofía knikte langzaam. Manuel, die altijd precies aanvoelde wanneer zijn inbreng gewenst was, nam het gesprek even over. Sofía staarde peinzend naar Mike de Laat. Zijn ogen waren nog roder geworden en het slaapgebrek straalde van hem af. Vannacht had hij ongetwijfeld het nodige gedronken, maar daar was nu niet zoveel meer van te merken.

'We zullen ter plekke onderzoek gaan doen', zei ze bij het afscheid. 'Daarvoor hebben we toegang tot jullie huis nodig.'

Even verscheen er iets van aarzeling in Mikes blik, dat meteen weer verdween. Uit zijn broekzak haalde hij een sleutelbos. 'Deze is van het hek, deze van de voordeur', wees hij en hij overhandigde haar de bos. Sofía keek hem nadenkend aan. 'Sterkte met je vriendin', zei ze en ze schudde hem de hand.

Toen ze samen met Manuel de hal van het ziekenhuis doorkruiste, voelde ze de blik van Mike de Laat in haar rug prikken.

Hoofdstuk 8

DE NACHT WAS DONKER EN DUURDE EINDELOOS LANG en toen Laura nog voor zes uur uit bed kwam omdat ze het gewoonweg niet meer uithield onder de dekens, besloot ze zo hard te gaan joggen dat het onmogelijk zou zijn om nog aan iets anders te denken. De lichamelijke gevolgen van wat haar was overkomen vielen mee en het was puur de vermoeidheid die maakte dat ze moeite had om haar ritme te vinden, maar met haar kiezen op elkaar en een verbeten blik op haar gezicht lukte het haar uiteindelijk om naar de vuurtoren te rennen. Toen ze daar aankwam, voelden haar longen alsof ze elk moment uit elkaar konden klappen en gutste het zweet ondanks het vroege uur van haar voorhoofd. Ze zette haar handen tegen de vuurtoren en deed haar strekoefeningen. Daarna nam ze een paar ferme slokken water en staarde naar de oceaan, die zich in het ochtendlicht blauwgrijs en eindeloos uitstrekte. Aan de horizon trok een boot voorbij en dichterbij vocht een groepje meeuwen om iets dat een van de vogels uit zee had opgeduikeld. Laura voelde haar huid prikken door het zout van het zweet. Ze keek om zich heen. Zo vroeg in de ochtend was ze de enige hier. Het water was kalm, de lucht helder. Het zou een vredig tafereel moeten zijn, zeker zo zonder andere mensen. Maar haar hart begon juist sneller te slaan. Onrustig keek ze om zich heen. Heel in de verte zag ze een wandelaar. Ze schrok toen ze zich realiseerde dat die haar kant op kwam. Langzaam voelde ze zich misselijk worden, tot ze de wandelaar zag afbuigen en die ineens verdwenen was. Ze dwong zichzelf rustig te ademen. Misschien was dat nog wel het engste. Dat iemand doelbewust haar iets had aangedaan zonder dat ze ook maar in de verste verte wist waarom. Waarom zij? Was het wel bewust of was ze op het verkeerde moment op de verkeerde plek? Was het gebeurd op de dansvloer of toen ze water ging halen? Of nog ergens anders?

Er kwam nog een hardloper voorbij. Waakzaam keek Laura toe, maar de jonge man keurde haar geen blik waardig. Blinkend van het zweet rende hij verder. Vluchtig dacht ze aan Mike en Cynthia, die hier elke dag gingen rennen.

Maar vandaag niet.

De gedachte aan wat Cynthia was overkomen, was een

van de dingen die haar vannacht uit haar slaap hadden gehouden. Gisteravond had ze nog een lang gesprek met Sofía Peña gevoerd. De rechercheur had haar de vragen gesteld die Laura zichzelf natuurlijk ook al tientallen keren had gesteld, maar waarop ze geen of slechts hele vage antwoorden wist te geven. Laura had naar Cynthia geïnformeerd, maar Sofía had eigenlijk niet meer gezegd dan dat de politie de zaak in onderzoek had genomen. Of Cynthia net als Laura gedrogeerd was, mocht ze in het kader van het onderzoek helaas niet zeggen. Of het een ongeluk was of meer, kon ze evenmin vertellen. Laura wist niet goed wat ze moest denken. 'En Mike?' had ze gevraagd, maar het doel van die vraag was niet alleen de rechercheur maar eigenlijk ook haarzelf ontgaan. Ze wist niet zo goed wat ze van hem moest denken, maar het idee dat hij zijn eigen vriendin iets zou aandoen, voelde veel te vergezocht.

Ze waren bezig iedereen op te sporen die op het feest was geweest, had de rechercheur haar verteld. Dat kostte wat moeite, want Mike kende niet al zijn gasten bij hun voor- en achternaam. Ook Laura's vrienden zouden aan de beurt komen, had Sofía gezegd. Vandaag zouden zij en een collega met hen in gesprek gaan. Alleen Ruben had al een gesprek met de politie gehad. Daarin waren vragen gesteld over hun relatie en eventuele problemen tussen hen. Natuurlijk had hij geantwoord dat van strubbelingen geen sprake was, maar toch bezorgde het Laura een ongemakkelijk gevoel dat de politie het mogelijk in die richting zocht. Het idee dat Ruben haar iets aan zou doen was echter zo bizar dat het niet eens in haar hoofd was opgekomen. Het was, als je er langer over nadacht, ook nogal omslachtig om haar dan op een feestje te drogeren en te verkrachten, terwijl hij de enige van alle aanwezigen was die gewoon seks met haar kon hebben wanneer hij wilde.

Laura rolde een paar keer met haar schouders, rechtte haar rug en nam nog wat slokken water. Ze keek op haar horloge, het liep nu tegen zevenen. Meer hardlopers kwamen voorbij, sommigen stopten bij de vuurtoren om uit te rusten en net als zij van het uitzicht te genieten. Het was tijd om terug te gaan, Ruben zou zich inmiddels misschien ook wel afvragen waar ze was.

Ze haalde diep adem en keek in de richting van het hotel. Een man met een hond kwam voorbij, net als een jonge vrouw die een kinderwagen met een huilende dreumes duwde. Ze zag eruit alsof ze afgelopen nacht ook niet zoveel had geslapen. Laura ontmoette haar blik en knikte kort. Daarna begon ze te rennen, steeds sneller, net zo lang tot ze het hotel had bereikt.

'Waar was je?' Ruben stond bezorgd in de deuropening van de hotelkamer toen ze aan kwam lopen. 'Ik heb je gezocht.'

'Hardlopen', zei Laura, al bleek dat vast ook wel uit haar outfit en haar bezwete gezicht.

'Ik was ongerust.'

Ze keek hem aan en voelde zich schuldig. 'Het spijt me', zei ze, terwijl hij haar omhelsde. 'Ik wilde je niet wakker maken en heb er niet aan gedacht dat je zou schrikken als ik er niet zou zijn.' Ze maakte zich los en keek op haar telefoon en zag nu pas dat ze gemiste oproepen had.

'Het geeft niet.' Ruben hield haar hand even vast. 'Ik wil je gewoon het liefst dicht bij me hebben, zodat ik zeker weet dat je veilig bent. Dat ik dat op het feestje niet heb gedaan, is...'

Hij maakte zijn zin niet af. Laura pakte hem vast en legde haar hoofd tegen zijn schouder. 'Het is niet jouw schuld', zei ze. 'Dat moet je echt niet denken.'

'Ik weet het, maar als ik beter had opgelet...' Toen hij diep ademhaalde, voelde ze dat hij trilde. Ze pakte hem nog wat steviger was en zo bleven ze staan.

Het kostte Laura moeite om iets te eten bij het ontbijt en toen ze daarna met z'n allen bespraken of ze naar het grote zwembad zouden gaan, knikte ze kort maar gaf geen antwoord. Ze wilde wel en ze wilde niet de dag op een ligstoel doorbrengen – eigenlijk was er niets wat ze echt wilde. Ja, antwoord op al haar vragen. Nog voor ze aan tafel gingen had ze al contact gehad met Sofía Peña, maar alleen om te horen dat er geen ontwikkelingen waren.

'We hebben vandaag gesprekken met alle andere gasten', had Sofía gezegd. 'We gaan ervan uit dat uit die gesprekken nieuwe aanknopingspunten naar voren komen, waarop wij weer verder kunnen rechercheren.'

'Dat klinkt wel alsof ze ermee bezig zijn', zei Benthe toen ze uiteindelijk op een ligbedje aan de rand van het zwembad waren neergestreken en Laura haar over het gesprek vertelde. 'Al snap ik dat het lastig is om geduld op te brengen.'

'Ja.' Laura draaide zich op haar zij en toen toch weer op haar rug. Ze had haar pareo over haar benen gelegd om de plekken te verbergen. Benthe had haar blik naar voren gericht en leek in gedachten verzonken te zijn. Uiteindelijk haalde ze diep adem en draaide haar hoofd naar Laura. 'Ik moet je iets vertellen.'

Laura keek opzij. 'Wat dan?'

'Er is die avond iets gebeurd.'

Laura voelde een vage onrust in zich opkomen die al snel aanzwol tot bezorgdheid. 'Waar heb je het over?' vroeg ze gejaagd. 'Weet je iets?'

Benthe schudde haar hoofd. 'Niet over wat er met jou is gebeurd. Het gaat om Cynthia.'

De bezorgdheid zakte wat weg. Laura gaf geen antwoord. Benthe dacht even na en haalde diep adem. 'Ik heb die avond seks met haar gehad.'

Achter haar zonnebril zette Laura grote ogen op. 'Wat?' vroeg ze, hoewel ze haar vriendin prima had verstaan. 'Hoe bedoel je?'

'Nou gewoon, zoals ik het zeg. We gingen dansen en ik vond haar aantrekkelijk en toen gebeurde het gewoon.' Ze trok even met haar mond. 'We zijn naar boven gegaan en toen ik weer beneden kwam was jij weg.' Ze haalde diep adem. 'Ik neem het mezelf kwalijk dat ik er niet voor je was toen jij je niet lekker voelde.'

'Dat kon jij toch niet weten.'

Met een pufje liet Benthe haar adem ontsnappen. 'Misschien niet, maar zo voelt het wel.' Ze fronste. 'Ik weet ook niet...'

'Wat weet je niet?' vroeg Laura toen haar vriendin die zin niet afmaakte.

'Nee, niks. Ik probeer de hele tijd te bedenken hoe het nou precies ging op het feestje, maar er lopen dingen door elkaar in mijn hoofd. Zoals toen we op de dansvloer stonden en jij er ook nog gewoon bij was. Ik vraag me af of ik toen iets had moeten merken.'

Laura gaf geen antwoord. Benthes stem klonk nadenkend. 'Ik was met Cynthia bezig, maar ik weet nog dat we hebben gepraat. Jij dacht dat... O!' Ineens keek ze met een ruk opzij.

'Wat?' vroeg Laura gealarmeerd. 'Wat dacht ik?'

Benthe begon geestdriftig te gebaren. 'Ik bedenk opeens iets. Jij had sangria in je hand en je zei dat je het gevoel had dat je te veel had gedronken.'

Laura maakte een geluid dat van alles kon betekenen. Ze kon het moment niet echt terughalen, maar herinnerde zich wel dat ze op de dansvloer niet lekker was geworden.

'Je dacht dat de sangria vreemd smaakte en je vroeg aan Cynthia of zij dat ook vond. Toen nam zij een slok van jouw drankje.'

'En?' vroeg Laura. 'Smaakte het raar?'

'Nee, maar het was jóúw drankje.' Cynthia keek haar met grote ogen aan. 'Snap je?'

Het duurde even voor Laura doorhad wat ze bedoelde. Toen voelde ze hoe haar hart een slag miste. 'Denk je dat zij...'

Zweet prikte in haar nek en ze voelde zich duizelig. Was

het mogelijk dat haar drankje GHB had bevat en dat Cynthia daardoor was gedrogeerd?

Ze sloot even haar ogen en probeerde haar ratio voorrang te geven. 'Maar je zei dat jullie daarna naar boven zijn gegaan en seks hebben gehad', zei ze en ze slikte. 'GHB werkt vrij snel, dus je zou iets gemerkt moeten hebben aan haar.'

'Ja.' Benthe leunde achterover in haar stoel. 'Dat is waar en dat was niet zo. Na afloop ging ik naar beneden en bleef zij nog even boven om zich op te frissen. En toen vroeg Ruben of ik jou had gezien en heb ik niet meer op Cynthia gelet, omdat we jou gingen zoeken.' Ze keek nadenkend. 'Ik kan me niet eens herinneren of ik haar daarna überhaupt nog heb gezien.'

Laura dacht na. 'Ze moet op een bepaald moment weer naar beneden zijn gegaan, anders had ze niet in het zwembad kunnen liggen.'

'Misschien is ze naar beneden gelopen terwijl ze nog onder invloed was en is ze daardoor in het water gevallen?' zei Benthe vragend.

'Je moet het in elk geval aan de politie vertellen', zei Laura. Onbewust ging haar hand naar de plek onder haar navel waar de arts het rode puntje had gezien. Als je goed keek, was het nog steeds zichtbaar, al zou het haarzelf nooit zijn opgevallen. Needlespiking, die term had Sofía Peña genoemd. Maar klopte dat wel? En hoe konden er drugs in haar drankje gekomen zijn terwijl ze ervan overtuigd was dat er geen vreemden in de buurt van haar glas waren geweest? Liet haar geheugen haar ook op dat gebied in de steek?

'Hier', zei ze en ze overhandigde Benthe haar telefoon. 'Het nummer van Sofía Peña staat erin. Je moet haar bellen.'

Benthe nam het telefoonnummer over en liep daarna weg om op een rustige plek de rechercheur te gaan bellen. Laura leunde achterover op haar bedje en dacht aan wat Benthe net had verteld. Ondanks alles moest ze erom glimlachen. Het was natuurlijk wel typisch iets voor Benthe – niet al te lang nadenken, gewoon doen waar je zin in hebt. Meteen daarna werd ze weer overvallen door andere gedachten. En Cynthia... Laura herinnerde zich het gesprek dat ze aan het begin van de avond met haar had gevoerd en het licht ongemakkelijke gevoel dat ze had gekregen door wat Cynthia vertelde over haar open relatie. Ze had dat niet met de politie gedeeld, maar ze vroeg zich nu af of ze het alsnog aan Sofía moest vertellen.

'Het water is heerlijk', zei Ruben, die uit het zwembad kwam en naast haar op zijn bedje ging liggen. 'Heb je het al geprobeerd?'

'Ik ga er zo even in.'

Hij blikte opzij. 'Gaat het?'

Heel even aarzelde Laura of ze hem over Benthe en Cynthia moest vertellen, maar ze besloot dat dit niet het goede moment was. 'O, niks...' zei ze daarom. 'Ik voel me gewoon een beetje rusteloos.'

'Wil je iets gaan doen vandaag?' vroeg Ruben. 'Je ziet er inderdaad niet uit alsof rustig op een bedje liggen de ideale invulling van deze dag is. Misschien is afleiding wel fijn.'

Laura knikte. Het zou inderdaad prettig zijn haar zinnen te verzetten.

'Ik had in Playa Blanca gezien dat je een bootje met een schipper kan huren', zei Ruben. 'Zal ik bellen of dat misschien vanmiddag kan?'

Hoewel ze graag op pad wilde, aarzelde Laura toch even. 'Denk je dat dat mag? Ik bedoel: als de politie wil dat ik naar het bureau kom, kan dat niet zomaar als we op het water zijn.'

'Als het heel dringend is, kunnen we altijd teruggaan', zei Ruben.

Laura twijfelde, maar uiteindelijk trok het idee van de wind in haar haren en het water om zich heen haar over de streep. Ze hield van varen en wist dat ze er altijd van ontspande. Dat was nu meer welkom dan ooit.

'Ik ga wel even bellen', zei Ruben. 'Ik heb een foto gemaakt van het bord met het telefoonnummer erop. Wie weet is er voor vanmiddag nog plek.'

'Waar?' vroeg Benthe, die aan kwam lopen en haar telefoon in haar tas stopte.

'Op een boot', zei Laura. 'Ruben stelde voor om te gaan varen. Heb je zin om mee te gaan?'

Benthe keek twijfelend. 'Ik wil me niet opdringen. Misschien vinden jullie het wel fijn om met z'n tweeën te zijn.'

Laura keek even naar Ruben. Zij vond het prima als haar vriendin meeging, maar ze wist niet hoe Ruben daarover dacht. 'We kunnen ook gewoon met z'n allen gaan', stelde hij voor. 'Dan vraag ik om een boot voor zeven personen.'

Ze overlegden met de rest en even later had Ruben de verhuurder aan de telefoon. In een combinatie van Spaans en Engels regelde hij voor dezelfde middag een boot. 'We moeten om twaalf uur in de haven zijn', zei hij toen hij had opgehangen. 'Dus laten we zo een tas gaan inpakken.'

'Wat zei Sofía?' vroeg Laura toen ze met Benthe in de richting van hun kamers liep.

'Dat het goed was dat ik belde en dat ze het meenemen in het onderzoek. Overigens is Cynthia uit haar coma ontwaakt.'

'Echt?' Laura keek verrast naar haar vriendin. 'Wat een goed nieuws.'

'Ja, maar ze kan nog niet met de politie praten. De arts heeft gezegd dat ze erg zwak is en dat het misschien wel dagen duurt voor ze klaar is voor een gesprek. En ook dat Cynthia zich op dit moment niets van het feest herinnert. Het is mogelijk dat haar geheugen van de hele avond weg is en ook niet meer terugkomt.'

'O.' Laura tuitte haar lippen. Ze hoopte natuurlijk dat Cynthia's herinneringen meer duidelijkheid zouden geven over wat er die avond zowel met Cynthia als met haarzelf was gebeurd, maar boven alles was het belangrijk dat Cynthia wakker was geworden. Hoeveel spijt Laura ook had dat ze naar het feest was gegaan en hoeveel twijfels ze ook had bij het stel, dit had ze Cynthia natuurlijk nooit gegund.

In tien minuten pakten ze op hun kamers hun spullen

en daarna namen ze een taxi naar de haven van Playa Blanca. Daar wachtte een man van een jaar of vijftig, gestoken in een kaki korte broek en een wit T-shirt, hen op. Hij hielp iedereen aan boord van de witte rib-boot en daarna voeren ze langs een paar grote jachten en kleine vissersboten de zee op.

'Goed vasthouden', zei hij met een grijns toen ze de haven verlieten.

'Gaat hij hard?' vroeg Annemarie met een ietwat bezorgd gezicht. 'Het is toch een rubberboot, die kan toch helemaal niet zo snel?'

'Wacht maar af', zei Ruben en ook Laura grijnsde. De boot was inderdaad van rubber, maar ze had de motor gezien en verwachtte dat de boot behoorlijk wat snelheid kon maken.

'Kom maar', zei Alec, die de hand van zijn vriendin pakte. 'Ik help je wel.'

Het volgende moment gaf de schipper gas en schoot de boot naar voren. Laura voelde de wind door haar haar, opspattend water verkoelde haar gezicht. Ze joelde toen de boot door een golf een stukje werd opgetild en met een klap weer op het water landde. 'Wat is dit gaaf!' riep ze naar Ruben.

Na tien minuten minderde de schipper vaart en keek vragend naar het gezelschap. Annemarie was bleek en zat weggedoken tegen Alec aan, de rest lachte uitgelaten om de tocht die ze net hadden gemaakt. Ruben knikte naar de schipper en de man legde de boot voor anker. 'Wat gaan we doen?' vroeg Laura.

'Zwemmen', zei Ruben. 'Heerlijk toch?'

'Zeker heerlijk', zei Laura en ze trok haar jurk uit. Daarna liep ze naar de achterkant van de boot en liet haar blik over het blauwe water gaan. Heel in de verte was een eilandje te zien, verder staarde ze naar het grote en uitgestrekte niets van de oceaan.

Ze ging op de rand staan en sprong in het water. Dat was kouder dan ze had verwacht en er schoot een schokgolf door haar hele lichaam toen ze kopje-onder ging, maar het voelde niet onprettig. Ze voelde het zout op haar huid. Met haar hand veegde ze een losgeraakte haarlok uit haar gezicht. 'Kijk wat een vissen', zei Roxanne, die naast haar in het water was gesprongen. 'Ze zijn bepaald niet bang.'

Laura keek in het kraakheldere water naar haar voeten, waar inderdaad tientallen kleine visjes omheen zwommen. Glimlachend keek ze toe hoe de diertjes elke keer dicht bij haar tenen kwamen en dan terugschrokken.

Na een tijdje kreeg ze genoeg van het schouwspel en draaide zich op haar rug. Ze staarde naar de lucht, waar een paar wolken voorbijdreven. Overal om haar heen was niets dan water, hoe ver ze ook keek. Door de stroming was ze een beetje afgedreven van de boot en ze keek toe hoe haar vrienden joelend in het water doken. Met een paar trage slagen verkleinde Laura de afstand tussen haar en de boot, een vis in allerlei tinten blauw zwom voorbij. Ze zag Ruben zoekend om zich heen kijken en zwaaide kort. Met zijn gezichtsuitdrukking vroeg hij of het goed met haar ging en ze stak haar duim op.

Ineens miste haar hart een slag. Ergens in haar hoofd begon zich iets te roeren. Een beeld, te vaag om te vatten. Dat gebeurde voortdurend en het frustreerde haar, want als de herinneringen iets duidelijker zouden zijn en de beelden wat minder vaag, had ze misschien eindelijk echt iets dat kon bijdragen aan het politieonderzoek. Aan de andere kant was het gebrek aan herinneringen voor haarzelf niet altijd even erg. Het was duidelijk geen prettige ervaring geweest en dat ze zich die niet kon herinneren en dus ook niet de bijbehorende angst voelde, kende natuurlijk ook voordelen. Maar voor het politieonderzoek hielp het niet.

Ze keek om zich heen. De herinnering had iets te maken met het zonlicht dat was gebroken op schubben van de vis en in blauwachtig zilver uiteen was gevallen. Koortsachtig deed ze haar best om meer terug te halen uit haar geheugen. Er was iets met kou, dat voelde ze in haar lijf. Water? Ze sloot haar ogen en spande zich nog meer in, maar het gevoel begon haar al te ontglippen.

Nee. Er was geen water geweest. Geen zwembad, zoals bij Cynthia. Het was die kou en licht dat brak op dat blauwachtige zilver. Ze opende haar ogen weer. De herinnering was verdwenen.

Ineens had ze genoeg van de uitgestrektheid van de oceaan. Het weidse joeg haar angst aan, ze verbeeldde zich dat er onder het oppervlak van alles gebeurde. Ze wilde terug naar de veiligheid van de boot, het water uit. Hijgend begon ze terug te zwemmen. Toen ze het trapje van de boot bereikte, greep ze het met beide handen vast.

'Gaat het?' vroeg Benthe, die op een van de bankjes van de boot zat. Ze had een flesje water in haar hand en keek Laura bezorgd aan. 'Je ziet helemaal wit.'

'Wacht, ik help je.' Dat was Alec, die tegenover Benthe had gezeten en nu omhoogveerde om Laura bij haar arm te pakken.

'Wat is er gebeurd?' Benthe schoof op en kwam naast haar zitten. 'Hier, neem wat water.'

Dankbaar pakte Laura het flesje aan en ze nam een paar slokken. 'Ik weet het niet', zei ze toen. 'Ik lag in het water en ineens was het alsof er een herinnering terugkwam. Het gebeurde toen er een vis voorbijzwom.'

'Een vis?' Benthe fronste.

Laura ging met haar tong over haar lippen en voelde het zout prikken. 'Ik denk niet dat het echt met die vis zelf te maken had. Het was meer iets met het licht.'

'O.' Benthe keek nadenkend. Laura voelde de frustratie weer toenemen. 'Ik wilde zo graag dat ik me echt iets herinnerde', zei ze. 'Iets waar de politie wat mee kan. Wat hebben ze eraan als ik aankom met een vage herinnering over licht?'

'Tja.' Benthe kneep met haar ogen. 'Ik heb weleens gelezen dat herinneringen vaak terugkomen op momenten dat je er juist niet te veel mee bezig bent. Misschien is het goed om te proberen een beetje te ontspannen.'

Vanonder haar oogharen keek Laura haar aan. Nu ze in de boot zat, was het angstige gevoel dat ze in het water had gehad meteen verdwenen.

'Je hebt gelijk', zei ze toen en keek naar Alec, die opstond en vanaf de rand van de boot het water in dook. Benthe veerde overeind. ‘Zullen wij ook?’ vroeg ze.

Laura knikte en nog geen vijf seconden later dook ze achter Benthe aan de zee weer in. De vis was verdwenen. De herinnering ook.

Hoofdstuk 9

'Sporen van alcohol en drugs in het bloed, geen verwondingen die doen denken aan fysiek geweld.' Sofía Peña las de resultaten van het fysieke onderzoek van Cynthia Kleynen hardop voor aan helemaal niemand, want het kantoor waar met wat moeite zes bureaus in waren gestald, was verlaten voor de lunch. Zelf had ze tegen beter weten in weer een broodje gekocht bij het stalletje tegenover het bureau, waar ze nog nooit iets lekkers had gehaald maar dat wel zo dichtbij was dat lunchen weinig werktijd kostte en dat ging momenteel boven culinair genot. Vandaag was het een combinatie van tomaat en gedroogde ham geworden en na één hap had Sofía vastgesteld dat het beter maar ook zeker slechter had gekund.

Ze richtte haar aandacht weer op haar scherm. Het rapport dat ze net had gekregen, bestond uit de bevindingen van de arts enerzijds en de uitslagen van het bloedonderzoek anderzijds. In het bloed van Cynthia waren naast alcohol ook sporen van cocaïne gevonden. Geen GHB, maar dat zei niet zoveel. Cynthia was rond vier uur 's nachts in het water gevallen, het bloedonderzoek had bijna twaalf uur daarna pas plaatsgevonden. Te laat om GHB nog te kunnen opsporen. De cocaïne was interessant. De drug had vaak een oppeppende werking, maar kon net zo goed verkeerd vallen en een zeer negatief effect hebben. In dat geval vormde dit een logische verklaring waarom Cynthia zich niets herinnerde en in het water terecht was gekomen.

Sofía dacht ook aan wat Benthe van der Sluijs haar had verteld. Cynthia had een paar slokken uit Laura's glas genomen en als daar GHB in had gezeten, had Cynthia daar dus ook wat van binnengekregen. Alleen was het de vraag of een half glas genoeg was om echt van buiten westen te raken. Sofía dacht aan de naald die mogelijk bij Laura was gebruikt. Was het plan van de verkrachter om Laura met GHB in haar drankje te drogeren mislukt toen ze haar halve glas aan Cynthia had gegeven? Had hij daarom ook nog een naald gebruikt?

En voor Cynthia gold dat ze zich door de kleine hoeveelheid GHB mogelijk vreemd en duizelig had gevoeld. Had ze daarom toen ze zich, zoals Benthe had verteld, na de seks was gaan opfrissen cocaïne genomen?

Voor de zekerheid had Sofía de arts van Cynthia

gevraagd naar sporen van een injectie, zoals op Laura's buik. De dokter had gezegd dat iets dergelijks haar niet was opgevallen, maar dat Cynthia zowel in de ambulance als in het ziekenhuis diverse infusen en injecties had gehad en dat het niet mogelijk was te bepalen of er op voorhand al sprake was geweest van een prik onder vreemde omstandigheden. Sinds Cynthia uit haar coma was ontwaakt, had Sofía drie keer contact gehad met de arts die toestemming moest geven voor een verhoor. Drie keer had ze te horen gekregen dat de vrouw de haast begreep, maar dat een verhoor zoveel van Cynthia zou vragen dat ze het medisch gezien nog niet verantwoord achtte. Haar belofte om contact op te nemen zodra Cynthia er klaar voor was, leek Sofía niet iets dat hoog op het prioriteitenlijstje stond, vandaar dat ze haar elke paar uur maar weer even aan de belofte herinnerde. Mike had ze ook gesproken en hij had gezegd dat hij er bij de arts op aan zou dringen dat Cynthia verhoord kon worden, maar dat had blijkbaar ook niets opgeleverd.

Sofía sloot het onderzoeksrapport af en leunde achterover in haar stoel. Ze wreef krachtig over haar voorhoofd, nam nog een hap van het broodje en pakte toen een wit vel A4-papier en een pen. Met een streep verdeelde ze het papier in tweeën, aan de ene kant schreef ze de naam van Laura, aan de andere kant die van Cynthia. Links zette ze de tijdstippen die van belang waren, te beginnen met twee uur 's nachts, het tijdstip waarop Laura dacht dat ze naar binnen was gelopen om iets te drinken te halen, omdat ze zich niet goed voelde. 'Dansvloer', schreef ze erachter, omdat dat de plek was waar Laura en het grootste deel van de feestgangers zich hadden bevonden.

Rond halfdrie had Ruben opgemerkt dat hij zijn vriendin al een tijd niet had gezien en was hij gaan zoeken. Vanaf dat moment waren haar vrienden druk geweest met het vinden van Laura, behalve die ene die al eerder was afgehaakt. Sofía zocht zijn naam op. 'O ja', mompelde ze zacht voor zich uit. 'Alec.' Ze schreef zijn naam aan de rand van het vel. Daarna schreef ze de andere vrienden onder elkaar met daarnaast de tijdstippen waarop ze naar eigen zeggen naar het hotel waren vertrokken, al liepen hun schattingen nogal uiteen. De een had het over drie uur, de ander over kwart voor drie en een derde over halfvier, maar in elk geval waren ze in twee aparte taxi's naar het hotel gegaan. In het hotel had Ruben zijn vriendin diep in slaap op de hotelkamer aangetroffen. Hij was in het gezelschap van Benthe geweest en die twee hadden los van elkaar hetzelfde verteld: dat Ruben had geprobeerd Laura wakker te krijgen, maar dat dat bijna niet was gelukt omdat ze zo diep in slaap was. Uiteindelijk had ze haar ogen half geopend en wat gemompeld en hadden Ruben en Benthe vastgesteld dat de alcohol er blijkbaar in had gehakt en dat ze Laura maar gewoon haar roes moesten laten uitslapen. Daarna was Benthe naar haar eigen kamer vertrokken.

Benthe. Sofía zette een cirkeltje om die naam. Het telefoontje waarin ze had verteld dat ze het bed had gedeeld met Cynthia Kleynen, had Sofía behoorlijk verbaasd. Niet zozeer vanwege Benthe, die single en biseksueel was, maar wel vanwege Cynthia die een vaste relatie met een man had. Dat beeld had ze echter snel daarna moeten bijstellen. Benthe had al gezegd dat de relatie van Cynthia en Mike wat minder vast was dan hij leek en ook Laura had inmiddels verteld dat er volgens Cynthia sprake was van een open relatie. Sofía had nog even met Mike gebeld. Hoewel hij niet wist dat Cynthia het bed had gedeeld met Benthe, reageerde hij allerminst verbaasd of boos. 'Dat doen we allebei wel vaker', had hij meteen gezegd. 'We gunnen elkaar de vrijheid.'

En toch, bedacht Sofía starend naar haar scherm, was er iets geks. Het zat haar gewoon niet lekker dat Benthe zowel een vriendin van Laura was als de gelegenheidsbedpartner van Cynthia op een avond dat beide vrouwen iets ergs was overkomen.

Maar aan de andere kant: wat had Benthe voor motief om haar eigen vriendin te drogeren? Bovendien was er sprake van sperma, dat, zo had onderzoek inmiddels uitgewezen, inderdaad niet van Ruben was. De dader moest wel een man zijn. Sofía legde haar pen aan de kant en leunde achterover in haar stoel. Ze sloot even haar ogen en probeerde haar gedachten te ordenen. Ze hadden ieder lid van de vriendengroep van Laura gesproken en hoewel het een mogelijkheid was dat de dader dichtbij gezocht moest worden, was uit die gesprekken geen aanknopingspunt naar voren gekomen dat wees op onderlinge strubbelingen. Bovendien zou je in zo'n geval eerder denken aan mishandeling of andere vormen van geweld, niet aan verkrachting. Verkrachting was een misdrijf dat, meer dan andere misdrijven, iets vertelde over de dader. Er waren moordenaars bekend die moordden uit fascinatie, genot of een diepgewortelde wens een ander mens te doden, doorgaans ingegeven door een ziekelijke hang naar macht. Maar meestal was moord een doelgericht misdrijf, met als enige motief de ander het zwijgen op te leggen, hetzij in een onderwereldconflict of in een omgeslagen liefdesrelatie. De moord zelf was dan een middel, geen doel.

Bij verkrachting lag dat anders. Dat was een wens van de dader en het misdrijf zei dan ook meer over de dader dan over het slachtoffer. Vaak bleef het ook niet bij één slachtoffer. Daarom hadden de rechercheurs de namen van alle gasten gecheckt in de internationale database. Het frustreerde Sofía dat dat amper iets had opgeleverd, ze had er echt meer van verwacht. Slechts twee mannen bleken in het verleden met de politie in aanraking te zijn gekomen, eentje voor een mishandeling zes jaar geleden en eentje vorig jaar voor kleinschalige drugshandel. Uiteraard was dat laatste delict aanleiding geweest om deze Antonio da Silva – een geboren Portugees die sinds vijf jaar in Playa Blanca werkte – extra onder het vergrootglas te leggen, maar een veroordeling uit het verleden voor het regelen van drugs voor hotelgasten was nog geen hard bewijs voor het drogeren en verkrachten van Laura van Diemen. Bovendien beweerde Antonio zelf dat hij het feest om één uur al had verlaten en twee vrienden van hem hadden dat bevestigd, al was het gegeven dat het om vrienden ging dan weer een zwak punt aan het alibi.

'Sofía!' Manuel kwam binnen, op de voet gevolgd door twee collega's, die beiden achter hun bureaus plaatsnamen. Manuel kwam echter haar kant op. In zijn hand hield hij een bruine envelop. 'Kijk eens wat ik heb gekregen.'

'Post?' gokte Sofía.

'Nee, ik werd gebeld vanuit het hotel van Laura van Diemen dat ze een kopie van de beveiligingsbeelden voor me hadden klaargelegd, dus die heb ik meteen opgehaald. Kijk je mee?'

Sofía veerde overeind en schoof haar bureaustoel naast die van Manuel. Hij stopte de usb-stick in de computer en wachtte ongeduldig tot de inhoud ervan op zijn scherm verscheen. Sofía zag een video met als bestandsnaam de datum en tijd van de beelden die erop te zien waren, van twee uur in de nacht tot zes uur in de ochtend, precies zoals ze hadden opgevraagd.

Manuel opende het bestand. Het beeld was zwart-wit maar scherp en liet de ingang van het hotel zien, gefilmd door een camera die aan de overkapping aan de voorkant van het hotel hing. Het was het soort overkapping waar ook touringcars onderdoor moesten kunnen rijden, dus de positie van de camera was hoog. Desondanks waren details zoals kentekens goed te lezen. Dat was goed nieuws, want tot nu toe was het via de diverse taxibedrijven op het eiland nog niet gelukt om de chauffeur te achterhalen die Laura die nacht naar het hotel had gebracht. Sofía wist niet eens zeker of het wel om een taxichauffeur ging. Laura herinnerde zich alleen vaag dat ze in een auto had gezeten met een man achter het stuur en Spaanse muziek uit de speakers.

Manuel speelde de beelden versneld af. Zoals te verwachten viel was het rustig op dat tijdstip bij de ingang van het hotel. Er stopte een auto en Manuel vertraagde de beelden, maar het bleek te gaan om een stel dat minstens twintig jaar ouder was dan Laura en dat hand in hand naar binnen liep. Manuel spoelde de beelden verder door tot er opnieuw een auto verscheen. 2.52 uur, stond er bovenaan het scherm. Sofía leunde voorover.

'Dat zou haar kunnen zijn', zei Manuel en hij liet de beelden in plaats van versneld nu vertraagd afspelen. Ze zagen hoe de Seat stopte, waarna de chauffeur uitstapte. Manuel zette het beeld stil en zoomde in. Het ging om een gedrongen man met kort, donker haar en een baardje. Toen Manuel het beeld weer verder liet afspelen, zagen ze hoe de man om de auto heen liep en het achterportier aan de passagierskant opende. Hij bewoog ontspannen en het was niet duidelijk of hij de camera niet had gezien of dat het hem niet interesseerde dat hij werd gefilmd, maar in elk geval sloeg hij er geen enkele acht op. Hij boog voorover en verdween half in de auto, verscholen achter het openstaande portier en buiten het zicht van de camera. Manuel probeerde verder in te zoomen, maar dat lukte niet.

De man kwam weer overeind en het volgende moment verscheen er ook een vrouw, in wie Sofía onmiddellijk Laura herkende. Ze stond wankel op haar benen en de man hield haar arm vast. Aan de beweging van zijn mond was te zien dat hij iets zei, maar Laura antwoordde niet. Ze keek hem alleen maar aan en begon toen te lopen, maar wankelde zo erg dat de taxichauffeur snel te hulp schoot. Hij pakte haar bij haar arm en wees haar op het stoepje, dat ze na twee mislukte pogingen de derde keer wist te bedwingen. De taxichauffeur begeleidde haar naar de deur en liet haar toen los. Of er nog werd gesproken kon Sofía niet zien, beiden stonden met hun rug naar de camera toe. Met onvaste passen verdween Laura door de deur, de chauffeur bleef heel even staan en draaide zich daarna om en stapte weer in de auto.

Eerder had Manuel al bij de receptie navraag gedaan over de terugkomst van Laura. Een van de vrouwelijke nachtportiers had gezien dat ze midden in de lobby was blijven staan en duidelijk de weg kwijt was. Ze had nog wel haar naam geweten en nadat de vrouw in het systeem het kamernummer had opgezocht, had ze Laura weggebracht. Laura had zichzelf binnengelaten met haar pasje en de nachtportier was teruggekeerd naar de receptie.

'Het is inderdaad een taxi.' Dat was Manuel, die snel het kenteken had nagetrokken. 'Hij is niet aangesloten bij een taxibedrijf, maar werkt voor zichzelf. Hier.' Hij schoof een briefje met daarop de gegevens naar Sofía toe. Ze keek vluchtig naar de naam, die ze niet herkende van de gastenlijst.

'Zullen we even langsgaan?' vroeg Manuel, toen ze op het beeld hadden gezien dat de man rustig wegreed. Sofía schudde haar hoofd. 'Laten we eerst de rest van de video bekijken. Eens zien of de tijdlijn zoals de vrienden van

Laura die hebben verteld, klopt met de camerabeelden. Als dat zo is, dan...' Ze liep naar haar eigen bureau en vond na enig rommelen de map die ze zocht. '... dan zouden zo meteen eerst Benthe en Ruben moeten verschijnen', maakte ze haar zin af. Manuel knikte en zette de video weer aan, waarbij hij de afspeelsnelheid verhoogde omdat het nu enige tijd zou duren voor het tweetal zou aankomen. Ze waren als eersten naar het hotel gegaan om Laura te zoeken en toen ze haar op de kamer hadden aangetroffen, hadden ze aan Roxanne, Sven en Annemarie laten weten dat ze in en rondom de villa konden stoppen met zoeken.

'Daar komen ze', zei Manuel toen het klokje 3.31 uur aanwees. Laura moest toen al zo'n vijftig minuten weg zijn van het feestje en aangezien het ongeveer een kwartier rijden was van de villa van Mike en Cynthia naar het hotel, waren Ruben en Benthe ruim een halfuur na Laura's verdwijning naar het hotel gegaan om haar daar te zoeken.

De taxi die het tweetal bij het hotel afleverde, bleef enige tijd met de lampen aan staan wachten – Sofía vermoedde dat er betaald werd – voor Ruben en Benthe uitstapten, allebei vanaf de achterbank. Met vlugge passen zag ze hen naar binnen lopen. Manuel zoomde in op hun gezichten, maar de beelden waren nu ook weer niet zo scherp dat je daarop iets kon aflezen. Hun tred oogde niet dronken, ze stapten ferm naast elkaar voort. Ruben liet Benthe voorgaan door de deur. Sofía zette een mentaal vinkje, aangezien hun verklaring klopte.

Opnieuw liet Manuel de beelden snel afspelen tot zo'n dertig minuten later een andere taxi arriveerde. Roxanne, Sven en Annemarie stapten uit en liepen zo snel naar binnen dat ze binnen vijf seconden uit het zicht waren verdwenen. De taxi reed weg en weer gebeurde er een tijdje niets, tot er een scooter voor de deur stopte waarvan de berijder met zijn helm op naar binnen liep. Het was kwart over vier in de nacht. Manuel zette het beeld stil om het kentekenplaatje van de scooter over te schrijven, al had Sofía niet de indruk dat de scooterrijder met de zaak te maken had. Het beeld ging verder. Manuel liep weg om koffie te halen en Sofía staarde naar de muggen die rondom de lampen van de hotelentree zoemden, want meer gebeurde er niet op het beeld.

Manuel zette een kop zwarte koffie voor haar neer waar de bekende automatenwalm vanaf sloeg. Sofía merkte het amper. Manuel keek haar aan. 'Laten we die taxichauffeur maar even met een bezoekje vereren', stelde hij voor en Sofía knikte. Eigenlijk was het enige wat haar interesseerde, wie hem had gebeld en wie Laura naar de taxi had gebracht, aangezien het er niet naar uitzag dat ze op dat moment zelf nog het stukje van de villa naar het hek kon lopen. En had Laura zelf voor de taxi betaald?

Ergens had ze het gevoel dat het antwoord op alle vragen in de zaak niet zo makkelijk zou komen. Er klopte iets niet, maar ze kon haar vinger er niet op leggen. Met het frustrerende gevoel dat ze iets groots over het hoofd zag, voerde ze haar koffie aan een plant. 'Kom mee', zei ze tegen Manuel. 'Dan gaan we.'

Hoofdstuk 10

Haar huid trok van de zon en het zout en haar haar voelde als stro, maar toch stapte Laura met een vrolijk gevoel op de teakhouten vlonder van de haven van Playa Blanca. Heel even zocht ze steun bij Ruben omdat juist het stilliggen van de vlonder haar deed wankelen na het wiebelen van de boot. Hij pakte haar stevig vast en glimlachte naar haar.

'Vond je het leuk?' vroeg hij en Laura knikte. Ze was moe, maar op een goede manier. Loom en rozig.

Twintig minuten later waren ze bij het hotel. 'Ik denk dat ik even ga liggen', zei Laura. Ze begon te merken dat ze vannacht slecht had geslapen. 'Zullen we om acht uur gaan eten?'

'Zal ik een tafel reserveren in dat Italiaanse restaurant?' vroeg Alec. 'We mogen drie keer bij een à-la-carterestaurant eten, als ik het goed heb begrepen. En ik heb wel zin in pasta.'

Allemaal vonden ze het een goed idee en Alec zei dat hij het ging regelen bij de receptie. 'En daarna heb ik zin in een duik in het zwembad.'

Ruben liep met Laura mee naar de kamer. 'Gaat het?' vroeg hij.

Laura knikte. 'Prima, ik ben alleen een beetje moe.' Onder het lopen pakte ze zijn hand. 'Het was echt een goed idee van je om te gaan varen. Ik had geen betere manier kunnen bedenken om de middag door te brengen.'

'Anders hadden we alleen maar hier in het hotel gezeten en op nieuws van de politie gewacht', zei Ruben. 'Voor niks.'

Hij had gelijk, de recherche had niet meer gebeld. Laura vroeg zich af of er helemaal geen ontwikkelingen waren. Misschien moest ze straks contact opnemen, al kon ze zelf niets toevoegen aan het onderzoek. De vage herinnering die tijdens het zwemmen door haar hoofd was geflitst, zou voor de politie onbruikbaar zijn.

Op de kamer nam Laura een snelle douche en daarna ging ze op het strak opgemaakte bed liggen, boven op de dekens.

'Ga jij gerust zwemmen, hoor', zei ze tegen Ruben. 'Ik red me ook wel alleen.'

Ruben pakte zijn telefoon van het nachtkastje. 'Nee

hoor, als jij even wil liggen, ga ik wat werkmailtjes beantwoorden. Kan ik iets voor je doen?'

'Nee.' Laura glimlachte naar hem. 'Dank je wel dat je zo lief voor me bent.'

Hij boog zich over haar heen en drukte een kus op haar lippen. 'Natuurlijk, schat. Roep me als er iets is, oké?'

Laura keek hem na toen hij naar het balkon liep en de schuifpui sloot om de koelte van de airconditioning in de kamer te houden. Hij ging op de bank zitten en wierp nog een blik in haar richting. Een warm gevoel trok door haar heen. Ze was blij dat ze, ondanks wat er was gebeurd, geen afkeer voelde van zijn fysieke nabijheid. Als hij haar kuste of aanraakte, vond ze dat niet erg. Ze wist dat de politie niemand in haar omgeving, ook Ruben, zomaar als dader uitsloot, maar zelf wist ze zeker dat hij er niets mee te maken kon hebben. Dat ze zijn DNA hadden gecheckt om te zien of het een match was met het sperma vond ze eigenlijk absurd, al begreep ze ook wel dat het nodig was. Gelukkig had Sofía inmiddels laten weten dat er inderdaad geen match was gevonden.

Laura pakte een boek en probeerde zich te concentreren, maar dat lukte niet. Daarop scrolde ze op haar mobiel wat door haar social media, maar ook daarbij kon ze haar aandacht niet vasthouden. Uiteindelijk legde ze haar telefoon aan de kant en staarde voor zich uit. Door het varen had ze het gevoel dat ze nog golfde, wat niet onprettig was. Langzaam voelde ze haar oogleden zwaar worden, maar net voor ze in slaap viel, schrok ze op door het geluid van haar telefoon. Het was Benthe.

'Ik ga wandelen', zei haar vriendin. 'Ik denk dat je liever hier blijft, maar wie weet heb je toch zin om mee te gaan? Ik wilde die mooie route langs de oceaan lopen waar we het van de week over hadden, in dat nationale park, Los Ajaches. Einde van de middag schijnt daarvoor het beste moment te zijn. Dan is het niet zo warm.'

Laura glimlachte. De tomeloze energie van Benthe zou haar niet meer moeten verbazen, maar toch vroeg ze zich af hoe iemand na zo'n boottocht nog zin kon hebben in een wandeling. Op een ander moment had ze Benthe graag vergezeld, want de foto's die haar vriendin had laten zien zagen er prachtig uit, maar nu schudde ze haar hoofd. 'Ik ben best moe', zei ze. 'Ik blijf even liggen en dan ben ik bij het eten straks weer uitgerust.'

'Snap ik', zei Benthe. 'Tot vanavond!'

Laura hing op en pakte haar boek toch maar weer. Deze keer lukte het haar om een pagina of tien te lezen voor haar ogen langzaam begonnen dicht te vallen. De onrust verdween langzaam en ze voelde hoe de slaap in een langzame golf bezit van haar nam. Grif gaf ze eraan toe. Net voor ze wegviel, kwam nog een keer de zilverachtige glans van de vis terug in haar geheugen, maar haar lichaam reageerde er niet meer op. Het duister omvatte haar en ze liet zich meevoeren.

'Kom mee, slaapkop.' Er klonk een lachje door in de stem van Ruben, die van heel ver tot Laura begon door te dringen. 'We moeten over een kwartier aan tafel zitten.'

'Hm?' Vaag opende ze haar ogen, om te zien hoe het

licht buiten was veranderd van wit en zonnig in het goud van de beginnende schemer. 'Hoe laat is het?' vroeg ze verwonderd.

'Kwart voor acht.'

'Heb ik zo lang geslapen?' Laura kwam overeind. 'Wat erg.'

'Hoezo? Het is vakantie.'

'Ja, maar toch.' Ze stond snel op. Het slapen had haar goedgedaan en ze voelde zich energieker dan sinds die vreselijke nacht het geval was geweest. Vlug keek ze op haar telefoon. Ze had twee berichtjes van personeelsleden van Laura's. Die ene liet haar weten dat de dag goed was verlopen, de ander vroeg of ze de bestelling wilde controleren die in het systeem was klaargezet. Laura beloofde het snel te doen en legde haar telefoon aan de kant om een snelle douche te nemen. Het water verfriste haar nog meer en ze schoot in een blauwe zomerjurk en sandaaltjes met een sleehak. Ruben keek bewonderend toen ze het balkon op liep. 'Je ziet er prachtig uit.'

'Zullen we gaan?'

Onderweg naar het restaurant controleerde Laura vlug de bestelling voor de koffiebar op haar telefoon en zette hem door. Daarna stopte ze haar telefoon in haar tasje en pakte Rubens hand. Samen liepen ze naar binnen. Annemarie en Alec zaten al aan tafel, Roxanne en Sven kwamen ook net aan. 'Geslapen', zei Laura met een lachje toen Roxanne vroeg wat ze de afgelopen uren had gedaan. 'Jij?'

'Gezwommen. Benthe vroeg of ik mee ging wandelen,

maar daar had ik niet zoveel zin in.'

'Ik ook niet', grijnsde Laura. 'Typisch Benthe om na zo'n hele middag varen en zwemmen nog te barsten van de energie.'

'Ja.' Roxanne keek naar de enige lege stoel aan tafel. 'Waar is ze eigenlijk?'

'Ze zal zo wel komen', zei Laura. 'Water, graag.' Dat laatste was bedoeld voor de ober die vroeg wat ze wilden drinken. Alec bestudeerde de wijnkaart en bestelde een fles rood en een fles wit. De ober liet de menukaarten achter en liep weg om de drankjes te halen.

'Zal ik haar even bellen?' Roxanne pakte haar telefoon en keek weer naar de stoel aan het hoofd van de tafel. 'Misschien is ze het vergeten. Of is ze in slaap gevallen na die wandeling.'

'Denk je?' Annemarie grinnikte. 'Dat klinkt niet als Benthe. Ik vind het aannemelijker dat ze na die eerste wandeling nog een tweede is gaan maken.'

'Ze neemt niet op.' Roxanne legde haar telefoon terug op tafel.

Laura stond op. 'Ik loop wel even naar haar kamer. Wie weet is ze echt in slaap gevallen.'

Ze verliet het restaurant en liep over het resort naar het gebouwtje waar Benthes kamer zich bevond. Ze klopte op de deur, wachtte even en klopte toen harder maar er kwam geen reactie. Even twijfelde ze, toen pakte ze haar telefoon en belde, maar ze kreeg meteen de voicemail.

Met een onbestemd gevoel liep ze terug naar het Italiaanse restaurant. Haar maag kneep zich samen toen ze zag dat de stoel nog steeds leeg was. 'Niet?' vroeg Roxanne, maar Laura haalde haar schouders op. 'Er deed niemand open, maar misschien ligt ze te slapen en heeft ze niet gehoord dat ik klopte. Als ik haar bel, krijg ik meteen de voicemail.'

'Ik ook.' Roxanne keek verontrust. 'Ik vind het niet echt iets voor Benthe om onbereikbaar te zijn.'

'Hoe laat is ze voor het laatst online geweest op WhatsApp?' vroeg Annemarie, die haar eigen vraag beantwoordde door op haar telefoon te kijken. 'O, om tien over half zes vanmiddag.'

'Wat?' Nu keek Laura echt gealarmeerd. Benthe was zo ongeveer verkleefd met haar telefoon. Het enige moment dat ze langer dan een uur offline was, was 's nachts. 'En op Instagram?' vroeg ze.

Annemarie keek weer op haar scherm. 'Vier uur geleden', zei ze na een paar seconden. 'Dus rond half vijf. Maar dat ze tijdens het wandelen niet op Instagram is geweest, is wel logisch.'

'Ja, maar ze is rond half vijf gaan wandelen en Benthe zou Benthe niet zijn als ze niet in elk geval bij terugkomst op Instagram had gekeken. Ze heeft me de wandeling eerder laten zien, wacht.' Snel zocht Laura op haar telefoon de route op, die beschreven stond op een website. 'Hier staat dat de tocht ongeveer twee uur duurt. Dan zou ze rond halfzeven of zeven uur terug geweest moeten zijn.' Laura dacht even na. 'Sowieso is het vreemd dat ze geen foto van haar wandeling in onze groepsapp heeft gezet', zei ze toen, boos op zichzelf dat ze zich dat nu pas realiseerde.

‘Misschien is ze haar telefoon verloren’, zei Sven. ‘Of is hij kapotgegaan.’

‘Of ze is verdwaald en ze heeft geen bereik.’ Dat was Alec. ‘Ik weet niet waar ze is gaan wandelen, maar ik kan me voorstellen dat je niet overal netwerk hebt.’

‘Dan moeten we meteen de politie bellen’, zei Laura. Met een zorgelijk gezicht keek ze naar buiten, waar het nu al behoorlijk donker was. Ze wierp weer een blik op haar telefoon en zag foto’s van een smal wandelpad langs een klif en een plaatje van dichte begroeiing. Op een andere foto poseerden twee vrouwen voor een prachtig vergezicht over de oceaan.

‘Moeten we niet eerst haar kamer nog eens checken?’ vroeg Ruben. ‘Misschien een pasje vragen bij de receptie?’

‘Ja.’ Nerveus kwam Laura overeind. ‘Ik ga wel.’

‘Ik loop met je mee.’ Roxanne volgde haar naar de receptie, waar de receptionist weliswaar begrip had voor hun bezorgdheid, maar toch niet zomaar een pasje voor de kamer van iemand anders kon geven, deelde hij met een spijtig gezicht mee.

‘Maar het gaat om een noodgeval’, drong Laura aan. ‘We zijn bang dat haar iets ergs is overkomen.’

De man aarzelde zichtbaar, maar schudde toch weer zijn hoofd toen eerst Laura en daarna Roxanne aandrong. ‘Moment’, zei hij en hij verdween naar een ruimte achter de receptie. Ongeduldig tikte Laura met haar vinger tegen de balie, Roxanne probeerde intussen nogmaals de mobiel van Benthe te bereiken. ‘Er loopt een beveiliger met jullie mee’, zei de receptionist toen hij terugkeerde met een collega in zijn kielzog. 'Hij zal de kamer voor jullie checken.'

Opgelucht liepen Laura en Roxanne met de man naar de kamer van Benthe. Laura moest haar best doen om het stukje tussen de receptie en het gebouwtje waar Benthes kamer zich bevond niet in looppas af te leggen, de beveiliger leek intussen weinig haast te voelen. Uiteindelijk stonden ze voor de deur. De man klopte aan, riep Benthes naam en klopte toen nogmaals. Pas daarna opende hij de deur met een pasje. Achter hem aan liepen Laura en Roxanne naar binnen. Na één blik wist Laura al genoeg.

'Ze is er niet', zei ze tegen Roxanne, terwijl de beveiliger in de badkamer en op het balkon keek. Op een stoel lag de jurk die Benthe vandaag op de boot had gedragen, haar zwemkleding was op het balkon uitgehangen. Laura keek in de kledingkast. De gympen waarop ze Benthe eerder had gezien, ontbraken. 'Dat moeten de schoenen zijn die ze bij de wandeling aan had', zei ze tegen Roxanne. 'Je gaat zo'n stuk niet op slippers lopen.'

'Dus ze is hier na het wandelen in elk geval niet geweest om zich om te kleden.'

Laura schudde haar hoofd. Ze keek om zich heen en zocht koortsachtig naar een aanwijzing dat Benthe recent op haar kamer was geweest. Maar van het door de housekeeping strak opgemaakte bed tot de telefoonoplader die op het nachtkastje lag: het zei allemaal niets over Benthes verblijfplaats.

'Misschien is ze tijdens het wandelen iemand tegengekomen', zei Roxanne. In haar stem klonk optimisme door dat ze er duidelijk met veel moeite in probeerde te leggen. 'Je weet hoe impulsief ze kan zijn. Wie weet zit ze op dit moment met een of andere leuke man te dineren aan het strand van Playa Blanca.' Ze zweeg even. 'Of vrouw natuurlijk.'

Laura zei niets. Ze wisten allebei dat Benthe dan wel een berichtje zou hebben gestuurd.

'*Not here*', zei de beveiliger ten overvloede en Laura schudde haar hoofd. Ze keek naar Roxanne. 'We moeten de politie bellen.'

'Of we moeten zelf naar het gebied gaan om haar te zoeken.'

Laura keek aarzelend. 'In het donker?' Ze wendde zich tot de beveiliger en liet hem op haar telefoon zien waar Benthe was gaan wandelen.

'Bel de politie', adviseerde hij haar. 'Dit is geen gebied waar je zelf in de avond of nacht wil gaan lopen. Het is na negen uur 's avonds zelfs niet eens toegestaan om er te gaan wandelen, hoewel het niet wordt afgesloten.'

Ze liepen terug naar het restaurant. Tegen beter weten in keek Laura meteen naar de lege stoel. Ze hield haar telefoon al in haar hand. 'Zal ik Sofía bellen? Of het alarmnummer?'

'Het alarmnummer, denk ik.' Ruben aarzelde. 'Ik weet niet of het meteen een zaak van de recherche is. Er is vast een protocol voor vermissing, denk je niet?'

'Ja.' Laura liet haar vinger heel even boven de cijfers op het scherm zweven. Toen toetste ze 112 in. Vrijwel meteen vroeg een stem in het Spaans welke hulpdienst ze nodig had en Laura vroeg in het Engels om de politie. Het duurde opnieuw maar een paar tellen tot ze een man aan de lijn kreeg, die overschakelde op Engels toen Laura dat ook deed. Tot haar opluchting merkte ze dat hij de taal goed beheerste.

Ze probeerde de vragen zo goed mogelijk te beantwoorden. Benthe was, voor zover ze wist, gaan wandelen in nationaal park Los Ajaches, omdat ze daar een route langs de rotsen bij de zee wilde lopen. Ja, ze hadden natuurlijk geprobeerd haar te bellen, maar Benthe was al ruim drie, inmiddels drieënhalf, uur offline. Nee, het was niets voor Benthe om zomaar te verdwijnen en nee, ze had geen last van gevoelens van depressie. De man humde en stelde zijn volgende vraag en na een paar minuten zei hij: 'We zetten de vermissing in het systeem van de politie, waardoor alle collega's in de surveillancewagens een melding krijgen dat ze naar haar moeten uitkijken.'

Laura haalde al diep adem om te zeggen dat er echt meer gedaan moest worden, maar de man was nog niet uitgepraat. 'Normaal gesproken ondernemen we bij een vermissing van een volwassene de eerste vierentwintig uur geen actie, maar gezien de vermoedelijke plek van de vermissing en het risico dat jullie vriendin een ongeluk heeft gehad, zullen er ook meteen agenten naar het natuurgebied gaan waar ze is gaan wandelen. Daar zal een zoekactie worden opgestart.'

Ondanks haar angst voelde Laura iets van opluchting. 'We willen graag helpen', zei ze. 'Wij komen daar ook naartoe.'

'Dat moet ik jullie afraden', antwoordde de man beslist. 'Overdag is het gebied goed begaanbaar, maar in het donker zie je er vrijwel niets. Het is gevaarlijk om er nu op eigen houtje te gaan rondlopen.'

De man nam haar gegevens op, controleerde of het telefoonnummer waarmee ze belde haar nummer was en beloofde toen dat er straks iemand contact zou opnemen voor het vervolg. Laura hing op. Vijf paar ogen keken haar gespannen aan. De ober had de bestelde wijn op tafel gezet, maar de flessen ongeopend gelaten.

'Ze gaan zoeken in het gebied waar ze is gaan wandelen', zei Laura. 'Maar volgens die man moeten we dat zelf niet doen, omdat het gevaarlijk is.' Ze keek haar vrienden aan en schudde haar hoofd. 'Ik wil er toch naartoe, ik kan hier niet afwachten terwijl ik weet dat Benthe daar nog is. Misschien is ze wel gevallen en kan ze niet verder lopen.'

'Kunnen we niet iets anders doen in de tussentijd?' vroeg Ruben. 'Iets waarmee we ook helpen?'

'Wat dan?'

'Nou, bijvoorbeeld...' Hij dacht koortsachtig na. 'Ik weet het niet', gaf hij toen toe. 'Er moet toch íéts zijn?'

Maar er was niets, bevestigde ook de politieman die een minuut of tien later belde en zei dat er agenten onderweg waren naar het natuurgebied. De route die Benthe van plan was te gaan lopen, werd gevormd door een pad dat eerst door een dichtbegroeid gebied en daarna langs diverse kliffen leidde, zoals Laura al had gezien op de foto's. 'Het is er vaak erg druk en we doen via social media een oproep aan mensen die daar aan het einde van de middag zijn geweest en die haar misschien hebben gezien.'

'Wij willen graag zelf ook zoeken', zei Laura, al was dat haar eerder afgeraden. 'We willen zo graag iets voor haar doen.'

Net als zijn collega van de meldkamer zei ook deze man dat ze niet in het donker de route moesten gaan lopen. 'Dan is de kans groot dat we straks meerdere vermiste personen moeten zoeken', voegde hij er weinig subtiel aan toe. 'U moet erop vertrouwen dat wij ons uiterste best doen. We hebben zoekapparatuur die op basis van warmte een signaal geeft en we hebben sterke zoeklichten. Bovendien is er een helikopter onderweg die met warmteapparatuur gaat zoeken.'

Vooral dat laatste stelde Laura een klein beetje gerust. De politieman beloofde nog dat er straks agenten naar het hotel zouden komen om hun verklaringen op te nemen en om Benthes kamer te doorzoeken. Laura bedankte hem en hing op. Haar handen trilden en ze voelde zich misselijk. Even ontmoette ze de blik van Ruben, waarin ze precies het gevoel las dat boven alles door haar lichaam golfde.

Waren ze maar nooit op vakantie gegaan.

Hoofdstuk 11

HOEWEL LAURA ERVAN OVERTUIGD WAS GEWEEST DAT ze niet zou kunnen slapen, was ze blijkbaar toch even ingedommeld. Ze werd wakker van het geluid van een golfkarretje dat op het pad beneden voorbijreed. Een vrouw zei iets in het Spaans, een andere stem antwoordde. Laura knipperde. Ze bewoog haar nek en stelde vast dat alles pijn deed, aangezien ze zittend op het bankje op het balkon in slaap was gevallen.

Heel even vroeg ze zich gedesoriënteerd af wat er aan de hand was, toen kwam meteen het loodzware besef terug wat er was gebeurd. Benthe! Ze greep haar telefoon, maar er waren geen gemiste oproepen. Het klokje gaf aan dat het 5.54 uur in de ochtend was. De ochtendlucht was fris en dun en het begon al licht te worden.

Ze herinnerde zich weer dat ze gisteravond nog lang met elkaar bij het verlaten zwembad hadden gezeten, wachtend op nieuws dat niet kwam. Rond één uur waren ze allemaal naar hun eigen kamer gegaan, maar overmand door angst, verdriet en adrenaline had Laura niet kunnen slapen. In bed was ze zo rusteloos geweest dat ze ook Ruben uit zijn slaap had gehouden en daarom was ze buiten op het bankje gaan zitten. Ze had geen idee hoe laat ze in slaap was gevallen, maar het voelde alsof ze hooguit een paar minuten slaap had gehad.

'Nog nieuws?' vroeg Ruben, die rechtop in bed zat toen ze naar binnen liep.

Laura schudde haar hoofd. Op het nachtkastje lag het visitekaartje van een van de twee agenten die gisteravond naar het hotel waren gekomen. Zijn telefoonnummer stond erop en hij had hen verzocht meteen te bellen als hun iets te binnen schoot wat van belang kon zijn. Nu pakte Laura het kaartje en toetste het nummer in. Tegen beter weten in hoopte ze op het nieuws dat Benthe was gevonden. Het kón, dat hield ze zichzelf voor. Het kon zo zijn dat Benthe was gevallen op het pad en niet verder kon lopen of misschien zelfs was uitgegleden en zwaargewond onderaan een klif lag. Dan zou ze er ernstig aan toe zijn, maar zo'n val hoefde niet dodelijk te zijn. Benthe was sterk. Ze kon een nacht overleven, daarvan was Laura overtuigd.

'De collega's hebben vannacht om drie uur de zoekactie tijdelijk gestaakt', vertelde de man haar echter. 'In het donker konden ze niet meer doen dan ze al hadden gedaan. We zijn nu bezig met de voorbereidingen om de actie zo meteen voort te zetten. Dat zal door een andere ploeg worden gedaan, om zeven uur wisselt de dienst.' De politieman beloofde Laura het telefoonnummer van zijn collega te geven die de leiding zou overnemen. 'Het gebied wordt vooralsnog afgesloten voor andere wandelaars', zei de agent nog. 'We zullen het op z'n vroegst over enkele uren vrijgeven, als er dan nog niets is gevonden.'

Laura bedankte hem en hing op. 'Hier, moet je kijken', zei Ruben, die zijn telefoonscherm naar haar toe draaide. 'Het is al op het nieuws.'

Geschrokken keek Laura naar de foto van Benthe die ze gisteravond naar de politie had gestuurd. Het bericht erbij was in het Spaans, maar het was niet moeilijk te bedenken wat er stond. 'Ik heb haar ouders nog niets laten weten', zei ze, terwijl ze zich duizelig voelde. 'Straks lezen ze het op het nieuws.'

'Heb je hun gegevens?'

'Nee.' Ze dacht na. 'Ik weet alleen dat ze in Goes wonen.'

Ruben richtte zijn aandacht weer op zijn telefoon. Slechts een paar minuten later liet hij Laura een Facebook-profiel zien. 'Ik denk dat dit haar moeder is.'

Laura knikte. Ze herkende de naam, maar ook al had die er niet bij gestaan, dan nog was de gelijkenis tussen Benthe en de knappe vrouw op de foto onmiskenbaar geweest. 'Maar kan ik haar gewoon een berichtje sturen? Dan schrikt ze zich kapot.'

'Vraag anders of ze je kan bellen', stelde Ruben voor.

Laura knikte en begon drie keer opnieuw aan het bericht voor ze een tekst had gevonden die urgent genoeg klonk, maar die nog niet meteen voor paniek zou zorgen. Liever wilde ze aan de telefoon kunnen vertellen wat er aan de hand was, alsof ze het daarmee voor Benthes ouders makkelijker zou maken. Dat dat ijdele hoop was, wist ze ergens zelf ook wel.

Sofía Peña was het al een hele tijd geleden verleerd om uit te slapen, dus toen ze om iets over halfzeven haar ogen opende, was ze verbaasd noch geërgerd over het vroege tijdstip, maar stelde ze gewoonweg vast dat haar dag was begonnen. Haar vrije ochtend, de eerste in twee weken die ze zichzelf gunde. Of eigenlijk: die José haar had opgelegd. 'Het team kan echt wel even zonder je', had hij haar voorgehouden. 'Je hebt ook rust nodig.'

Omdat hij zo had aangedrongen, had ze beloofd vanochtend thuis te blijven en de dingen te doen die mensen in hun vrije tijd deden, zoals sporten en de was. Voor beide voelde ze op dit moment echter weinig en daarom sloeg ze de deken terug, pakte haar telefoon en liep naar de keuken om koffie te zetten. Terwijl ze toekeek hoe het apparaat een klein laagje loeisterke espresso in een kopje sputterde, dacht ze aan de uren die zich leeg voor haar uitstrekten. Eigenlijk had José gewild dat ze een hele dag vrij zou nemen, maar ze wilde het onderzoek niet zo lang onderbreken.

Haar telefoon liet een ping horen en ze zag een berichtje van haar vriendin Layla in het scherm. *Ben je klaar voor vanavond?*

Sofía fronste diep. Vanavond?

Ze ademde scherp in. Ineens herinnerde ze zich hoe ze een tijdje geleden had toegezegd mee te gaan met een etentje met wat vrienden en collega's van Layla, omdat zij een nieuwe collega had die volgens haar perfect bij Sofía paste.

'Jullie zullen een geweldige match zijn', had Layla vol vuur verklaard en Sofía had het hart niet gehad om het etentje te weigeren, hoewel ze het eigenlijk verschrikkelijk vond als de mensen om haar heen voor Cupido speelden. En van Layla's kwaliteiten als koppelaarster had ze ook al niet zo'n hoge pet meer op sinds haar vriendin haar een paar weken geleden in een club had voorgesteld aan een vage kennis die volgens haar echt geweldig leuk en grappig was en die Sofía voornamelijk de hele avond met hongerige ogen had aangestaard. 'Ik vind het prima in mijn eentje', had Sofía achteraf verklaard, maar sinds Fernando was vertrokken had ze gemerkt dat dat een standpunt was dat zijzelf weliswaar vurig verdedigde, maar waar de rest van de maatschappij moeite mee leek te hebben.

Sofía probeerde de gedachte aan vanavond van zich af te zetten. Ze had zichzelf gedwongen het een kans te geven, voornamelijk om Layla een plezier te doen, en ze zou er maar het beste van maken. Wie weet was de collega daadwerkelijk de leuke en geestige man die het kon waarderen zijn bestaan te delen met een vrouw die haar eigen leven leidde en niet van plan was om haar dag te besteden aan het bereiden van verse maaltijden en het strijken van overhemden die ze kraakhelder wit had gewassen. Sofía wilde niet chargeren, maar ze kon zich niet helemaal aan de indruk onttrekken dat er helaas mannen in overvloed waren die, theoretische moderne denkbeelden daargelaten, in de praktijk toch meer een vervanging voor hun moeder zochten dan een vrouw om hun leven mee te delen. Of wellicht had ze het tot nu toe gewoon niet zo getroffen met het andere geslacht.

Hoe dan ook, besloot ze, toen ze zich met haar koffie aan de keukentafel installeerde en een nieuwsapp opende: de ochtend was nog lang en misschien kon ze straks even naar het strand gaan. Dat was eigenlijk het enige wat ze miste tijdens de lange werkdagen van de laatste tijd: een duik in de zee.

Ze nam een slokje van haar koffie, verbrandde haar lip en liet haar ogen over de nieuwsberichten gaan. Vrijwel meteen trok ze haar wenkbrauwen op. Daar, bij een kop over een vermissing, stond een foto van een vrouw die haar bekend voorkwam. Op hetzelfde moment ging haar telefoon.

'Hallo?' meldde ze zich, terwijl ze nog aan het lezen was.

'Met José', zei haar baas, wiens naam ze al op het scherm had zien staan. 'Ik ben bang dat die vrije ochtend zal moeten wachten.'

'Ik lees het net', zei Sofía. 'Het is al op het nieuws.'

Snel praatte haar teamleider haar bij. Gisteravond was Benthe door haar vrienden als vermist opgegeven, nadat ze niet was teruggekeerd van een wandeling in nationaal park Los Ajaches. Er was een grote zoekactie gestart, die tot nu toe niets had opgeleverd. Als Benthe was gevallen op een van de paden en gewond was geraakt, zou ze gevonden moeten zijn. Aangezien dat niet zo was, moest de politie rekening houden met de mogelijkheid van een misdrijf.

'Zo meteen wordt de zoekactie hervat', zei José. 'Ik heb je hier nodig om sporenonderzoek te doen en er moet ook iemand met haar vrienden gaan praten. Twee incidenten in één vriendengroep binnen een paar dagen, dat is op z'n minst opvallend.'

Sofía beloofde dat ze eraan kwam en ze hing op. Vlug tikte ze het nieuwsbericht aan en met stijgende verbazing las ze over de vermissing van de Nederlandse toeriste. In Sofía's hoofd begonnen allerlei radertjes te draaien. Ze kende Los Ajaches en het was geen park waar je snel de weg kwijtraakte. Ze dacht weer even aan de optie dat Benthe bij een val geblesseerd was geraakt, maar het was vrijwel uitgesloten dat ze dan vannacht niet was gevonden.

Ze haalde zich de Nederlandse vrouw voor de geest – donkerblond haar, onderzoekende blauwe ogen en veel energie. Automatisch dacht ze weer aan de onthulling dat Benthe seks had gehad met Cynthia Kleynen. Cynthia, die na een val in het zwembad zwaargewond in het ziekenhuis was beland. Drie zeer opvallende, en ernstige, incidenten in zo weinig tijd. Hoe pasten die stukjes in de puzzel? Vormden ze eigenlijk wel één geheel?

Sofía haalde diep adem en nam de laatste slok van haar koffie. Daarna stond ze op en zette haar kopje in de vaatwasser. Dat vond ze een van de moeilijkste dingen aan recherchewerk. Nooit weten of een stukje wel hoorde tot de puzzel die je probeerde te maken.

Het verkeer zat tegen en de rit van haar huis in Arrecife naar de parkeerplaats nabij Los Ajaches kostte Sofía meer dan een uur. Toen ze aankwam, was het politiewerk alweer in volle gang. Er stonden diverse politieauto's geparkeerd en ze kende ook de auto van de officier van dienst die bij een grootschalige inzet de leiding had. Sofía dook onder het politielint door waarmee de ingang van het park was afgesloten en liet haar penning zien aan de jonge agent die belast was met de taak het publiek en de media weg te houden. Dat was geen overbodige luxe, want er stond al een busje van de lokale nieuwszender en Sofía herkende ook verslaggevers van enkele kranten. Haar collega knikte haar toe toen ze hem passeerde. Boven haar hoofd hoorde ze het klapwieken van de helikopter.

'Hoe gaat het hier?' vroeg ze aan een collega die ze kende van het bureau in Playa Blanca. Hij haalde kort zijn schouders op. 'We zijn sinds zeven uur aan het zoeken, maar net als vannacht is er nog niets gevonden. Het gebied is uitgestrekt, zoals je weet, en het is onduidelijk waar ze precies is gaan wandelen. We zoeken nu opnieuw de route af die het meest waarschijnlijk is, maar met al die kliffen en rotsen gaat dat niet zo snel.'

Sofía knikte een paar keer. 'En haar telefoon?' vroeg ze.

'Niet gevonden. Uit het telefoonverkeer blijkt dat hij voor het laatst contact heeft gemaakt met een zendmast niet ver van de parkeerplaats, wat betekent dat ze hier inderdaad in de buurt is geweest.'

Sofía keek om zich heen. De wind die met haar haren speelde, was warm en voerde zout van de oceaan aan. Nu ze hier was, besefte ze opnieuw dat een ongeluk in Los Ajaches niet echt snel op de loer lag. Ze was er vaak genoeg geweest om te weten dat de wandelingen geen groot risico vormden voor een gezond en enigszins getraind mens als Benthe. De bewegwijzering was prima en zelfs zonder de duidelijke bordjes kwam je vrij makkelijk weer uit bij het beginpunt. Bovendien was Benthe aan het einde van de middag gaan wandelen, toen de ergste warmte al voorbij was. Alle bekende risicofactoren voor wandelaars waren gewoonweg niet aan de orde.

'Klopt', zei haar collega toen ze dat hardop uitsprak. 'Het is best een vreemde zaak. Ook omdat een van haar vriendinnen blijkbaar ook al iets is overkomen.'

'Dat is een zaak van mij', zei Sofía. 'Maar het onderzoek heeft nog niet zoveel opgeleverd.'

Ze deed de uitspraak kalm en neutraal, maar voelde ondertussen de frustratie in haar lichaam. Gisteren had ze met Manuel de taxichauffeur opgezocht die Laura naar het hotel had gebracht. De man had maar weinig op met de politie, dat hadden ze al meteen gemerkt. Onwillig had hij hun vragen beantwoord en hij was blijven beweren dat hij niet wist wie de man was die hem – met een onderdrukt nummer – had gebeld om naar de villa van Cynthia en Mike te komen. Laura had hij aangetroffen voor het hek, in haar eentje en dronken en met genoeg geld in haar hand om de taxi te betalen. Ze kon amper lopen en hij had geen woord met haar gewisseld. Bij het hotel had hij haar naar de deur begeleid en daarna was hij weggegaan.

Met het hele gesprek waren ze niets opgeschoten en toen Sofía uiteindelijk weer in de politieauto was gestapt, had ze moeite gehad om geen verwensing aan het adres van de taxichauffeur de wereld in te slingeren, hoewel hij waarschijnlijk wel de waarheid had verteld. Het gebrek aan relevante sporen en getuigen begon haar gewoon op te breken. In plaats van een doorbraak kende deze zaak alleen maar meer vragen.

Ze keek op en kneep haar ogen samen toen ze een stofwolk zag. Even later stopte een blauwe SUV net voor het afzetlint. Sofía fronste. Ze kende die auto.

'Sorry van je vrije ochtend', zei haar teamchef José toen hij was uitgestapt en haar dicht genoeg was genaderd.

Sofía haalde kort haar schouders op. 'González begint zich ermee te bemoeien', zei José. 'Hij wil dat zowel deze vermissing als die verkrachtingszaak zo snel mogelijk wordt opgelost, om geen onrust te creëren onder de toeristen.'

Sofía keek naar de auto's van de media en knikte. Ze begreep wel dat de burgemeester van Yaiza, de gemeente waar Playa Blanca onder viel, bang was dat de belangrijkste geldstroom zou haperen door de recente gebeurtenissen. 'We werken met man en macht aan die verkrachtingszaak', zei ze. En daarna, met een blik naar de zes geparkeerde politiewagens en de helikopter die in de verte als een stipje was te zien: 'En hetzelfde geldt volgens mij voor de vermissing. Het is in ieders belang dat de vrouw snel wordt gevonden.'

'Hoe staat het met die verkrachting?' vroeg José. 'Al vorderingen?'

'We wachten op toestemming van de rechter-commissaris voor DNA-onderzoek onder de gasten van het feest en ook op toestemming van de arts om Cynthia Kleynen te verhoren. Dat is de dame bij wie het feestje was.' Sofía keek haar chef aan. 'Hoewel we erbovenop zitten, is die toestemming bij beide nog niet verleend. Die vertraging is funest voor het onderzoek.'

'Ik zal rondbellen', beloofde José. Hoewel het niet zou moeten uitmaken, wist Sofía ook wel dat een telefoontje van een hogergeplaatste politiefunctionaris de zaken soms danig kon bespoedigen. 'En dit?' vroeg José daarna, met een handgebaar naar de kale en rotsachtige omgeving.

Sofía trok kort met haar schouders. 'Ik ben hier nog maar net', zei ze en toen zag ze vanuit haar ooghoek een witte taxi stoppen. Het volgende moment herkende ze Laura van Diemen in een van de personen die uitstapten. 'Moment', zei ze tegen José en ze liep in de richting van Laura en, zag ze nu ze dichterbij kwam, Ruben.

'Sofía!' Er verscheen iets van opluchting op Laura's gezicht toen ze haar zag, maar haar stem klonk breekbaar. 'We zijn zo verschrikkelijk ongerust. Het is echt niets voor Benthe om zomaar te verdwijnen, ze zou altijd laten weten waar ze is.' Laura beet op haar lip. 'Ik ben zo bang.'

Sofía wilde graag iets geruststellends zeggen, maar alles wat ze kon bedenken was niet waar. Ze kon niet zeggen dat het zeker weten goed zou komen of dat er ongetwijfeld een logische verklaring was voor Benthes verdwijning. Uit haar mond zou Laura zich aan die woorden vastklampen en er waarde aan hechten die alleen maar tot valse hoop zou leiden. En dus deed ze iets wat in haar werk niet vaak gebeurde: ze spreidde haar armen en omhelsde Laura. 'Mijn collega's doen er alles aan om haar te vinden', zei ze, en met alles wat ze in zich had wilde ze dat ze meer kon doen.

Hoofdstuk 12

'Waarom laten ze ons niet gewoon helpen met zoeken?' Gefrustreerd sloeg Laura met haar voeten in het water, dat zo hoog opspatte dat ze het zout proefde. 'Ik wil gewoon iets dóén.'

'Ze zeiden dat...' begon Ruben, maar Laura snoof. 'Ik weet wat ze zeiden, maar ik word gewoon gek van het wachten.'

Zonder echt iets te zien staarde ze naar de horizon. Nog maar een paar dagen geleden hadden ze hier, op Playas del Papagayo, zo'n leuke dag beleefd met elkaar. En nu waren Ruben en zij hiernaartoe uitgeweken omdat het wachten bij de parkeerplaats nog frustrerender was dan op het naastgelegen strandje. Bij de waterlijn speelden kinderen en op het strand lagen de gekleurde handdoeken van vakantiegangers. Al die vrolijkheid voelde als een andere wereld. Laura had zin om op te staan en tegen iedereen te roepen dat het allemaal niet klopte. Haar vriendin was vermist, en misschien wel dood. Hoe konden mensen gewoon gezellig naar het strand gaan?

Ze deed het natuurlijk niet, dat opstaan en roepen. In plaats daarvan bleef ze zitten op de steen waar het water omheen spoelde. Ruben zat naast haar. Hij had zijn knieën opgetrokken en zijn armen eromheen gevouwen. Laura sloot even haar ogen, maar het enige wat ze zag waren beelden die haar hersenen creëerden. Beelden van Benthe, verdwaald in het uitgestrekte, donkere park. Ook al koelde het 's nachts af, zonder water redde je het niet. Of de rotsen die hoog en steil afliepen in zee. Eén verkeerde stap en…

Haar ogen schoten weer open. De beelden vormden met elkaar een doodenge film, maar het was geen logische film. Los Ajaches was een klein nationaal park, waar het telefoonbereik misschien niet overal goed was, maar zeker niet zo slecht dat je urenlang moest lopen om te kunnen bellen. Als Benthe was verdwaald, had ze makkelijk kunnen bellen. En die rotsen… Laura knipperde een paar keer. Benthe was soms impulsief, maar ze was niet roekeloos. Niemand, ook Benthe niet, zou het in z'n hoofd halen om zo dicht langs de rand te gaan lopen dat een stapje verkeerd betekende dat je meters naar beneden viel en op een ondergrond van keihard en puntig gesteente landde.

'Het kan geen ongeluk zijn', zei ze hardop, vooral omdat

ze het nodig had die woorden te horen. Ruben keek opzij. 'Hoe bedoel je?'

'Wat er ook gebeurd is, het kan geen ongeluk zijn.'

'Hoe weet je dat nou?' Hij fronste en wreef achter zijn zonnebril in zijn ogen. 'We weten nog niet eens waar ze is.'

Daar had hij gelijk in en Laura deed er het zwijgen toe. Het was ook niet meer dan een gevoel.

'Ze hebben haar op de camera zien vertrekken, maar niet zien terugkomen', zei Ruben, die op zijn telefoon keek. 'Roxanne heeft een berichtje in de groepsapp gestuurd.'

Laura knikte. Voor de tweede keer in een paar dagen tijd had de politie camerabeelden opgevraagd bij de beveiliging van de receptie. Omdat het ging om een zoekactie en niet om een onderzoek naar een misdrijf, had de politie gevraagd of een van hen kon meekijken naar eventuele personen wier aanwezigheid opvallend of zelfs verdacht was. Roxanne en Sven hadden aangeboden in het hotel achter te blijven, terwijl de rest naar Los Ajaches ging om te kijken of ze konden helpen met zoeken. Ruben en Laura waren er rechtstreeks naartoe gegaan, Annemarie en Alec waren naar Playa Blanca gegaan om daar met een foto van Benthe aan restauranthouders en passanten te vragen of ze haar gisteren misschien hadden gezien. De recherche was op zoek naar de taxichauffeur die haar had gebracht en die zou kunnen bevestigen dat ze er daadwerkelijk was aangekomen, had Sofía laten weten. Als die was gevonden, wisten ze zeker dat ze in het park was geweest. Maar eigenlijk zei dat nog niets, bedacht Laura. Benthe kon ook weer weg zijn gegaan, naar Playa Blanca of ergens anders. En als dat zo was, dan...

Als, als, als. Laura werd gek van dat woord. Ze kon wel honderd scenario's bedenken. Een lege telefoonbatterij, een onbetrouwbare taxichauffeur, een man die leuk leek maar het niet was, een onbezonnen idee van Benthe – de mogelijkheden waren zowel eindeloos als niet erg geloofwaardig. Dat had ze vanochtend ook tegen de ouders van Benthe gezegd. Dat ze er vooralsnog echt van uitgingen dat Benthe was gaan wandelen en dat er toen iets fout was gegaan. Maar wat, dat kon Laura ze niet vertellen, hoe graag ze ook duidelijkheid wilde geven.

Het was natuurlijk geen makkelijk gesprek geweest. Benthes moeder had vrij snel op het Facebook-berichtje gereageerd en toen ze belde, had Laura op geen enkele manier het gevoel dat ze klaar was voor dit gesprek. Maar ze moest wel, ze kon de ouders van Benthe niet in onwetendheid laten en het risico lopen dat ze via het nieuws iets over de verdwijning van hun dochter zouden horen. Bovendien wilde Laura weten of Benthe misschien contact met haar ouders had gehad. Als echt alles fout ging en ze niet meer wist wat ze moest doen, zou zijzelf altijd nog haar vader en moeder bellen, ook al was ze inmiddels halverwege de dertig. Wie weet, zo had ze vol ijdele hoop geredeneerd, gold dat voor Benthe ook.

Het was niet zo, natuurlijk. Benthe had in de middag een foto gestuurd die ze tijdens het varen had gemaakt en daarna hadden haar ouders niets meer van haar vernomen.

Dat was niet vreemd of zorgelijk, Benthe liet gemiddeld elke twee of drie dagen iets van zich horen.

Laura vond het verschrikkelijk dat zij degene moest zijn die het slechte nieuws van Benthes vermissing bracht, en nog verschrikkelijker dat ze gewoon geen antwoord kon geven op de vele vragen die Benthes ouders voor haar hadden. Het gesprek had helemaal niet zo lang geduurd, maar daarna had Laura zich doodmoe en uitgewrongen gevoeld en boven alles brak haar hart voor deze twee mensen die nu ziek van bezorgdheid duizenden kilometers verderop zaten en geen idee hadden wat er met hun dochter aan de hand was.

'Hé!' Rubens stem haalde haar uit haar gedachten. Hij keek naar de lucht en stak zijn vinger op, als om te onderstrepen dat een geluid vanuit de verte begon aan te zwellen. De donkere brom kwam steeds dichterbij, tot de helikopter eerst klein en daarna steeds groter zichtbaar was.

'Hij komt terug', zei Laura. 'Wat betekent dat?'

'Misschien moet hij tanken', zei Ruben rationeel. 'Ze zijn al bijna een uur aan het rondvliegen.'

'Of er is iets gevonden.' Laura kwam overeind en werkte zich met haastige passen over de natte stenen naar het strand. Ruben volgde haar. De helikopter was nu heel dichtbij en trok het nodige bekijks van de strandgasten. Het volgende moment begon het geluid weer af te nemen. 'Hij gaat weg', zei Laura en ze staarde met bonkend hart naar de lucht. 'Hij vliegt richting Playa Blanca.'

Haar maag kneep zich samen. Terwijl Ruben nog eens

benadrukte dat helikopters echt niet voor uren en uren brandstof aan boord hadden, versnelde Laura haar pas. Struikelend en hijgend kwam ze aan bij de parkeerplaats, waar nog meer media en nog meer politieauto's waren gearriveerd. Er stonden twee busjes met het logo van de politie erop en een donker busje met daarop een Spaanse term kwam net aangereden. Er was niet veel talenkennis voor nodig om te zien dat het een busje van de forensische recherche was. Laura had het gevoel dat haar hart omlaagzakte in haar borstkas.

'Laura!' Sofía Peña kwam op een drafje aan. Ze hield het afzetlint voor hen omhoog en Laura dook eronderdoor, gevolgd door Ruben. 'Kom maar even mee', zei Sofía en ze liep met korte, vlugge passen voor hen uit naar een van de politieauto's. Onbewust bedacht Laura dat de rechercheur vandaag niet haar vaste uniform van een donkere broek en lichtblauw overhemd droeg. In plaats daarvan was ze gestoken in een strakke zwarte rok en een witte blouse met pofmouwen. Haar haar zat in een strakke knot op haar achterhoofd.

'Hebben jullie haar gevonden?' vroeg ze zodra Sofía het portier van een van de busjes voor hen openschoof. Ruben en Laura namen plaats op de achterbank, Sofía ging tegenover hen zitten op de bank die tegen de rijrichting in was geplaatst. Laura staarde haar aan en voelde haar hart nu zo hard bonken dat het pijn deed aan de binnenkant van haar ribbenkast.

'Hebben jullie haar?' vroeg Laura opnieuw. Haar stem brak bij het laatste woord. Sofía keek naar haar met een blik waarin het medeleven te lezen stond.

'Er is een lichaam gevonden tijdens de zoektocht naar Benthe', zei ze toen. De woorden klonken wat formeel en detoneerden bij wat haar ogen zeiden. 'We weten nog niet zeker of het Benthe is, maar het lichaam is wel van een vrouw.'

Ze wisten het wel zeker, dat was wat Sofía's ogen zeiden. Haar woorden waren ongetwijfeld wat ze formeel moest meedelen, maar Laura had de echte boodschap allang begrepen. Ze boog haar hoofd en beet op haar lip en probeerde de vloedgolf aan tranen en boosheid en verdriet binnen te houden, maar dat was onbegonnen werk. Het volgende moment kromp ze ineen en zocht al het verdriet een uitweg in een kreet die klonk alsof hij niet van haarzelf was. Ruben sloeg zijn arm om haar heen en Laura kroop weg in zijn omhelzing terwijl ze probeerde het besef dat zo groot en pijnlijk door haar heen sneed, op een of andere manier te bevatten.

Sofía Peña schopte haar schoenen uit en liet zich op haar bureaustoel vallen. Ze trok het elastiek los, voelde hoe haar haar over haar schouders viel en slaakte een zucht die vanuit haar tenen leek te komen. De klok aan de muur vertelde haar dat het twee uur in de middag was, maar het voelde alsof ze er een etmaal zonder slaap op had zitten. Ze keek op haar telefoon. Eerder had ze Layla geappt om het etentje af te zeggen. Haar vriendin liet nu weten dat ze het begreep, maar dat ze nog steeds geloofde dat de collega en Sofía voor elkaar gemaakt waren. En dat ze binnenkort een etentje ging organiseren zodat ze elkaar alsnog konden ontmoeten. Sofía glimlachte vluchtig en borg haar telefoon op.

De hele ochtend was ze met de collega's van de forensische dienst in de weer geweest in Los Ajaches. De vindplaats van het lichaam was tot plaats delict bestempeld en moest worden afgesloten. Eventuele sporen moesten veilig worden gesteld, maar helaas leek er op het eerste gezicht maar weinig in de omgeving te zijn dat antwoord gaf op de vraag wat Benthe was overkomen. Sofía was zelf naar de vindplaats van het lichaam gegaan om een indruk te krijgen. Inmiddels was duidelijk dat het om de vermiste Benthe van der Sluijs ging. Ze was gevonden onderaan een steile rots, tussen de vlakke en puntige stenen waarop de golven van de oceaan stuksloegen. Haar lichaam lag ingeklemd tussen twee stenen. Haar hoofd lag in een onnatuurlijke hoek ten opzichte van haar nek en haar gezicht was bij elke golf onder water verdwenen. Staand op de steile rots waar Benthe vanaf gevallen moest zijn, had Sofía zich duizelig gevoeld toen ze naar beneden keek. De afstand was zeker tien meter en uit de zee staken die akelige punten op, die bij haar automatisch een schrikreactie teweeg hadden gebracht. Ieder weldenkend mens zou vanaf de rand snel een stap terug hebben gedaan. Het pad lag zeker twintig meter bij de rand vandaan en door middel van bordjes werd in meerdere talen gewaarschuwd voor het gevaar. Sofía had gezien dat Benthe stevige sportschoenen droeg.

Een halfuur geleden was het lichaam van Benthe in een

auto van de uitvaartverzorging overgebracht naar het mortuarium in Arrecife. Daar zou een patholoog-anatoom het onderzoeken voor het werd vrijgegeven en overgedragen aan de familie. Uit de autopsie zou de doodsoorzaak moeten blijken, al wist Sofía vrijwel zeker dat ernstig in- en uitwendig trauma als gevolg van een val tot de dood van Benthe had geleid. Verdrinking leek haar uitgesloten. Het was zo goed als onmogelijk om vanaf de rotsen af te dalen en in zee te gaan zwemmen – nog los van het feit dat niemand met gezond verstand dat zou doen. De oceaan was op die plek prachtig en indrukwekkend, maar van uitnodigend kon je moeilijk spreken.

Er was nog wel een andere optie waar Sofía benieuwd naar was. Wat als Benthe al dood was toen haar lichaam naar beneden viel?

Het kwam door de verkrachting van Laura en het ongeluk van Cynthia. Als die twee zaken niet hadden gespeeld, was ze misschien veel sneller uitgegaan van een ongeluk. Dat was ook een logische theorie: op zoek naar het beste uitzicht of misschien wel de mooiste foto was Benthe dichter bij de rand gekomen dan verantwoord was en de natuur vergaf dat soort fouten niet. Zo hoog boven de zee was het doorgaans niet nat, maar er kon natuurlijk altijd één golf geweest zijn die alle andere golven had afgetroefd en z'n water metershoog had uitgewaaierd. Dan werd het gesteente onmiddellijk spekglad. Sofía wist dat de technische recherche een meterslang stuk rots had onderzocht. Als Benthe was uitgegleden, moest je de sporen daarvan nog kunnen zien.

Ze startte haar computer op en zag dat er een dossier voor de zaak was aangemaakt. Er stond nog niet veel in, het rapport van de technische recherche moest nog komen en ook de patholoog-anatoom zou zijn bevindingen in het systeem zetten. Sofía belde naar María van het laboratorium en kreeg te horen dat er bloed van Benthe was aangekomen, maar dat het nog te vroeg was voor onderzoeksresultaten. 'Geef me een uur', zei haar collega en Sofía beloofde dat ze haar ongeduld zou beteugelen.

Ze opende het dossier van Laura en ging naar de verklaringen van Benthe. Het waren er twee, beide opgenomen door Sofía zelf. Ze las ze vluchtig door, maar wist precies wat erin stond. Benthe had die avond op het feest niets vreemds gemerkt en Benthe was naar bed geweest met Cynthia. Sofía's blik bleef hangen aan die laatste verklaring. Ze had begrepen dat Mike en Cynthia een soort open relatie hadden, waarbij ze het prima vonden als een van de twee het bed met een ander deelde. Toch was dit iets wat ze uit moest zoeken. Want gold die goedkeuring in de praktijk ook echt? Of was er een mogelijkheid dat Mike toch iets minder ruimdenkend was dan hij zich voordeed?

Ze pakte de telefoon en belde naar het ziekenhuis. Daar kreeg ze de hoofdverpleegkundige aan de telefoon, die verantwoordelijk was voor de afdeling waar Cynthia verbleef. 'Hij zit letterlijk de hele dag naast haar en gaat alleen naar huis om te slapen', kreeg ze te horen toen ze naar Mikes aan- en afwezigheid informeerde.

'En gisteren?'

‘Ook. Hij gaat altijd om tien uur ’s avonds weg.’

‘Maar weet u zeker dat hij er de hele middag is geweest, zonder onderbrekingen?’

‘Moment’, zei de verpleegkundige. Sofía hoorde het geluid van een toetsenbord. ‘Gistermiddag om vijf uur is er een gesprek met de arts geweest, waar Mike bij aanwezig was. Dat weet ik omdat ik er zelf ook was. Daarna is hij bij haar gebleven en toen ik om zes uur Cynthia haar medicatie bracht, was hij er ook. Later is hij nog even langsgekomen om iets door te geven. Dat moet rond een uur of halfnegen zijn geweest, want ik ging net eten.’

Sofía had bewondering voor het geheugen van de vrouw. Ze rekende uit in haar hoofd dat Mike, als hij al vanuit het ziekenhuis naar Los Ajaches was gereden, nooit voor halftien bij Benthe had kunnen zijn. Terwijl haar wandeling onder normale omstandigheden natuurlijk nooit zo lang zou hebben geduurd.

Ze bedankte de verpleegkundige, vroeg nog maar eens wanneer ze Cynthia kon spreken en kreeg te horen dat de arts daar een uitspraak over zou doen. ‘Het is echt belangrijk’, benadrukte Sofía. ‘Mogelijk heeft zij informatie die ons meer kan vertellen over de dood van een Nederlandse toeriste.’

‘Ach ja, daar heb ik over gelezen.’ De stem van de verpleegkundige kreeg iets meelevends. ‘Ik zal het opnieuw bij dokter Lopez onder de aandacht brengen.’

Sofía bedankte haar en hing op. Vrijwel meteen begon haar telefoon weer te rinkelen. Het was José. ‘De rechter-commissaris heeft toestemming gegeven’, zei hij. ‘Je kunt aan de slag met het DNA-onderzoek.'

'Eindelijk', zei Sofía. 'Dank je wel.'

'En er is nog iets: bij het onderzoek van de plaats delict is de iPhone van mevrouw Van der Sluijs in het water gevonden. Helaas is de schade aan het toestel erg groot, maar bij de digitale afdeling gaan ze proberen om de gegevens veilig te stellen.'

Sofía knikte een paar keer. Ze wist dat de kans klein was dat de telefoon nog te herstellen was en iPhones waren doorgaans zo goed beveiligd dat ze zich niet op een andere manier lieten kraken. Een verzoek bij Apple indienen om de inhoud van Benthes iCloud te bekijken, zou weken duren en het was maar de vraag of het bedrijf eraan mee zou werken, omdat privacy van gebruikers bij Apple doorgaans boven meewerken aan politieonderzoek ging. WhatsApp was nog een heel ander verhaal. Als haar chatgeschiedenis niet via Benthes telefoon terug te halen was, zou het heel lastig worden haar berichten, die waardevolle informatie konden bevatten, te lezen.

Sofía bedankte José en zodra ze had opgehangen, belde ze Manuel, die nog ter plekke was in Los Ajaches. 'We zijn hier aan het afronden', liet hij haar weten. 'De parkbeheerder is hier en heeft een verklaring afgelegd, maar hij heeft niets gezien of gemerkt. De communicatieafdeling bereidt een persbericht voor met een getuigenoproep. Dat gaat waarschijnlijk over een uur naar alle media.'

Sofía verzekerde zich ervan dat er nu geen dringende actie van haar werd verwacht en concentreerde zich op het DNA-onderzoek. Ze zocht de lijst met de aanwezigen op het feest op. Inmiddels hadden ze iedereen achterhaald, wat het DNA-onderzoek makkelijker zou maken. Ze stelde een brief op voor alle mannen waarin ze liet weten dat het onderzoek op last van de rechter gebeurde en dat iedereen werd geacht binnen vier dagen op het politiebureau langs te komen voor het afgeven van DNA. Ze schreef niets over consequenties bij het geen gehoor geven aan dit verzoek. Die waren niet zo eenvoudig uit te leggen. De recherche kon niemand verplichten om DNA af te staan en medewerking aan het onderzoek weigeren mocht niet zonder meer leiden tot een verdachtmaking – het zou juridisch geen hout snijden om zoiets in de brief te vermelden. Ze kon alleen maar hopen dat de aanwezige feestgangers zelf aanvoelden dat de politie – als er geen DNA-match werd gevonden – natuurlijk wel met grote aandacht naar de weigeraars zou kijken. Uit eerdere onderzoeken wist ze ook dat dit laatste voor mensen de belangrijkste reden was om hun medewerking aan een dergelijk onderzoek te verlenen, meer dan een diepgewortelde wens naar waarheidsvinding of de bestrijding van misdaad.

Terwijl ze de laatste hand aan de brief legde, ging de telefoon opnieuw. 'Isabel Lopez', klonk de kordate vrouwenstem, die ze de afgelopen dagen al vaker had gehoord. 'Ik wil u laten weten dat mevrouw Cynthia Kleynen in staat is om een verklaring af te leggen.'

Hoofdstuk 13

De gangen roken naar ontsmettingsmiddel en iets mufs dat Sofía niet goed kon thuisbrengen en dat Manuel, die naast haar liep, droog omschreef als 'mensen'. Sofía blikte opzij en trok een gezicht, maar hij knikte vol overtuiging. 'O, hier is het', zei hij daarna en hield stil voor een deur waarop het cijfer 15 stond.

Cynthia was vanochtend van de intensive naar de medium care overgeplaatst en dat was voor de arts reden geweest om een gesprek met de politie toe te staan. Sofía had niet alleen aan de arts maar ook aan Mike laten weten dat ze onderweg waren. Hij wilde er per se bij zijn, had hij aan de telefoon al gezegd. Sofía had hem laten weten dat dat niet de bedoeling was, wat een discussie had opgeleverd, maar uiteindelijk had Mike zich erbij neergelegd. 'In de tussentijd kun je ons wel helpen', had ze gezegd, waarna ze over het DNA-onderzoek had verteld. Hij had onmiddellijk zijn medewerking toegezegd en dus zat hij nu beneden bij een jonge collega van Sofía om zijn gegevens in te vullen en DNA af te staan via wangslijm. Sofía klopte op de half openstaande deur van de ziekenhuiskamer en stak haar hoofd om de hoek.

Ze had foto's van Cynthia gezien, waardoor ze tot de conclusie kon komen dat het verblijf in het ziekenhuis er bij de vrouw behoorlijk in had gehakt. Cynthia oogde mager en haar gezicht was ingevallen. Haar haar, dat op de foto's dik en vol om haar hoofd had gehangen, was nu piekerig. Haar ogen leken wat hol, maar er kwam leven in toen Cynthia zich realiseerde wie er in de kamer stond.

'Sofía Peña, en dit is mijn collega Manuel Rossado', stelde Sofía hen beiden voor. 'Hoe gaat het met je?'

Cynthia haalde kort haar schouders op en ging wat meer rechtop zitten. 'Het gaat', zei ze toen. 'Ik ben er nog niet, maar volgens de arts gaat het de goede kant op.' Ze pauzeerde om adem te halen, wat een licht piepend geluid opleverde. 'Vooral die longontsteking heeft er flink in gehakt.' Ze vertelde dat ze bij haar val in het zwembad bewusteloos was geraakt en water had ingeademd. Een situatie die tot haar dood had kunnen leiden als ze niet tijdig door Mike was gevonden. Door de vloeistof in haar longen was een ontsteking ontstaan waardoor ze erg ziek was geworden. 'Doodeng', zei Cynthia en de herinnering deed haar letterlijk huiveren, zag Sofía. 'Het gevoel te hebben dat je stikt is verschrikkelijk.'

Sofía knikte meelevend. 'Dat kan ik me voorstellen.'

'Ja.' Cynthia glimlachte, maar haar ogen stonden triest. 'Al met al hebben Mike en ik weleens leukere feestjes gegeven.' Er viel weer even een stilte. 'Wat er met Laura is gebeurd, is natuurlijk ook vreselijk.'

'Daar komen we eigenlijk voor', zei Sofía, gebruikmakend van de brug die Cynthia zelf maakte. 'En er is nog iets wat ik je moet vertellen.'

Cynthia keek haar afwachtend aan. Sofía had gedacht dat Mike zijn vriendin al over de dood van Benthe zou vertellen, maar dat was niet gebeurd. Ze nam een paar tellen de tijd om na te denken over haar formulering en deed toen haar mond open. Terwijl ze de woorden uitsprak, zag ze de blik van Cynthia veranderen in ongeloof, afgrijzen en daarna verdriet. Cynthia sloeg haar hand voor haar mond en snikte gesmoord.

Het duurde een paar minuten voor ze verder konden met waarvoor ze gekomen waren. Cynthia stelde allerlei vragen waarop Sofía het antwoord schuldig moest blijven. Uiteindelijk vroeg Cynthia: 'Wat heeft de dood van Benthe met de verkrachting van Laura te maken? Of denken jullie niet...'

'Dat is een vraag die wij ook heel graag beantwoord zouden willen hebben', zei Sofía. 'Daarom zouden we je graag wat vragen willen stellen over het feest, als je dat oké vindt.'

'Ja.' Cynthia ging verzitten. Het viel Sofía op hoe dun en

breekbaar haar armen waren. 'Ja, natuurlijk.'

'We hebben van alle gasten verklaringen opgenomen, maar we willen heel graag weten wat jij je herinnert van die avond.' Sofía had met Manuel besproken dat ze het gesprek zo open mogelijk zouden houden. Cynthia's herinneringen moesten vanuit haarzelf komen. Het was verleidelijk om eventuele gaten erin op te vullen met informatie die ze al van andere gasten hadden gehoord, maar dan zou de verklaring niet zuiver en dus niet bruikbaar zijn.

'Mijn herinneringen zijn vaag', zei Cynthia en ze keek verontschuldigend. 'Het eerste deel van de avond weet ik nog, maar daarna zijn het flarden.'

'Vertel maar gewoon wat je weet', zei Sofía. 'Misschien lijkt het voor jou alsof het te onbelangrijk of onbruikbaar is, maar voor ons kunnen juist kleine details helpen.'

Cynthia dacht even na. Haar huid leek in de korte tijd van het gesprek nog bleker te zijn geworden dan die al was. 'Oké', zei ze toen. 'We kwamen Laura en Benthe tegen op het strand, twee dagen voor het feest. We raakten aan de praat en toen nodigden we ze uit.' Ze pauzeerde even om op adem te komen. 'Dat is voor Mike en mij niet vreemd, we doen dat wel vaker. Het leek ons gezellig en hun ook.'

Sofía knikte aanmoedigend, maar Cynthia had weer een pauze nodig. 'Ze kwamen en het was een geweldig feestje', ging ze toen verder. 'Er werd veel gedronken, maar de sfeer was ontspannen. Ik raakte met Benthe aan de praat en...' Deze keer was het niet het gebrek aan zuurstof dat Cynthia deed zwijgen. 'Ik vind het zo erg', zei ze na een stilte die lang duurde. 'Dat ze nu... Ik bedoel...'

Sofía zag dat zich in Cynthia's ooghoek een traan vormde. 'Ik kende haar natuurlijk amper, maar gewoon het idee dat ze nu dood is.' De traan maakte zich los en gleed over Cynthia's wang naar beneden. 'Ze was geweldig, zo vol energie. Ik had meteen een enorme klik met haar.'

Sofía knikte een paar keer. Cynthia nam een slokje water en herpakte zich. Ze keek nadenkend en daarna richtte ze haar blik op Sofía. 'Denken jullie dat ze een ongeluk heeft gehad?' vroeg ze toen.

'Dat weten we nog niet', zei Sofía. 'We hebben de zaak in onderzoek.' Haar woorden klonken formeel, maar ze kon voor nu weinig anders zeggen. 'We zijn ook bezig uit te zoeken of er een verband bestaat met wat Laura is overkomen, en wat er met jou is gebeurd.'

Cynthia trok een rimpel in haar voorhoofd. 'Ik vind het zo moeilijk voor te stellen dat ik hierin een rol speel. Ik bedoel...' Ze keek Sofía aan. 'Ik kende Laura en Benthe nog maar net. En ik weet niet...' Ze maakte die zin niet af, maar bleef nadenkend voor zich uit staren. 'Er is gewoon niets dat me is opgevallen. Niets vreemds.'

'Vertel maar verder over die avond.'

Cynthia liet haar adem hoorbaar ontsnappen. 'Ik herinner me dat er werd gedanst en gedronken. Iedereen had het naar z'n zin, ook Laura en Benthe, die bijna de hele avond op de dansvloer waren.' Ze sloot even haar ogen, misschien om de beelden terug te halen. Sofía wachtte geduldig af. Manuel maakte af en toe een aantekening.

'Ik danste zelf ook met iedereen, tot ik op een gegeven moment eigenlijk alleen nog met Benthe danste. Hoe laat het was weet ik niet meer precies, maar het feest was een hele tijd aan de gang. Ik zei tegen Benthe dat Mike en ik elkaar de vrijheid geven om dingen met anderen te doen.' Ze zweeg weer even en leek haar best te doen in haar geheugen te graven. 'Meer hoefde ik niet te zeggen. Zij stelde voor om naar boven te gaan en ik nam haar mee.'

'Hoe laat was het toen?' vroeg Sofía.

'Ik herinner me vaag dat ik het twee uur heb zien worden, dus ik denk rond die tijd. Misschien iets later. En toen kwamen we Laura tegen die haar drankje vreemd vond smaken. Ik proefde en zei dat er niets raars aan was.'

Sofía kneep haar ogen samen. Benthe had het moment precies zo beschreven.

Cynthia had haar ogen gesloten, als om het moment opnieuw te beleven. 'Daarna gingen Benthe en ik naar boven. Ik wilde naar onze slaapkamer gaan, maar Benthe zag iemand, dus we wachtten even. Volgens mij duurde dat maar heel kort en toen liepen we verder.'

Sofía knikte, Manuel maakte opnieuw een aantekening. 'Wie was dat dan?'

'Ik weet het niet precies. Misschien een van haar vrienden. Ik stond bovenaan de trap en voelde me een beetje duizelig, ik weet nog dat ik me moest vasthouden. Het was maar een heel kort gesprek, daarna liepen we verder naar de slaapkamer en vanaf dat moment weet ik het niet meer zo goed. Alles werd toen heel wazig en ik was duizelig. Het ging iets beter toen ik ging liggen, maar ik herinner me verder niets.' Ze keek Sofía aan en trok met haar mond. 'Eerlijk gezegd weet ik niet zeker of Benthe en ik seks hebben gehad.'

Sofía aarzelde, maar zei toen toch: 'Benthe heeft verteld van wel.'

'O.' Het leek Cynthia niet veel te doen. 'Het volgende dat ik weet, is dat ik zo moe was, maar dat ik niet wilde slapen. Benthe was al weg. Ik eh...' Ze aarzelde even en keek Sofía aan. Die knikte haar bemoedigend toe. Cynthia likte aan haar lippen. 'Nou ja, ik kan het ook wel vertellen. Ik heb toen wat cocaïne genomen om mezelf op te peppen. Ik herinner me wel een helder moment waarop ik dacht dat het hielp, maar toen ik beneden kwam voelde ik me weer heel raar. Zo heb ik me nog nooit gevoeld – het was een combinatie van duizelig en misselijk en het gevoel dat de zwaartekracht geen vat meer op me had. Ik had het koud. Verder weet ik niet meer wat er is gebeurd. Mike zegt dat ik iets na vier uur in het zwembad ben gevallen, maar zelf had ik geen idee van de tijd.'

Sofía knikte een paar keer. Het gesprek, dat nog geen kwartier had geduurd, had Cynthia duidelijk uitgeput. Haar stem klonk nu zacht en haar ademhaling ging piepend. 'Dank je wel', zei Sofía. 'En laat het me alsjeblieft weten als je nog iets te binnen schiet.'

Cynthia beloofde het en Sofía en Manuel liepen weg. Op de gang gingen ze aan de kant voor twee verpleegkundigen die een zwaar bed voortduwden. Sofía keek haar collega aan en daarna staarde ze naar de deur van Cynthia's kamer.

Puzzelstukjes, dat was alles wat ze had. En het werden er steeds meer.

Een stuk achtergebleven politielint wapperde in de niet-aflatende wind die vanaf de oceaan waaide toen Laura boven op de rots haar tranen de vrije loop liet. Die tranen waren in de afgelopen uren sowieso nooit ver weg geweest, maar nu ze hier stond, op de plek waar Benthe haar laatste minuten, laatste seconden, had doorgebracht, voelde het alsof er een klauwhamer door haar borstkas ging. Ze had hier per se naartoe gewild, ze had de plek met haar eigen ogen willen aanschouwen op zoek naar antwoorden op alle vragen die door haar hoofd gingen. Maar nu ze hier stond, begon ze te twijfelen. In plaats van antwoorden kwamen er nieuwe vragen en voortdurend rilde ze. Het was 26 graden, maar de kou leek vanuit haar binnenste te komen. Misschien was het te vroeg om hier te zijn, misschien had ze hier wel nooit moeten komen. En toch dwong ze zichzelf om te kijken, om te voelen. Op een vreemde manier vond ze dat ze dat aan haar vriendin verplicht was.

Laura keek om naar haar vrienden, die een eindje verderop stonden. Ze probeerde haar ademhaling onder controle te krijgen, maar haar longen werkten niet mee en de lucht ging hortend en stotend haar keel in en uit. Ze kromp ineen als om de pijn het hoofd te bieden, maar het hielp niet. Toen Ruben zijn arm om haar heen sloeg, maakte ze zich meteen weer los uit zijn omhelzing. Rusteloos begon ze heen en weer te drentelen, Roxanne kwam naar haar toe. Laura begon te wijzen en te redeneren, alsof dat haar meer grip op zichzelf zou geven.

'Dan zou ze hier gestaan moeten hebben', zei ze, kijkend naar een plek aan de rand van de rots, waar zand en losliggende stenen half het witte kruis bedekten dat er door de technische recherche als markeringspunt op was gekalkt. 'Als je ervan uitgaat dat ze recht naar beneden is gevallen.'

'Dat lijkt me logisch', zei Roxanne, die een meter achter Laura bleef staan en niet dichter naar de rand durfde te lopen. Laura had net even heel voorzichtig naar beneden gekeken, maar was snel weer naar achteren gestapt. De puntige stenen die recht omhoogstaken uit de zee, de golven die met veel wit schuim stuksloegen op de rotsen en het water dat kolkend terugliep naar de oceaan, boden geen aanblik waar ze erg lang naar kon kijken.

'Ja, het moet haast wel', zei ook Sven. 'Beneden is ook een kruis op de rots getekend, maar je ziet het bijna niet doordat het water er telkens overheen spoelt. Dat moet de plek zijn waar haar lichaam lag. Op zich lijkt het me ook logisch dat je recht naar beneden valt als je uitglijdt.' Hij dacht even na. 'Zou dat betekenen dat ze niet is gesprongen?'

Dat was een optie waar de politie ook rekening mee hield, had Laura uit hun vragen opgemaakt. Was Benthe depressief? Vond ze haar leven niet de moeite waard? Laura hoopte maar dat ze met haar antwoorden er alles aan had gedaan om die optie uit te sluiten. 'Ze was de meest levenslustige persoon die ik kende', had ze wel vier keer benadrukt bij Sofía Peña. 'Ze zou nooit zelf springen.'

Nu schuifelde Laura toch weer voorzichtig naar het randje en ze wierp een blik naar beneden. Het water trok zich net terug en ze zag wat Sven bedoelde. Dat kruis stond inderdaad vrijwel recht onder het andere.

Roxanne deed haar mond open, sloot hem weer en zei uiteindelijk: 'Ik denk telkens... Ik hoop maar dat ze meteen dood was.'

Laura voelde hoe een rilling vanuit haar nek naar beneden trok. Die gedachte was ook door haar eigen hoofd gegaan, maar ze wilde hem niet toelaten. Wat als Benthe was gevallen en nog urenlang in het water had gelegen? Wat als ze tevergeefs om hulp had geroepen? De gedachte aan dat vreselijke lot maakte Laura misselijk. Ze hoopte dat de politie hun op dat gebied duidelijkheid kon verschaffen als Benthes lichaam was onderzocht.

'Het is wel echt loodrecht', zei Alec, die naast hen was komen staan nadat ook hij even over de rand had gespiekt en daarna weer naar achteren was gestapt. Hij huiverde zichtbaar.

'Wat denk jij?' vroeg Annemarie, die Roxannes opmerking ook had gehoord. 'Als je vanaf deze hoogte op zo'n harde ondergrond terechtkomt, ben je dan meteen dood?'

Alec trok met zijn mond terwijl hij nadacht. 'Het hangt er natuurlijk van af hoe je terechtkomt', zei hij toen. 'Er zijn mensen bekend die de meest onmogelijke val hebben overleefd, maar ook andersom: een val van een krukje kan fataal zijn als je verkeerd landt en bijvoorbeeld hersenschade oploopt. Als ik de ondergrond zie heb ik moeite om te geloven dat er hier een goede manier is geweest om te landen. Mij lijkt dat inwendige bloedingen onvermijdelijk zijn en de klap die alleen al je hoofd te verwerken krijgt, is genoeg voor ernstige beschadiging van de hersenen en het verlies van het bewustzijn.'

Laura liet die woorden op zich inwerken. Ze klonken wat klinisch nu Alec er als arts naar keek, maar ergens was dat wel geruststellend.

'Nu ik hier sta begrijp ik er alleen maar minder van.' Dat was Annemarie. 'Het is zo onlogisch allemaal, dat er allemaal hele vreemde scenario's in mijn hoofd voorbijkomen. Ook doordat de politie vroeg of ze niet zelf gesprongen zou kunnen zijn.'

'Ik heb moeite me dat voor te stellen', zei Ruben. 'Als ze met dat soort gedachten rondliep, zou iemand dat toch gemerkt moeten hebben?'

'Natuurlijk is ze niet gesprongen', zei Laura beslist. 'En ze is ook niet zomaar gevallen. Er moet iets gebeurd zijn, er moet iemand zijn die...' Ze sloot even haar ogen. 'Het idee dat er een dader is die vrijuit gaat, dat is...' Ze zocht snuivend naar een woord, maar vond geen omschrijving die recht deed aan haar gevoel.

'Toch weet ik dat niet zeker', zei Ruben.

'Wat?'

'Of er een dader moet zijn. Het zou toch ook kunnen dat ze is gevallen.'

Laura schudde beslist haar hoofd. 'Benthe zou nooit zo

dicht bij de rand zijn gekomen.'

'Nou.' Ruben keek haar aan, zijn wenkbrauwen gefronst. 'Ze kon best roekeloos zijn. Jij zou misschien meters bij die rand vandaan blijven, maar Benthe niet, dat weet je ook wel.'

'Natuurlijk wel', zei Laura fel. 'Ze was niet roekeloos en al helemaal niet dom.'

'Ik zeg ook niet dat ze dom was, maar ze schatte risico's anders in dan jij of ik. Je hebt zelf verteld dat je het soms een wonder vond dat ze nog leefde als je zag hoe ze zich door het verkeer bewoog.'

Laura deed haar mond open om antwoord te geven, maar sloot hem weer toen ze zich realiseerde dat Ruben daar gelijk in had. In het licht van Benthes dood had ze spijt van dat soort makkelijk geroepen uitspraken, die weinig lading hadden als iemand nog leefde maar nu juist des te meer. 'Ik kan het me gewoon niet voorstellen', zei ze uiteindelijk. 'Ieder mens krijgt hoogtevrees als je vanaf die rots naar beneden kijkt. Dan ga je toch niet...'

'Het is sowieso niet te begrijpen.' Ruben pakte haar hand. 'Laten we maar hopen dat de politie er snel achter komt wat er echt is gebeurd, zodat we niet met vragen blijven zitten.'

Laura knikte een paar keer. Ze voelde zich ineens leeg, uitgewrongen zelfs. Het was vreemd hoe de ene keer het verdriet en ongeloof als een kolkende stroom lava door haar lichaam trokken en haar vanbinnen zo wegbrandden dat ze amper kon blijven zitten, terwijl ze het volgende moment het gevoel had dat ze nooit meer zou kunnen opstaan, zo moe en leeg en doelloos voelde ze zich. Nu overheerste ineens dat laatste en met het gevoel dat haar knieën plotseling van elastiek waren, liet ze zich op een steen zakken.

Achter zich hoorde ze de stemmen van haar vrienden, maar hun woorden gingen langs haar heen. Het geklapper van het politielint klonk daarentegen ineens vreemd hard. Haar hersenen speelden spelletjes met haar, die doorgingen toen ze haar ogen sloot. Ze zag Benthe voor zich, lopend, lachend en ineens verdwenen. Laura wreef krachtig over haar voorhoofd, maar de beelden verdwenen niet. Ze opende haar ogen weer. Opnieuw zag ze Benthe lopen en vallen en in haar oren klonk die lach door, telkens die lach.

Haar gedachten maakten haar onrustig en ze moest opstaan, bewegen, om eraan te ontsnappen. Ze kwam overeind, maar haar knieën hadden zichzelf nog niet hersteld en ze wankelde. Het volgende moment stond er iemand naast haar.

'Kom maar', zei Alec en hij stak zijn hand naar haar uit. 'Ik help je wel.'

Alles in Laura bevroor. Haar lichaam, haar ademhaling, zelfs haar gedachten stokten. Het was alsof ze werd weggezogen naar een andere plek. En een andere tijd. Met een schok keerde haar ademhaling terug en met een gierend geluid zoog ze lucht naar binnen. Ze keek Alec met opengesperde ogen aan. Hij legde zijn arm op haar schouder en ze zag zijn horloge. Het licht weerkaatste, blauw en zilverachtig, precies zoals ze het eerder bij de vis had gezien.

Haar hartslag vloog omhoog, viel weg en toen ze paniekerig begon te hijgen, beukte haar hart ineens zo hard tegen haar ribben dat ze zeker wist dat het van een afstand te horen moest zijn.

'Gaat het?' vroeg hij bezorgd. 'Je ziet ineens helemaal wit. Hier, ga weer even zitten, je bent misschien te snel opgestaan.'

'Nee.' Laura wist dat het haar eigen stem moest zijn, maar hij klonk als die van iemand anders. 'Het gaat wel.'

Met moeite draaide ze zich om en liep weg. Ze voelde twee ogen branden in haar rug. Haar hersenen waren een draaikolk waar ze geen vat meer op kon krijgen. Maar ze was ervan overtuigd dat diezelfde hersenen haar niet bedrogen.

'Dit is de slaapkamer die Cynthia bedoelt en dan heb je hier de trap.' Sofía Peña zoomde in op een foto op haar computer. Het was een van de beelden die ze hadden gemaakt in het huis van Mike en Cynthia. Voor de zekerheid, want bij het onderzoek in het huis was er geen reden waarom ze die foto's nodig zouden hebben, maar Sofía hield ervan als het onderzoek volledig gebeurde. En nu Cynthia had verklaard dat ze vanuit de slaapkamer naar beneden was gelopen en daarna naar het zwembad, probeerde Sofía na te gaan hoe de laatste minuten voor haar ongeluk waren verlopen. De foto's waren daarbij een handig hulpmiddel.

'Laten we nog even verder teruggaan', zei Manuel. 'Ze nam een paar slokken van het drankje van Laura en niet lang daarna voelde ze zich vreemd.' Ze hadden al eerder besproken dat het aannemelijk was dat Laura het GHB in haar bloed via drank had binnengekregen, eventueel aangevuld met drugs uit een injectienaald maar dat was nog altijd een vraagteken. 'Het is waarschijnlijk dat ze op die manier gedrogeerd is geraakt en het is ook waarschijnlijk dat dat min of meer per ongeluk is gebeurd.' Hij keek Sofía fronsend aan. 'Eens?'

Ze knikte en Manuel ging door. 'Vervolgens zijn Benthe en zij naar boven gelopen en in eh... deze slaapkamer beland.' Hij wees op een van de deuren. 'Uit de verklaringen van zowel Benthe als Cynthia kan ik niet opmaken dat Benthe iets met dat drogeren te maken heeft gehad, jij? Cynthia wilde toch wel met haar naar bed, daarvoor waren de drugs niet nodig. Sterker nog, het lijkt me eerder een obstakel, aangezien Cynthia bijna wegviel.'

'Hm', zei Sofía nadenkend, maar ze luisterde niet helemaal naar haar collega. Er kwam iets op in haar hoofd dat Cynthia tijdens het verhoor had gezegd. 'Wie zou dat geweest zijn?' vroeg ze hardop, maar Manuel was zich niet bewust van haar gedachten en snapte de vraag niet.

'Die persoon', verduidelijkte Sofía. 'Cynthia zei dat ze dacht dat Benthe een van haar vrienden zag, maar ze zei niet wie.'

'Alle vrienden waren aanwezig op het feest, toch?' Manuel keek haar aan. 'Dan is het toch niet vreemd dat ze een van hen tegenkwam.'

'Maar waarom zouden ze boven zijn geweest? Als ik het zo inschat, werden de slaapkamers niet gebruikt om te dansen of te drinken. En voor zover hun verklaringen volledig zijn, kunnen we ervan uitgaan dat behalve Benthe niemand van de vrienden met een ander tussen de lakens is beland tijdens het feestje.' Ze kauwde op haar onderlip terwijl ze nadacht. 'Hoewel we er ook niet specifiek naar hebben gevraagd.'

'Er zijn drie opties', zei Manuel. 'Als we ervan uitgaan dat de aanwezigheid van die vriend daadwerkelijk iets met de verkrachting te maken heeft, moet het een van de mannen zijn. Tenzij ze Mike als vriend meetelt, maar dan zou Cynthia zijn naam wel hebben genoemd.'

Sofía knikte nadenkend. Het was helemaal niet gezegd dat er een samenhang was tussen de vriend – of vriendin – die bovenaan de trap stond en de verkrachting, maar het was een denkrichting die ze toch moest volgen. Ze draaide haar bekertje rond tussen haar vingers. De koffie die erin zat was koud geworden. 'Het klopt niet', zei ze met een steeds sterker wordend gevoel. 'Ik kan geen logische verklaring bedenken waarom een van hen boven was.'

Manuel klikte wat op de foto om in en uit te zoomen. 'Maar is het relevant?' vroeg hij toen. 'Op zo'n feest kan iedereen overal zijn. Misschien was diegene gewoon nieuwsgierig naar het huis.'

'Misschien', zei Sofía en ze zette haar beker aan de kant. Daarna pakte ze haar telefoon en de sleutels van de dienstwagen waarmee Manuel en zij eerder naar het ziekenhuis waren gereden. Als laatste griste ze een dunne map mee. 'We gaan terug naar Cynthia', zei ze beslist. 'Ik heb nog wel wat vragen.'

‘Misschien hadden we onze komst moeten aankondigen’, zei Manuel, toen ze met snelle passen over de gang van het ziekenhuis liepen. De deur van Cynthia’s kamer was gesloten, maar het rode lampje erboven brandde niet.

‘Misschien’, zei Sofía, maar aan haar stem was te horen hoe ze er echt over dacht. Ze had te veel ongeduld om eerst te bellen. Als Cynthia niet in staat was hun vragen te beantwoorden, zouden ze dat vanzelf wel merken. Maar eigenlijk verwachtte ze dat niet. De vrouw had weliswaar verzwakt en moe geoogd, maar haar hoofd leek helder. En ze wilde de politie graag helpen, dat had Sofía aan alles gemerkt.

‘O, ik wist niet...’ Mike veerde overeind toen Sofía en Manuel na een kort klopje op de deur naar binnen stapten. ‘Ik dacht dat jullie klaar waren.’

‘Nog niet helemaal’, zei Sofía en met een blik op Cynthia stelde ze vast dat die er beter uitzag dan toen ze haar eerder die dag achterlieten. De blik in haar ogen was helder, nieuwsgierig ook.

‘Je zei eerder dat Benthe even met iemand praatte toen jullie naar boven gingen’, viel Sofía met de deur in huis. ‘En wij zijn benieuwd wie dat was.’

‘Een van haar vrienden.’

‘Maar wie?’

‘O.’ Cynthia fronste. ‘Ik ben eerlijk gezegd niet zo goed met namen. Hoe heetten ze ook alweer?’

‘Was het een man?’

‘Ja, zeker weten.’

Sofía haalde de map tevoorschijn en spreidde de foto’s

van de drie mannen uit boven op de deken van Cynthia. 'Herken je hem hierin?'

Cynthia had minder dan een seconde nodig voor ze vastbesloten haar vinger op een van de foto's legde. 'Hij was het', zei ze. 'Ik weet het zeker.'

Hoofdstuk 14

SOFÍA DACHT NIET AAN HET RESTAURANT WAAR ZE rond deze tijd had moeten zitten met de collega van Layla en ze dacht ook niet aan de wijn die ze dan nu zou drinken. Of aan het eten dat op tafel zou staan in plaats van de salade die ze onderweg bij een supermarkt had gescoord en die haar trek amper verminderde. In plaats daarvan dacht ze aan de foto die op haar bureau lag en waar ze met de nagel van haar rechterwijsvinger tegenaan tikte en die weliswaar een antwoord had opgeleverd, maar ook nieuwe vragen had gebracht.

'Sorry', zei Manuel, terwijl hij zijn computer afsloot en zijn jasje aantrok. 'Ik wil je niet in de steek laten, maar...' Hij draaide aan de ring rond zijn vinger. 'Als ik deze nog langer wil dragen, is het misschien een goed idee dat ik uitgerekend op onze trouwdag mijn gezicht thuis laat zien.'

'Denk je?' vroeg Sofía en ze glimlachten allebei. Sofía kende Elena, de vrouw van Manuel, zijdelings en ze wist dat Manuel zich geen betere echtgenote had kunnen wensen. Wie getrouwd was met een politieman of -vrouw, moest beschikken over een bijzonder grote mate van flexibiliteit.

'Ga maar snel', zei Sofía. 'Ik zie je morgen.'

Manuel nam afscheid en Sofía bleef achter in het lege kantoor. Er waren twee uur verstreken sinds Cynthia de foto had aangewezen van de man die zij boven had gezien. Sofía keek weer naar de beeltenis van Alec Groothuizen en vroeg zich voor de zoveelste keer af wat hij op de bovenverdieping had gedaan op een moment dat hij naar eigen zeggen ziek naar het hotel was teruggekeerd.

Sofía had met rode stift een kruis op haar eerder gemaakte tijdlijn getekend. Alec was, zo had hij verklaard, ergens rond half of kwart voor twee naar het hotel teruggegaan. Hij voelde zich niet goed en dacht dat hij misschien wat te veel had gedronken. Zijn vriendin had ook verklaard dat hij was vertrokken, net als zijn andere vrienden. Alec had gezegd dat hij een taxi had gebeld en zich niet ver van het hotel had laten afzetten, omdat hij misselijk was en het laatste stukje liever ging lopen. Hij was langs de oceaan gaan lopen en had het hotel betreden via het hek aan de achterkant.

Sofía had geen aanleiding gezien om zijn verhaal in

twijfel te trekken en dus had ze hem geloofd. Of eigenlijk had ze het niet als relevant beschouwd, omdat er geen enkele verdachtmaking in zijn richting was. Maar nu bleek dat hij veel later dan het tijdstip waarop hij naar eigen zeggen was vertrokken, toch nog in de villa was gezien. En ineens was die verdachtmaking er wel, want naast de vraag waarom hij had gelogen, wilde Sofía ook graag de vraag wat hij op de bovenverdieping deed beantwoord zien.

Ze kon niet wachten om Alec via een arrestatie te dwingen om haar vragen op het bureau te beantwoorden, en vooral ook om zijn DNA af te nemen en te vergelijken met dat van de man die Laura had verkracht. Voor beide acties was echter toestemming nodig van de rechter-commissaris en die had ze vooralsnog niet gekregen. Natuurlijk kon ze naar het hotel gaan en Alec verzoeken opheldering te geven over zijn aanwezigheid, maar daarbij liep ze het risico dat hij die medewerking zou weigeren. Dan kon ze hem niet dwingen, maar zou ze hem wel laten weten dat de politie met speciale aandacht naar hem keek. Dat zou als gevolg hebben dat hij op zijn hoede zou zijn en eventueel bewijsmateriaal zo snel mogelijk zou wissen, zoals berichten in zijn telefoon. Ze moest hem niet waakzaam maken, ze moest hem in één keer overvallen nu hij het nog niet verwachtte.

De telefoon op haar bureau ging over en ze nam na één keer al op. Half verwachtend dat het José was om haar te laten weten dat de rechter-commissaris zijn toestemming had verleend, fronste ze even toen ze een andere mannenstem hoorde. 'Sofía, met Mateo', zei de patholoog-anatoom. 'Stoor ik?'

'Nee, nee, helemaal niet.' Sofía ging wat meer rechtop zitten.

'Ik wilde je laten weten dat de autopsie van Benthe van der Sluijs is afgerond. Het rapport heb ik in het dossier gezet.'

'Kun je me alvast bijpraten?'

'Natuurlijk', zei de patholoog. Sofía stelde zich hem voor aan de andere kant van de lijn. Mateo was klein en gedrongen en als hij op een bureaustoel zat, raakten zijn voeten maar net de grond. Maar zijn uitstraling was er een van grote kennis en kunde en binnen de politie bestond er veel respect voor hem. Zijn oog voor detail was legendarisch. 'Moment', zei hij en ze hoorde het geluid van een toetsenbord. 'Ik pak het er even bij.'

Sofía wachtte ongeduldig af. 'De doodsoorzaak is duidelijk een groot trauma aan het hoofd, veroorzaakt door een val van grote hoogte', begon Mateo. 'Ook diverse organen en de romp zijn door de val beschadigd, maar de verwondingen aan het hoofd hebben in eerste instantie tot de dood geleid. Deze dood is snel na het ontstaan van het letsel ingetreden. Er is sprake van het inademen van zout water, maar dit is minimaal. De ademhaling is dus al snel nadat het slachtoffer in het water terecht is gekomen, gestopt.'

Sofía knikte terwijl hij praatte. Hoewel er meerdere mogelijke doodsoorzaken waren geweest, was dit wel de uitkomst die ze had verwacht. De opties dat Benthe op een of andere manier zonder verwondingen in het water terecht was gekomen en daar was verdronken, was heel wat minder logisch. En Sofía kon nu ook de mogelijkheid dat Benthe al dood was toen ze naar beneden viel, van haar lijst halen.

'De verwonding aan het hoofd betreft een breuk van de schedel aan de achterkant, met fataal hersenletsel tot gevolg. De specificaties van de breuk staan in het rapport beschreven, maar de conclusie is dat het aannemelijk is dat deze is veroorzaakt door de punt van de rots waarnaast het slachtoffer is gevonden. De vorm en omvang vormen een match met de verwonding.'

Sofía luisterde nog even, bedankte Mateo toen en hing op. Vrijwel meteen ging de telefoon opnieuw, deze keer was het José wel. 'Je hebt toestemming', zei hij. 'Voor zowel de arrestatie van Alec Groothuizen als het afnemen van DNA-materiaal, ook als hij daarmee zelf niet instemt. Als je wil, kan het arrestatieteam worden ingezet.'

Sofía overwoog het aanbod, maar schudde toen haar hoofd. 'Ik neem Perez en Ortega mee en verwacht eigenlijk dat meneer Groothuizen zonder problemen met ons mee zal gaan. Hij is niet vluchtgevaarlijk of vuurgevaarlijk en bovendien verwacht ik hem te treffen in een druk hotel. Hij lijkt me niet het type dat graag de aandacht trekt, althans, niet in deze situatie.'

'Neem Santos en Cruz ook mee', adviseerde José nog. 'Die zijn net bij een incident in Playa Blanca geweest en zijn nog niet op de terugweg naar Arrecife. Dan heb je vier van onze beste mensen om je heen.'

Sofía beloofde het en sloeg aan het bellen om haar vier collega's te verzamelen. Nog geen kwartier later stonden ze klaar voor vertrek.

Het was maar een kort ritje naar het resort waar Alec met zijn vrienden verbleef. Sofía was geboren en getogen op Lanzarote en had nog nooit een nacht in een van de vele all-inclusiveresorts aan de kust doorgebracht. Sterker nog, voor ze bij de zaak-Laura van Diemen betrokken was geraakt, was ze al een tijd niet meer in een dergelijk hotel geweest. En nu stapte ze voor de zoveelste keer die week uit en liep de lobby binnen. Waar ze als lid van de recherche normaal gesproken niet echt de aandacht trok, vielen haar vier geüniformeerde collega's des te meer op. Gasten bleven staan en stootten elkaar aan toen het vijftal door de lobby liep. Sofía haalde haar telefoon tevoorschijn en belde Laura, die al na één keer overgaan opnam. 'Waar ben je?' vroeg Sofía.

'In het hotel. We wilden net gaan eten, maar ik kan naar je toe komen als het nodig is.'

'Is Alec bij jou?'

'Die eh...' Laura zweeg even. 'Die komt er net aan, ja. Wat is er dan?'

'Zijn jullie in het buffetrestaurant?' Sofía bleef staan bij een wegwijzer die gasten verwees naar het zwembad, de sportclub, de spa of het restaurant.

'We zijn op het pleintje voor het restaurant.' Laura's stem klonk wat onzeker. 'Is er iets aan de hand?'

'Blijf daar even staan, ik ben er binnen een minuut.' Ze hing op en wees naar links. 'Deze kant op.'

Met ferme passen beenden ze langs het verlichte zwembad. Aan weerszijden van het pad stonden brandende fakkels en overal klonk Spaanse muziek. De geur van gebraden vlees dreef hun tegemoet vanuit het restaurant, waarvan alle deuren openstonden. Op het terras was het druk.

Op het pleintje voor de ingang zag Sofía inderdaad Laura staan. Alec stond een paar meter bij haar vandaan en was in gesprek met Sven, zich totaal niet bewust van het vijftal dat hem naderde. Laura had hen wel in het oog en kwam hun kant op, haar gezicht straalde bezorgdheid uit. 'Sofía, ik...' begon ze, maar Sofía stak haar hand op.

'Ik leg het je later uit', zei ze alleen maar en daarna liep ze door naar Alec, haar vier collega's in haar kielzog.

'Meneer Groothuizen?' zei ze zacht en kalm, maar urgent genoeg om Alec onmiddellijk waakzaam te maken. Een kort moment maar, toen glimlachte hij en deed zijn best er ontspannen uit te zien. Sofía had echter genoeg mensenkennis om te zien dat die ontspanning niet helemaal oprecht was.

'Mevrouw Peña', antwoordde hij en hij blikte vluchtig naar de agenten in uniform. 'Wat kan ik voor u doen?'

'Wij hebben een aantal vragen aan u waarvan ik graag zou willen dat u die op het bureau komt beantwoorden.'

'O, ik...' Alec knipperde. 'U overvalt me een beetje. Ik wilde net gaan eten. Waarom spreken we niet af dat ik u daarna te woord sta?'

'Omdat ik graag wil dat u nu met mij meegaat.'

'Maar ik...' Alecs glimlach begon te verdwijnen. In plaats daarvan verscheen er iets kouds in zijn blik. 'Ik weet niet waar dit allemaal goed voor is, maar ik voel er weinig voor om mee te gaan naar het bureau. Als u iets wilt weten, kunnen we na het eten in de bar afspreken.'

'Meneer Groothuizen...'

'Nee, ik meen het. Uw manier van communiceren bevalt mij niet. Ik heb al mijn medewerking verleend aan het onderzoek en nu...'

'Ik vraag u opnieuw om nu met ons mee te komen naar het bureau.'

Alec sloeg zijn armen over elkaar. Sofía schatte in dat hij bijna twee meter was en hij torende boven haar uit. 'Ik was al bang dat u zo zou reageren', zei ze met iets spijtigs in haar stem. 'En daarom heb ik een arrestatiebevel met uw naam erop.'

'U heeft...' Hij kneep zijn ogen samen. 'Dat slaat nergens op.'

'Er zijn twee manieren om dit te doen', zei Sofía kalm. 'Of u loopt met ons mee en gaat rustig en uit eigen beweging in de auto zitten, of mijn collega's arresteren u hier te midden van al deze mensen, inclusief handboeien. De keuze is aan u, maar de uitkomst zal hoe dan ook zijn dat u met ons meegaat naar het bureau.'

Ze zag de spanning in het gezicht van Alec toenemen. Niet omdat hij schrok van haar woorden, maar omdat hij duidelijk geïrriteerd was. 'Ik weet niet wat jullie denken, maar jullie zitten helemaal verkeerd', zei hij toen, met zijn kiezen op elkaar geklemd. 'Ik zal meegaan, maar hierover is het laatste woord nog niet gezegd.'

Sofía gebaarde naar haar collega's dat ze Alec mee konden nemen, maar hij schudde geïrriteerd de hand af die hem bij zijn elleboog pakte. 'Ik loop zelf wel', beet hij agent Ortega toe en met de vier agenten als escorte begon hij richting de uitgang te lopen.

Het was of het gesprek met Alec in een vacuüm had plaatsgevonden, dat nu werd opgeheven. Gasten die waren blijven staan liepen verder, veelal naar elkaar toe gebogen en pratend op gedempte toon. Annemarie, die naast Alec had gestaan en verstijfd had toegekeken, kwam naar Sofía toe. 'Dit kan niet zomaar', zei ze, haar woorden ferm maar haar stem trillend. 'Jullie kunnen toch niet... Op basis waarvan...'

'In het onderzoek zijn feiten naar voren gekomen die bij ons vragen oproepen', zei Sofía formeel en algemeen.

'Maar hij kan toch niet zomaar... Hij heeft recht op een advocaat.'

'We zullen uw man voorafgaand aan het verhoor uiteraard wijzen op zijn rechten.'

'Jullie hebben de verkeerde. Alec heeft nergens iets mee te maken. Hij was er niet eens toen dat met Laura gebeurde.'

Sofía negeerde haar woorden en keek naar Laura, die met grote ogen terugstaarde en niets zei. Ze liep naar haar toe. 'Ik snap dat jullie allemaal overvallen zijn hierdoor, maar ik kon je niet vooraf op de hoogte stellen', zei ze zacht. 'De naam van Alec is op een zeer onlogisch punt in het onderzoek opgedoken en we willen van hem opheldering. Zodra ik meer kan zeggen, praat ik je bij.'

'Oké', zei Laura zacht. Ze knikte een paar keer en deed

haar mond open, maar zei niets meer. Sofía liep weg in de richting waarin haar collega's net met Alec waren verdwenen. Voor de ingang van het hotel stond nog één van de twee politieauto's te wachten. Ze nam plaats op de achterbank en Cruz, die achter het stuur zat, startte de motor. Sofía keek uit het raam toen ze wegreden. In haar buik voelde ze de spanning die voor haar hoorde bij een grote stap in een onderzoek. Eindelijk kwamen ze verder. Ze waren er nog niet, maar aan alles voelde ze dat ze op de goede weg zaten. Alec Groothuizen zou een zeer zware avond tegemoetgaan.

'Ze doen maar wat!' Annemarie liep voor de zoveelste keer heen en weer tussen de schuifpui van haar hotelkamer en de kledingkast aan de andere kant. Laura werd bloednerveus van dat gewandel, maar ze zei er niets van. Een paar keer was Annemarie gaan zitten, maar meteen was ze weer overeind gekomen. 'We moeten iets voor hem doen. Die rechercheur bellen en zeggen dat ze helemaal verkeerd zitten. En een advocaat regelen.'

'Dat laatste kunnen we wel doen', zei Sven. 'Het moet toch mogelijk zijn om 's avonds iemand te spreken te krijgen. Dan heeft hij in elk geval een goede juridisch adviseur bij zich.'

'Zijn familie heeft een advocaat.' Annemarie keek op haar telefoon. 'Dan moet ik mijn schoonouders bellen om te vragen wat hij kan doen.' Ze snoof een paar keer, maar legde de telefoon toen weer aan de kant.

'Waarom doe je dat dan niet?' vroeg Ruben. 'Wie weet

kan de advocaat op afstand iets voor hem betekenen.'

Waar Annemarie eerder zo ferm had gepraat, aarzelde ze nu zichtbaar. 'Misschien is het nog te vroeg. Ik wil ze hier eigenlijk niet bij betrekken.'

'Moet ik bellen?' bood Sven aan. 'Ik denk juist dat Alec er baat bij kan hebben om goed advies te krijgen. En misschien kan die advocaat hier wel iemand voor hem regelen.'

'Je kent mijn schoonouders niet', zei Annemarie. 'Als ze weten wat er speelt, zullen ze hier nog jarenlang over doorgaan. Zeker gezien de aard van de zaak. Als het dan allemaal een misverstand blijkt te zijn, moet ik het nog heel lang horen.'

Laura keek op. 'Hoe bedoel je?'

'Dat hún Alec verhoord wordt in verband met een misdrijf, gaat er bij hen niet in. Ze zullen de schuld bij anderen gaan zoeken.' Ze snoof even. 'Bij mij.'

'Dat slaat nergens op', vond Sven. 'Alec heeft er niets mee te maken, maar jij al helemaal niet.'

'Jij kent Alecs ouders niet.'

Laura zei niets en staarde voor zich uit. Alec heeft er niets mee te maken, had Sven net gezegd. Roxanne, Annemarie, Ruben – allemaal geloofden ze daarin. De politie maakte een fout, dat was hun overtuiging. Laura nam een slok water, maar haar mond bleef droog. Toen ze bijna een uur geleden Sofía Peña had zien naderen met de vier agenten in haar kielzog, was er een vreemd gevoel over haar heen gekomen. Een gevoel van opluchting dat uiting gaf aan wat ze zelf eigenlijk nog niet eens echt durfde te denken.

Vanmiddag was het begonnen. Het moment bij de steen, zijn uitgestoken hand, zijn stem – het had haar teruggebracht in haar herinnering. Teruggebracht naar een punt waar haar geheugen wiebelig was en gaten vertoonde, maar haar gevoel juist heel sterk was. Het was zo groot en vreemd en onwennig om de gedachte toe te laten, dat ze nog niet eens aan zichzelf durfde toe te geven dat Alec er misschien wel mee te maken kon hebben. Tot Sofía was opgedoken en Laura niet geschokt of boos was, maar juist meer zelfvertrouwen had gekregen.

De discussie over Alecs ouders was onzinnig en irrelevant, besloot ze, en ze liep naar buiten. De frisse avondlucht verdreef de hitte die uit haar huid leek te slaan en ze bleef staan met haar handen om de reling van het balkon. Na een tijdje merkte ze dat ze niet alleen was.

'Hé', zei Roxanne. 'Vind je het vervelend als ik bij je kom staan?'

Laura schudde haar hoofd.

'Ik moest echt even weg binnen.' Roxanne keek opzij. 'Volgens mij gold dat voor jou ook.'

Laura glimlachte flauwtjes. 'Viel het op?'

Roxanne draaide zich om en leunde tegen de reling. Ze keek Laura onderzoekend aan. 'Wat denk jij? Over Alec?'

Laura haalde diep adem. Moest ze eerlijk zijn tegen Roxanne? Ze had nog niet eens aan Ruben verteld wat ze dacht, omdat ze het voor zichzelf nog op een rijtje wilde zetten. Het liefst vertelde ze haar vriendin wel precies wat er in haar hoofd zat, maar ergens had ze het gevoel dat het beter was om dat nog niet te doen. 'Ik ben benieuwd wat de politie van hem wil weten', hield ze zich op de vlakte. 'Blijkbaar hebben ze iets gevonden dat belangrijk genoeg is om hem op te pakken en niet vrijwillig naar het bureau te laten komen. Daar ben ik wel verbaasd over.'

'Ja.' Roxanne staarde voor zich uit. Toen trok ze even met haar mond en stapte naar voren om de schuifpui verder dicht te doen. Daarna begon ze met gedempte stem te praten. 'Ik weet niet of ik hem nou ooit echt heb vertrouwd, jij? Misschien is het niet aardig om te zeggen, maar ik heb altijd het gevoel gehad dat er iets met hem is.'

'Hoe bedoel je?' vroeg Laura.

'Hij heeft Benthe weleens geappt of ze wat met hem wilde gaan drinken. Maar Annemarie mocht dat niet weten. Dat is toch vreemd?'

Laura keek haar geschrokken aan. 'Dat wist ik helemaal niet. Wanneer is dat gebeurd?'

'Een paar maanden geleden. Benthe wilde het niet aan de grote klok hangen. Ze heeft hem gezegd dat dat geen goed idee was en dat ze ook geen interesse had. En daar is het bij gebleven.'

Laura had even tijd nodig om de informatie te verwerken. Benthe had over mannelijke aandacht nooit te klagen gehad. Ze was spontaan en knap en had een natuurlijke charme waarvan Laura al zo vaak had gezien dat die mannen fascineerde. Maar dat Alec...

Automatisch sprongen haar gedachten verder. Alec die blijkbaar in Benthe geïnteresseerd was en geen moeite deed dit te verbergen. Benthe die hem had afgewezen. En dan nu de dood van Benthe. Ze sloot haar ogen en probeerde haar ademhaling onder controle te krijgen, maar die kwam hijgend en in korte stootjes haar mond uit.

'Gaat het?' vroeg Roxanne.

Laura sloot even haar ogen. 'Ik dacht even aan... Nu Benthe...'

'Denk je echt dat...' Roxanne begon met haar hoofd te schudden. 'Nee, ik kan me dat niet voorstellen.' Ze staarde voor zich uit, haar hoofd bewoog nog steeds langzaam van links naar rechts. 'Dat gaat veel te ver. En trouwens, hij was hier in het hotel, ik heb hem in het zwembad gezien.'

'Je hebt gelijk', zei Laura en ze hoorde dat haar stem fermer klonk dan ze zich voelde. 'Het slaat nergens op. Maar ik vind het toch heftig dat hij Benthe heeft geappt.' Ze tuitte haar lippen. 'Weet Annemarie dit?'

'Nee, joh.' Roxanne keek haar met grote ogen aan. 'Je kan wel inschatten hoe zij zou reageren. Die zou gek worden.'

Laura richtte haar blik op een gezin dat voorbijliep. Een peuter liep te dreinen en een vermoeide moeder duwde een wandelwagen voort waaruit het gehuil van een baby klonk. 'Ja', zei ze na een tijdje als antwoord op Roxanne. 'Dat zou voor Annemarie echt verschrikkelijk zijn.'

'Zij komen altijd over als zo'n perfect stel', zei Roxanne. 'Succesvol, rijk, knap. Maar als je dan hoort dat hij ondertussen probeert een vriendin van zijn vrouw te versieren, ga je daar toch anders over denken.' Ze keek naar Laura. 'Ik hoop echt heel erg dat hij niets te maken heeft met wat jou is overkomen. Natuurlijk voor jou, maar ook voor

Annemarie. Stel je eens voor...'

'Tja.' Laura schudde haar hoofd. Ze had een vreemd en inmiddels onheilspellend gevoel bij Alec, maar als ze zich probeerde voor te stellen dat hij het echt had gedaan, protesteerde haar verstand. Alec die al die moeite deed, die drugs had gekocht of meegenomen, die had gezorgd dat het via haar drankje of – of misschien: en – via een injectie in haar lichaam terecht was gekomen, die haar vervolgens had meegenomen naar... ja, waarnaartoe? Dat wist ze nog steeds niet. En die haar daarna had verkracht. Ze kon het zich gewoonweg niet inbeelden.

Maar aan de andere kant: hoe goed kende ze Alec nu echt? Eigenlijk had ze bijna alles wat ze over hem wist, van Annemarie gehoord. Alec zag ze alleen tijdens etentjes of feestjes, verder was hij bijna altijd aan het werk. Als Laura bij Annemarie thuis kwam, was hij er zelden. Als Annemarie bij Laura's koffie kwam drinken, kwam ze alleen. Hoe aardig, betrokken, trouw en lief Alec was, had ze allemaal van Annemarie gehoord. Zij gaf altijd zo hoog van hem op: over zijn succes als arts, over alles wat hij voor haar deed, de cadeaus die hij voor haar kocht, de bloemen op elke belangrijke dag. En over hoe hoog hij van haar opgaf bij zijn familie, waardoor ze haar uiteindelijk hadden geaccepteerd.

Door haar eigen, relatief eenvoudige, komaf was dat in het begin een grote zorg van haar geweest. Annemarie had lange tijd het gevoel gehad dat Alecs ouders hun zoon liever met een vrouw zagen die zelf het nodige geld meebracht, maar Laura had altijd gedacht dat dat meer de onzekerheid van haar vriendin was dan de werkelijkheid. Alec had in elk geval zelf nooit zoiets laten merken, had Annemarie altijd gezegd. Zijn ouders kende Laura niet, ze wist alleen dat ze veel geld hadden verdiend met hun eigen onderneming. Dat geld hadden ze gebruikt om huizen in Rotterdam aan te kopen, waardoor ze nu alleen al van de huurinkomsten riant konden leven. Ze waren zo goed geweest om Annemarie en Alec te helpen met de aankoop van hun villa aan de rand van de stad. Annemarie kon wel zeggen dat ze haar schoonouders niet te veel om zich heen wilde hebben, maar dat had Laura ook met de ouders van Ruben en die kochten geen kapitale villa voor hen. Dat laatste had ze weleens grappend tegen Annemarie gezegd.

Ze schudde haar hoofd als om haar gedachten kwijt te raken. 'Ik ben het met je eens', zei ze uiteindelijk. 'Laten we voor Annemarie maar hopen dat de politie het mis heeft. Er is vast een logisch antwoord op de vragen die ze hem nu willen stellen.'

'Ja', zei Roxanne, maar in haar stem hoorde Laura precies wat in haar eigen gedachten ook gebeurde. Ze wilde heel graag geloven dat het zo was. Maar de twijfel had zich onherroepelijk in haar hoofd gevestigd.

Hoofdstuk 15

IN DE KLEINE VERHOORKAMER LEEK ALEC GROOTHUIZEN groter dan hij was en toen Sofía ging zitten, voelde ze zijn waakzame blik op zich gericht. Hij had het aanbod van een advocaat afgeslagen met de mededeling dat hij niets te verbergen had en leunde nu voorover, zijn ellebogen op tafel, zijn handen als een dakje tegen elkaar. Onderweg naar het politiebureau had hij zijn ongenoegen over zijn arrestatie geuit en had hij de agenten in niet mis te verstane bewoordingen verteld dat hij niet degene was die ze zochten en dat hij de kwaliteit van hun onderzoek als ondermaats beschouwde. Maar niet één keer was hij zijn zelfbeheersing verloren. Ook nu leek hij de kalmte zelve te zijn, al had Sofía genoeg oog voor detail om het trekkende spiertje bij zijn oog en de strakke lijn van zijn lippen op te merken. Sofía dacht vluchtig aan zijn DNA-materiaal dat hij net had afgestaan en dat nu werd vergeleken met het DNA van de verkrachter van Laura van Diemen. Ze hoopte dat de uitslag van dat onderzoek snel zou komen.

Manuel kwam de ruimte binnen. Hij had water gehaald en schoof één bekertje over de tafel naar Alec. Daarna ging hij zitten en startte de bandrecorder. Hij noemde de datum, tijd en aanwezigen en vroeg Alecs toestemming voor het maken van de opname. Daarna rommelde hij wat in zijn papieren, Sofía de kans gevend de leiding in het gesprek te nemen.

'Zoals u weet hebben we u gevraagd mee te gaan naar het bureau omdat we u een aantal vragen willen stellen in verband met de verkrachting van uw vriendin Laura van Diemen', begon ze. 'Een getuige heeft u gezien in het huis van Cynthia Kleynen en Mike de Laat op een tijdstip waarop u naar eigen zeggen al naar uw hotel was teruggekeerd. U zult begrijpen dat wij ons afvragen waarom u heeft gelogen.'

'Ik heb niet gelogen.'

Sofía opende de map die voor haar lag. Bovenop lag een geprinte tijdlijn van de avond – eentje die ze voor dit verhoor had gecensureerd om Alec geen informatie te geven die niet voor zijn ogen bestemd was. 'U heeft verklaard dat u rond halftwee in de nacht naar uw hotel terug bent gegaan omdat u zich niet goed voelde. U heeft daarbij letterlijk gezegd dat u zich het precieze tijdstip niet kon herinneren, maar dat het maximaal vijftien minuten eerder of later geweest is. U heeft een taxi genomen, maar u bent in de buurt van het hotel uitgestapt en bent het laatste stukje gaan lopen.'

'Ja, nou ja...' Alec kwam geïrriteerd over. 'Dat tijdstip, daar moeten jullie me nu niet op vastpinnen. Misschien is het ook wel een uur later geweest.'

Sofía trok haar wenkbrauwen op. 'Een uur later? Eerder was u vrij zeker van uw zaak.'

'Ik zei al dat ik had gedronken, ik weet het niet meer precies.' Alec koos duidelijk voor de aanval. 'Misschien ben ik wel boven geweest in die villa. Maar wat dan nog?'

Sofía liet een stilte vallen. Alec zat stil en keek haar recht aan. Niet één keer sloeg hij zijn blik neer. 'Bent u nu wel of bent u nu niet boven geweest?' vroeg Sofía toen.

'Ik weet het niet meer.' Alec liet hoorbaar zijn adem ontsnappen en leunde naar achteren. 'Maar ik zie niet in wat het ertoe doet. Ik heb niets met die verkrachting van Laura te maken. Dat jullie de dader niet kunnen vinden, ligt aan jullie, niet aan mij. Het is onzinnig om mij hiernaartoe te laten komen en mij allerlei dingen in de schoenen te schuiven.'

'We schuiven u niets in de schoenen', zei Sofía. 'We willen alleen duidelijkheid over het verloop van de avond. Eerder was u zeer stellig over het tijdstip van terugkeren naar het hotel.' Ze kneep haar ogen samen. 'Het zou helpen als uw taxichauffeur zou bevestigen dat hij u in Playa Blanca heeft afgezet.'

'Alsof ik nog weet wie dat is', zei Alec geagiteerd. 'Ik belde gewoon naar zo'n centrale en toen kwam er een auto.'

'Welke centrale?'

'Weet ik het.' Hij hief zijn handen. 'Of misschien had ik wel een paar nummers van chauffeurs in mijn telefoon staan van een eerder moment. We hebben geen huurauto en doen bijna alles met de taxi. Ik weet echt niet meer wie ik heb gebeld.'

'En u bent via de achterkant het hotel binnengegaan, dus u bent ook niet op camerabeelden te zien', zei Sofía.

'Precies.' Alec sloeg demonstratief zijn armen over elkaar. 'Is dat verdacht, rechercheur?'

Hij sprak dat laatste woord uit met veel minachtende nadruk, maar Sofía liet zich niet van de wijs brengen. 'U moet begrijpen dat er op dit moment niets is waaruit blijkt dat uw verhaal klopt', zei ze kalm. 'En tegelijkertijd hebben we een getuige die zegt dat u bij de slaapkamers was op een tijdstip waarop uw vriendin Laura naar alle waarschijnlijkheid gedrogeerd is.'

'Ik weet niets van wat er wanneer met Laura is gebeurd', zei Alec stellig. 'Ik heb haar toen ook niet gezien. Misschien was zíj wel weg, of Ruben. Of Sven. Waarom onderzoekt u hen niet?'

'Hebben wij redenen om dat te doen?' vroeg Sofía. 'Als u op dat gebied informatie heeft, horen we het graag.'

'Dat bedoel ik niet.' Alec trok met zijn mond. 'Maar aangezien u toch willekeurig te werk gaat...'

'Ruben en Sven hebben niet gelogen over hun gangen van die avond.'

'Gelogen, gelogen...' Alec schudde zijn hoofd. 'U vraagt me om een herinnering terug te halen die door de alcohol totaal vertroebeld is. Ik ben vast niet de eerste die in dronken toestand dingen door elkaar heeft gehaald. Misschien was ik wel boven om een bed te zoeken, of een toilet.'

Sofía ging er niet op in, omdat haar telefoon ging. Toen ze zag wie het was, greep ze het toestel en liep de verhoorkamer uit. 'María', zei ze op de gang. 'Heb je de uitslag?'

'Zeker', zei haar collega van het laboratorium. 'Het is een honderd procent match. Het rapport staat in het dossier.'

Sofía voelde haar hartslag even stijgen. 'Dank je wel', zei ze en ze hing op. Daarna liep ze naar haar werkplek en opende het dossier. Het rapport stond bovenaan. En er was nog iets toegevoegd, zag ze. Bij zijn arrestatie hadden ze Alecs telefoon in beslag genomen. Hij had op verzoek van Sofía de toegangscode verstrekt, naar ze vermoedde om te laten zien dat hij niets te verbergen had. Een van de andere rechercheurs had de telefoon- en berichtengeschiedenis vertaald en toegevoegd aan het dossier. Sofía opende snel de documenten. Alec had de afgelopen dagen niet veel gebeld, zag ze. Een paar keer naar Annemarie, korte gesprekken van minder dan twee minuten. Drie keer naar een nummer in Nederland, haar collega had het opgezocht en erbij gezet dat het van het ziekenhuis was waar Alec werkte. Sofía sloot het document en opende het rapport van Alecs berichten. Dat bleek veel interessanter te zijn. Ze fronste toen ze zag wat hij met Benthe had uitgewisseld. Op Lanzarote had hij niet met haar geappt, de berichten waren van twee maanden geleden. Alec probeerde haar over te halen met hem af te spreken, Benthe weigerde. Daarna drong hij aan, tot ze hem uiteindelijk liet weten dat hij moest stoppen of ze zou met Annemarie delen wat hij probeerde.

Vlug maakte Sofía een print van alle relevante informatie, die ze nog eens las terwijl ze terugliep naar de verhoorkamer. Toen ze binnenkwam, negeerde ze de blik van Manuel. Met een gezicht waaraan niets viel af te lezen, nam ze plaats.

'Het is niet míjn probleem dat er geen camera bij de achteringang van het hotel hangt', zat Alec net te betogen. 'En u zult begrijpen dat er op dat tijdstip ook niet zoveel wandelaars zijn die kunnen bevestigen dat ik daar ben geweest.'

Sofía liet hem uitpraten en daarna viel er een stilte. Drie seconden, vier, ze wachtte af. Alec keek haar aan. 'Zijn we klaar?' vroeg hij.

'Nee, helaas niet.' Sofía bladerde in haar papieren, hoewel ze precies wist wat erin stond. 'Stel dat wij bereid zouden zijn u op het gebied van het tijdsverloop van die avond het voordeel van de twijfel te geven', begon ze en meteen zag ze iets van triomf op Alecs gezicht verschijnen. Hij deed zijn mond open, maar ze liet hem er niet tussen komen. 'Hoe verklaart u dan dat uw sperma is aangetroffen in het lichaam van Laura van Diemen?'

'Wat?' Hij keek priemend in haar richting. 'Wat is dit nou weer?'

'U verstond me wel. DNA-onderzoek heeft aangetoond dat het sperma van u afkomstig is.'

'Dat kan niet', zei hij, maar zijn stem klonk minder

stellig dan eerst. 'Dat is gewoonweg niet mogelijk.'

'De uitslag laat aan duidelijkheid niets te wensen over.'

'Natuurlijk wel.' Alec leunde weer naar voren. Sofía kon zich niet aan de indruk onttrekken dat hij probeerde zich groot te maken. Ze moest toegeven dat hij zijn schok snel te boven was. 'DNA-onderzoek is niet honderd procent waterdicht. Er zijn andere manieren waarop mijn DNA bij Laura terechtgekomen kan zijn. We zijn nota bene met elkaar op vakantie.'

'En jullie hebben op vrijwillige basis seks met elkaar gehad?'

'Natuurlijk niet.'

'Dan zie ik niet in hoe uw sperma aangetroffen kan zijn.'

'Ik...' Alec nam een grote hap lucht en wekte de indruk dat er een stortvloed aan woorden zou komen, maar uiteindelijk deed hij er het zwijgen toe.

'Meneer Groothuizen', zei Sofía op overredende toon. 'Ik begrijp dat er heel veel redenen voor u zijn om te blijven ontkennen dat u Laura van Diemen heeft gedrogeerd en verkracht, maar de feiten liegen niet. U doet er goed aan om toe te geven dat u in de fout bent gegaan, een rechter zal...'

'Pff, een rechter', onderbrak Alec haar. Hij maakte een afkeurend geluid. 'Vooralsnog hebben jullie echt niet genoeg om deze zaak voor de rechter te brengen. Er kan sprake zijn van framing, om te beginnen. Wie zegt dat niet iemand anders mijn DNA-materiaal daar heeft geplaatst om mij verdacht te maken? Alleen DNA-onderzoek is in de rechtbank niet voldoende bewijs van schuld.'

Blijkbaar had hij zijn huiswerk gedaan, bedacht Sofía. Vluchtig vroeg ze zich af of dit kennis was waarover hij al beschikte of dat hij in de afgelopen dagen zijn research had gedaan. 'Er is een getuige die kan bevestigen dat u die avond over uw aan- en afwezigheid heeft gelogen', hielp ze hem herinneren. Ze wilde eraan toevoegen dat het aantreffen van zijn sperma in het lichaam van een verkrachtingsslachtoffer voor de rechter wel degelijk zwaar zou wegen, maar als rechercheur mocht ze niet vooruitlopen op een rechtszaak. Bovendien was het ook niet nodig.

'Ik wil graag naar een andere zaak', ging Sofía verder. 'Want u zult het met me eens zijn dat het op z'n minst opvallend is dat binnen uw vriendengroep twee zeer ernstige zaken spelen, en dat ook nog in dezelfde week. Eerst de verkrachting van Laura en daarna de dood van Benthe. Totdat wij bewijs hebben van het tegendeel, zien we deze twee zaken niet los van elkaar. Dus ik moet u vragen...'

'Wacht, wat?' Alec leunde nog verder naar voren. 'Zegt u nu dat u denkt dat ik Benthe...' Hij begon wild met zijn hoofd te schudden. 'Dat slaat helemaal nergens op. Ik heb niets met de dood van Benthe te maken.'

'Nee?'

'Natuurlijk niet. Gaat u nu proberen mij de schuld van alles in de schoenen te schuiven? Zeker ook van die vrouw die bijna in het zwembad is verdronken, of niet?'

'Wat wij proberen, is om de waarheid boven tafel te halen. Het zou daarbij helpen als u ook daadwerkelijk de waarheid zou spreken.'

'Dat ik niet zeg wat u wilt horen, betekent niet dat ik lieg, rechercheur.'

'Het DNA-onderzoek liegt niet, meneer Groothuizen. U wel. En als u eenmaal als leugenaar te boek staat, is de stap om te denken dat u dan ook wel over de zaak van Benthe zal liegen, snel gemaakt. Door ons, door de openbaar aanklager en door de rechter. Misschien is het goed als u dat beseft in plaats van te blijven ontkennen wat overduidelijk uit het bewijsmateriaal blijkt. En kom niet aan met onzin over vrijwillige seks, want we weten allebei dat u onze en uw eigen tijd verdoet met dat soort praatjes.'

Ze had verwacht dat hij weer met een minachtend antwoord zou komen of opnieuw alles zou ontkennen, maar in plaats daarvan bleef het even stil. Hij trok een strakke mond en kneep zijn ogen samen. Geringschattend keek hij haar aan. Sofía ging wat meer rechtop zitten. Had ze dan eindelijk een snaar geraakt?

Uiteindelijk haalde Alec diep adem. 'Oké, ja, ik héb seks gehad met Laura, maar ze wilde het zelf', riep hij, zijn armen in de lucht. 'Sterker nog: ze smeekte erom. Ik wilde weigeren, maar ze bleef maar aandringen en toen... nou ja, toen ben ik de fout in gegaan. Dat had ik niet moeten doen, ik had standvastiger moeten zijn en haar moeten afwijzen.'

Sofía trok haar wenkbrauwen heel hoog op. 'Ze wilde het zelf? En ze wilde ook zelf gedrogeerd worden?'

'Hoe moet ik weten wat zij allemaal aan drugs had gebruikt? Het enige wat ik weet, is dat ze niet van me af te slaan was.'

'Waarom heeft u dit niet eerder verteld?' Sofía keek hem aan met dezelfde priemende blik als hij eerder in haar richting had gezonden. 'U maakt uzelf behoorlijk verdacht door nu pas met deze informatie te komen, vindt u niet?'

'Omdat het natuurlijk gedoe met mijn vriendin oplevert', antwoordde Alec op een toon alsof het de domste vraag was die hij ooit had gehoord. 'Ik had het gewoon niet moeten doen. En ik had kunnen weten dat die geraffineerde trut de volgende dag met zo'n zielig verhaal zou komen, zodat ze aan haar vriendje niet hoeft te verklaren dat ze is vreemdgegaan.'

Sofía tikte met haar pen tegen haar papieren. 'Denkt u werkelijk dat wij deze onzin geloven?'

'Dat is aan u.' Alec begon zijn kalmte te herwinnen. 'Ik heb u nu de waarheid verteld. Mij lijkt dat dit gesprek ten einde is.'

Sofía legde een vel papier aan de kant en pakte het volgende erbij. 'Mij lijkt van niet', zei ze. 'Kunt u uw band met Benthe omschrijven?'

'Gewoon, ja...' Hij vloekte ongeduldig. 'Waar is dit voor nodig? Ik heb niets met Benthes dood te maken. Ik was in het hotel, dat weet u ook wel. Uw collega's hebben mij en mijn vrienden precies gevraagd waar we de hele middag waren.'

Dat klopte, wist Sofía, maar ze zei niets. In plaats daarvan schoof ze de uitgeprinte app-conversatie met Benthe naar hem toe. 'Drong zij ook zo aan?' vroeg ze. 'Net als Laura? Of lees ik het goed dat u graag met haar wilde afspreken en dat zij u afwees?'

Ze had moeite de blik in Alecs ogen te duiden toen hij las wat er op het papier stond. 'Dat is oud', zei hij uiteindelijk. 'En ja, als u het wilt weten: ze drong aan. Eerder. Tot ik daarop in wilde gaan en zij ineens afwijzend deed.'

'Het zit u niet mee', zei Sofía, maar Alec ging er niet op in.

'Dit zegt niets', zei hij en hij schoof het papier haar kant weer op. 'Zij zei nee, ik heb dat geaccepteerd, dat ziet u ook. Ik heb niets met haar dood te maken.' Hij keek geërgerd op de klok. 'Mij lijkt dat we klaar zijn met dit gesprek.'

Sofía gaf geen antwoord. In haar hoofd liepen allerlei gedachten door elkaar. Alec had Laura verkracht, dat was zeker. Ze had ook de bekentenis die ze wilde, al was er nog veel aan gelogen. Maar dat zouden ze nog rechtzetten, uiteindelijk zou Alec alles gaan bekennen wat hij had gedaan. Even dacht ze aan zijn blik toen hij had ontkend dat hij iets met de dood van Benthe te maken had. En aan het alibi dat zijn vrienden hem hadden verschaft door te zeggen dat hij elk uur wel een keer gezien was in het hotel. Een uur was te weinig om heen en weer te gaan naar Los Ajaches en daar Benthe iets aan te doen. Bovendien wist ze dat haar mensenkennis haar niet vaak bedroog. Alec had gelogen toen hij zei dat hij niets met de zaak van Laura te maken had, dat had ze meteen gezien. Maar ze had sterk het gevoel dat hij wat betreft Benthe de waarheid had gesproken.

Puzzelstukjes, dacht ze zuchtend. Er ontbraken er nog

veel te veel. En de stukjes die ze had, pasten van geen kant in elkaar.

Laura werd wakker uit wat nooit echt slaap was geweest en keek op haar telefoon om te zien hoe laat het was. Boven een foto van de spectaculaire zonsondergang, gemaakt op de zorgeloze eerste dag van hun vakantie, gaf de digitale klok aan dat het 5.39 uur was. Ze draaide zich op haar rug. Haar lichaam was doodmoe, maar haar geest deed niet anders dan malen.

Ze sloeg de lakens terug en stapte uit bed. 'Wat ga je doen?' vroeg Ruben, ook wakker geworden.

'Ik weet het niet.' Laura bleef zitten op de rand. 'Ik dacht aan een stuk wandelen. Of hardlopen.'

'Zullen we samen gaan wandelen?' stelde Ruben voor terwijl hij ook overeind kwam. Laura knikte en trok snel een korte broek en een T-shirt aan. Even later liepen ze over het stille resort richting het pad langs de oceaan. De lucht was fris maar had de belofte van een warme dag in zich. Het rook kruidig en de eerste vogels begonnen voorzichtig naar elkaar te roepen.

'Zou de politie Alec al hebben laten gaan?' vroeg Ruben toen ze hand in hand over het pad richting de vuurtoren liepen. Hun voeten hadden automatisch hetzelfde ritme aangenomen. Laura haalde kort haar schouders op. 'Ik heb niets van Sofía gehoord. En Annemarie heeft ook geen bericht in de groepsapp gestuurd.'

Gisteravond waren ze, nadat ze urenlang bij elkaar hadden gezeten en op nieuws hadden gewacht, uiteindelijk allemaal naar hun eigen kamer gegaan met de afspraak dat ze elkaar wakker zouden maken als een van hen nieuws had. Laura was blij geweest dat ze eindelijk alleen was met Ruben. In de groep overheerste ongeloof, geschoktheid en het gevoel dat het natuurlijk niet zo kon zijn dat Alec te maken had met wat haar, en misschien ook wel Benthe, was overkomen. Laura had toen nog niets gezegd over de herinnering die zijn woorden bij haar teweeg hadden gebracht, maar toen iedereen weg was had ze het wel aan Ruben verteld. Hij had haar geschrokken aangekeken. 'Zou het dan echt kunnen dat...'

'Wist je dat hij een tijdje geleden Benthe heeft geappt of ze iets met hem wilde gaan drinken? Annemarie wist daar niets van. Nog steeds niet trouwens.'

Ruben had daar even over nagedacht. 'Dat zou ook onschuldig kunnen zijn', had hij toen gezegd. 'We zijn allemaal vrienden van elkaar.'

'Maar Benthe en Alec waren niet per se goed bevriend. Jij zou Benthe ook niet hebben geappt voor een drankje.'

'Nee', had hij toegegeven. 'Dat klopt. Maar denk je dat er iets achter zat?'

'Benthe dacht van wel, zei Roxanne. Hij had ook gezegd dat Annemarie er niets over hoefde te weten. Dat is vreemd als het puur om een afspraak tussen twee vrienden gaat.'

'Wat had Benthe geantwoord?'

'Dat het haar niet zo'n goed idee leek en daar is het bij gebleven.'

Terwijl ze naast elkaar voortstapten, dacht Laura terug

aan hun gesprek. Ruben had gezegd dat het appcontact misschien opmerkelijk was, maar ook weer niet enorm verdacht. Dat was misschien zo, maar toch kon Laura het niet loslaten na alles wat er was gebeurd.

'De politie pakt iemand toch niet voor niets op?' zei ze, alsof ze de draad van het gesprek weer oppikte, ook al waren er uren verstreken. 'Dat blijft maar door mijn hoofd gaan. Ze hadden een arrestatiebevel voor hem. Dan moet er een reden zijn waarom ze denken dat hij iets te maken heeft met een misdrijf, of dat nu de dood van Benthe is of wat mij is overkomen.'

'Of allebei', zei Ruben.

'Ja. Maar je gaat toch niet maanden nadat je wat berichtjes hebt uitgewisseld iemand van een klif duwen omdat diegene je een drankje heeft geweigerd? Dan moet er meer aan de hand zijn.' Ze dacht even na. 'En wat betreft Benthe wás er tenminste nog iets aan de hand. Maar met mij... Ik heb nooit iets aan hem gemerkt, hij heeft nooit iets geprobeerd bij mij. De enige reden dat we bevriend zijn, is dat hij de man van mijn vriendin is. Ik heb buiten Annemarie om nog nooit contact met hem gehad, zelfs geen enkel appberichtje.'

Ruben knipperde een paar keer. Laura veegde een losgeraakte haarlok uit haar gezicht. Ondanks het vroege tijdstip begon het al warm te worden, maar vanaf de zee kwam een verkoelend briesje. 'Het idee dat hij jou heeft gedrogeerd en verkracht is inderdaad te absurd voor woorden', zei Ruben toen. 'Maar aan de andere kant: als je verkrachters er zo uit pikt omdat ze eruitzien als een verkrachter, was het werk van de politie waarschijnlijk een stuk makkelijker. Dat je iets niet verwacht van iemand, betekent toch niet dat diegene het niet heeft gedaan. Wie weet heeft Alec wel een stoornis waar wij niets van weten. Je zei zelf dat je hem nooit spreekt buiten de vriendengroep om. Hoe goed kennen we hem nu echt?'

Ze waren op een muurtje gaan zitten en Laura dacht na over zijn vraag, die vooral retorisch bedoeld leek te zijn. 'Ik wil echt dat de politie de dader vindt, maar ik hoop dat het Alec niet is', zei ze toen. 'En al helemaal dat hij niets met Benthes dood te maken heeft, of met wat Cynthia is overkomen.'

Ruben gaf geen antwoord. Ze stonden op en liepen verder tot ze de vuurtoren bereikten. Daar keerden ze om en begonnen terug te lopen naar het hotel. Laura keek op haar telefoon. Ongemerkt was er al meer dan een uur verstreken.

Het was op de minuut af zeven uur toen ze het hek van het hotel bereikten en Laura's telefoon begon te rinkelen. Sofía Peña, zag ze in het scherm. Haar hart begon meteen te bonken toen ze opnam.

'Ik hoop niet dat ik je wakker bel', zei de rechercheur.

'Nee hoor, we hebben zelfs al een wandeling gemaakt. Is er nieuws?'

'Ja.' De rechercheur haalde diep adem. 'Gisteravond hebben we Alec lange tijd verhoord, waarbij hij eerst ontkende iets met jouw verkrachting te maken te hebben. Tot we de uitslag van het onderzoek kregen waarin zijn DNA is vergeleken met dat van jouw verkrachter.' Ze pauzeerde even en vroeg toen: 'Ben je alleen?'

'Nee, Ruben is hier.'

'Oké, goed. Ik denk dat het goed is dat je even gaat zitten.'

Laura's hartslag nam nog wat toe toen ze plaatsnam op de punt van een ligbedje aan het nu nog verlaten zwembad. Ruben keek haar bezorgd aan. Laura zette de telefoon op de speaker en Sofía begon weer te praten. 'Uit het DNA-onderzoek is gebleken dat Alec Groothuizen inderdaad degene is die jou heeft verkracht, Laura.'

Laura sloot haar ogen en liet zich tegen Ruben aan zakken. Hij sloeg zijn arm om haar heen en vloekte fluisterend. Laura voelde tranen in zich opwellen. 'Waarom?' vroeg ze met een verstikte stem. 'Waarom ik? Ik snap niet... Alec...'

'Weten jullie het echt zeker?' kwam Ruben ertussendoor. 'Ik bedoel...'

'We hebben hem geconfronteerd met het DNA-onderzoek,' zei Sofía, 'en toen kon hij niet langer ontkennen dat hij ermee te maken heeft. Daarop beweerde hij dat het ging om vrijwillige seks op aandringen van Laura. Uiteraard beschouwen we dat niet als geloofwaardig, zeker gezien het feit dat jij gedrogeerd bent. Vandaag gaan we verder met het verhoor om tot een volledige bekentenis te komen.'

Sofía zweeg om Laura de kans te geven iets te zeggen, maar er kwamen geen woorden. Ruben stelde vragen die langs Laura heen gingen. Haar oren vulden zich met het pulserende geluid van bloed dat door haar hart met snelle, bonkende slagen werd rondgepompt. Gedachten aan Alec probeerde ze weg te duwen, maar natuurlijk verscheen hij groot en dreigend voor haar geestesoog. Zijn donkere haar, zijn ronde, bruine ogen, zijn handen met die lange vingers – details waarvan ze niet eens wist dat haar brein die had geregistreerd. Het volgende moment zag ze die handen voor zich, overal op haar lichaam. Ineens was ze daar weer, in dat bed, er was rood in de kamer, en paars, het was niet haar hotelkamer. Het rook er vreemd, naar wierook. Ze zag alleen die handen, geen gezicht. Ze voelde hoe een tong haar mond binnendrong en een golf van walging overviel haar. Ze protesteerde, maar haar hele lichaam was slap en log en bewegen kostte meer energie dan ze had. Het licht was ongewoon fel en er blikkerde iets – was dat dat horloge? Er was pijn, maar ze wist niet waarvan. Er was ook een stem. Die van Alec? Ze had geen idee. Het enige wat ze voelde, was die angst en de misselijkheid die samenhing met de afkeer, maar ze kon niets doen.

'Lau?' Ruben trok haar dichter tegen zich aan. 'Je trilt helemaal. Jeetje, dit moet voor jou...' Hij stond op en trok haar overeind. Blijkbaar was het gesprek met Sofía voorbij, want hij stopte haar telefoon in zijn zak. 'Kom maar, houd mij maar vast, dan gaan we naar de kamer. Ik kan gewoon niet...' Hij praatte verder, maar de woorden gingen aan haar voorbij. Met bibberige stapjes liet ze zich meevoeren naar hun kamer. Daar trok Ruben haar schoenen uit en stopte haar in bed. Daarna kwam hij naast haar liggen en hield haar vast tot het trillen stopte en haar hoofd eindelijk een beetje helderder werd. 'En Benthe?'

zei ze toen. 'Heeft hij Benthe vermoord?'

'Sofía zei dat hij dat ontkent, maar dat hij vandaag weer verhoord zal worden. Het onderzoek loopt nog, zo zei ze het. Ook wat betreft Cynthia.'

Laura sloot haar ogen en krulde zichzelf op tot een bal. Ruben liet haar geen moment los. In haar hoofd bonkten alleen maar die naam en die beelden die in flarden voorbijkwamen. Ze zocht naar redenen, naar aanwijzingen, misschien zelfs naar ontkenning. Ze zocht ook naar wat ze had gemist. Had ze beter moeten opletten? Was het dan niet gebeurd?

'Het is niet jouw schuld', zei Ruben toen ze de vragen hardop uitsprak. 'Dat mag je nooit denken.'

Nee, dat mocht ze nooit denken, maar ze dacht het wel. Met moeite liet ze die gedachte weer los. Wat overbleef was een andere vraag, eentje waar ze misschien wel nooit antwoord op zou krijgen.

Wanneer kon je iemand echt vertrouwen?

Hoofdstuk 17

'Hij kan toch niet echt hebben gedacht dat ik het wilde?' Laura draaide haar beker rond in haar handen en staarde naar Ruben. Het was iets na tien uur in de ochtend en ze hadden uiteindelijk hun kamer verlaten om koffie te gaan drinken op een van de terrassen in het hotel. Ontbijten hoefde niet, Laura wist zeker dat ze geen hap door haar keel kon krijgen. Ze keek naar haar telefoon, alsof die haar antwoorden zou geven op de vragen die nu door haar hoofd gingen, maar het toestel bleef al een tijdje stil. Sofía had niet gezegd hoe laat Alec weer verhoord zou worden.

Laura had begrepen dat het onderżoek naar de dood van Benthe nog in volle gang was en dat de recherche geen, of niet genoeg, bewijs had om Alec daaraan te linken. Eerder had Laura gedacht dat dat een zinloze zoektocht zou worden, omdat ze zich al op geen enkele manier kon voorstellen dat iemand Benthe dood zou willen en ook echt niet wist waarom nou juist Alec dat zou zijn. Maar nu ze wist waartoe hij in staat was, kon ze niets meer uitsluiten. Haar mensenkennis had haar zo ontzettend bedrogen dat ze er niet meer op durfde te vertrouwen.

'Natuurlijk niet', zei Ruben als antwoord op haar vraag. Hij legde zijn hand op Laura's been. 'Hij denkt vast dat hij daarmee wegkomt, maar de politie zal hem natuurlijk niet geloven.' Hij schudde een paar keer met zijn hoofd en zei iets over dat je je zo in mensen kon vergissen, maar Laura luisterde niet echt. In plaats daarvan dacht ze aan Annemarie. Sofía had gezegd dat ze haar op de hoogte zou stellen van wat Alec had verteld. Laura kon zich geen voorstelling maken van hoe Annemarie zich nu moest voelen. Erachter komen dat je eigen vriend zoiets vreselijks had gedaan, moest verschrikkelijk zijn. En het zou Annemarie misschien voor moeilijke keuzes stellen. Ze zou toch niet verder willen met Alec na wat hij had gedaan?

'Ik denk dat ik even naar Annemarie moet gaan', zei ze aarzelend. 'Ik bedoel: zij krijgt ook nogal wat te verwerken.'

Rubens blik werd afwijzend. 'Je moet je nu niet druk maken om anderen, Lau. Je hebt zélf genoeg te verwerken.'

'Maar ik vind het ook erg voor haar. Ik bedoel: je zal er maar achter komen dat je vriend een verkrachter is.' Laura schudde haar hoofd bij die woorden, die zo bizar klonken nu ze ze uitsprak. 'En ik wil ook... Nou ja. Ik weet het niet.' Ze dacht even na. 'Ik heb gewoon zoveel moeite te bedenken waarom Alec zoiets zou doen en ik snap ook niet dat ik nooit iets aan hem heb gemerkt dat vreemd was. Ik wil weten of Annemarie dat wel had. Of ik iets heb gemist.'

Ruben keek haar een tijdje aan. 'Zal ik met je meegaan?' vroeg hij uiteindelijk. Laura schudde haar hoofd. 'Nee, ik ga liever alleen. Ik denk dat dat beter is.'

Ze gaf hem een kus en stond op en liep naar de kamer van Annemarie. Voor de deur aarzelde ze nog even, al was het misschien meer dat ze een moment tijd nodig had om te bedenken wat ze zou zeggen. Toen klopte ze aan, twee korte roffels op de deur.

Het duurde vijf seconden, zes, zeven en toen klonk er gerommel aan de binnenkant. De deur ging een klein stukje open. 'O', zei Annemarie. 'Ben jij het.'

'Mag ik binnenkomen?' Laura hield haar hoofd schuin. 'Ik wilde even kijken hoe het met je gaat.'

'Ja.' Annemarie opende de deur verder en deed een stap opzij. 'Lief van je. Ik weet niet...' Ze stond daar, haar haar door de war, haar ogen rood van tranen en, vermoedde Laura, slaapgebrek. Ze droeg sportkleding. In een opwelling stapte Laura naar voren en omhelsde haar. Annemarie voelde breekbaar aan en hief haar armen wel, maar beantwoordde de omhelzing niet.

'Ik weet niet zo goed wat ik tegen je moet zeggen', zei Annemarie, toen ze de deur had gesloten. 'Ik vind het zo vreemd allemaal. Ik bedoel... Alec...' Ze trok haar mond in een streep. 'Dat slaat toch helemaal nergens op? Volgens de rechercheur moet hij het gedaan hebben, maar ik begrijp het gewoon niet.'

'Nee.' Laura schudde haar hoofd. 'Ik ook niet. Het enige wat ik kan bedenken, is dat je je blijkbaar ongelooflijk in iemand kan vergissen.'

Annemarie haalde diep adem. Er zat iets moedeloos in haar bewegingen. 'En dan denken ze misschien ook nog dat hij Benthe heeft vermoord.' Ze keek Laura aan en haar blik kreeg iets fels. 'Vermóórd, dat verzin je toch niet. Hij is nota bene arts, hij rédt levens. En dan dit.'

Laura knikte een paar keer. 'Wat denk jij?' vroeg ze toen, zo voorzichtig als ze kon. 'Is het mogelijk dat hij...'

Annemarie schudde ferm met haar hoofd. 'Natuurlijk denk ik niet dat hij Benthe heeft vermoord, maar ja, ik dacht ook niet dat hij met jou naar bed was geweest en dat...' Ze keek Laura aan en ineens was het of haar gezicht in tientallen stukjes brak. '... en dat heeft hij volgens de politie ook gedaan', vervolgde ze snikkend haar zin. 'Hoe kan hij nou...'

'Sst', zei Laura sussend en ze sloeg haar arm om haar vriendin heen. Langzaam wiegde ze haar heen en weer. Haar blik viel op de koffer van Alec, die tegen de muur van de kamer stond. Er stak een shirt uit dat hij op de boot had gedragen. Laura voelde hoe haar maag zich samentrok bij dit fysieke bewijs van zijn aanwezigheid in de kamer. Het was maar een stuk stof en toch wilde ze er niet bij in de buurt zijn.

Abrupt liet ze Annemarie los en stond op. 'Zullen we

anders even naar buiten gaan?'

Haar vriendin keek haar aan, eerst aarzelend, toen knikkend. 'We kunnen misschien een stukje wandelen?'

Laura knikte. Alles om weg te zijn uit deze kamer. 'Goed idee.'

Even later liep ze voor de tweede keer die dag over het pad langs de oceaan. Deze keer in een hoger tempo, dat door Annemarie werd gedicteerd. 'Nee', zei ze hoofdschuddend op Laura's vraag of ze ooit iets vreemds aan Alec had gemerkt. Ze hield haar blik op de grond gericht en bleef langer met haar hoofd schudden dan nodig was om de vraag te beantwoorden. 'Nooit, echt nooit. En nog steeds...' Haar mond had een verbeten trek. 'Ik heb moeite het te geloven.'

'Ja', zei Laura en ze liet haar adem ontsnappen. Een paar keer knikte ze. 'Wij allemaal, denk ik. Dat iemand die je kent en vertrouwt in staat blijkt te zijn tot zoiets vreselijks. Het zal nog wel even duren voor we het kunnen bevatten.'

Annemarie bleef even staan en keek haar aan. Er was iets in haar blik dat Laura niet kon thuisbrengen. Ze deed haar mond open, maar sloot die toen weer en liep verder. Al snel passeerden ze de vuurtoren, waar het pad smaller werd en dichter langs de oceaan leidde. Er was een hek dat door Annemarie werd geopend. 'Mag je hier wel in?' vroeg Laura.

'Zeker, alleen 's avonds niet.' Annemarie liet haar voorgaan. Het pad was hier nog smaller. Laura keek naar beneden waar het water van de oceaan over de rotsen spoelde en voelde zich duizelig door de hoogte. 'Kunnen we geen andere route nemen?' vroeg ze. 'Ik vind dit zo...' Ze gebaarde naar de diepte, zeker een meter of tien. 'Nou ja, na Benthe...'

'O.' Annemarie liet het hek dichtvallen en keek langs de rots omlaag alsof ze voor het eerst zag hoe diep het was. 'Ja, oké. Maar als je hier doorloopt, kom je verderop op een breder pad.'

'Zeker weten?' Laura keek aarzelend. 'Ben je hier al geweest?'

Annemarie humde wat en liep door. Laura volgde haar toch maar. Het pad maakte een bocht en verbreedde zich inderdaad, maar het liep nu nog dichter langs de rand. 'Ik vind dit echt niet fijn', zei Laura. Ze bleef staan en keek op haar telefoon. 'Kunnen we teruglopen? Ik heb hier slecht netwerk en wil bereikbaar zijn voor de politie.'

Annemarie keek haar aan. 'Ze willen mij ook spreken. En dan zal ik ze precies vertellen wat ik weet.' Ze wendde haar blik af en kijkend naar de oceaan knikte ze een paar keer. 'Precies vertellen', herhaalde ze, meer voor zichzelf dan dat ze dat voor Laura leek te doen.

'Oké', zei Laura en ze voelde zich wat ongemakkelijk. 'Ja, ik denk dat dat goed is. Uiteindelijk is het van belang dat de waarheid boven tafel komt.'

Annemarie tuitte haar lippen. 'Is dat zo?' vroeg ze toen, haar blik ineens weer op Laura gericht. 'Vind je dat echt belangrijk?'

Laura keek verwonderd. 'Natuurlijk. Als iemand wil weten wat er die avond precies is gebeurd, ben ik het. En nog veel liever wil ik weten wat er met Benthe is gebeurd.'

'Alec heeft daar niets mee te maken', zei Annemarie en ze kneep haar ogen samen. Laura ging er niet op in. 'Laten we maar teruggaan', zei ze in plaats daarvan en ze begon te lopen in de richting waaruit ze waren gekomen. Het gesprek benauwde haar. Waar ze had verwacht dat ze een verslagen en verdrietige Annemarie zou treffen, was haar vriendin vooral strijdlustig. En ongewoon fel voor haar doen.

Met enkele passen stond Annemarie voor haar en blokkeerde haar de weg. 'Als je wil dat de waarheid boven tafel komt, moet je ophouden leugens te vertellen.'

'Wat?' Laura schudde kort haar hoofd. 'Waar heb je het over?'

'Die beschuldiging van Alec, die zogenaamde verkrachting – je weet zelf ook dat dat honderd procent verzonnen is. Dat je probeert de echte waarheid af te dekken met leugens aan zijn adres.'

'Hoe bedoel je?' Laura voelde irritatie opkomen. 'Ik weet niet wat jij je allemaal in je hoofd haalt, maar het DNA-materiaal wijst Alec aan als dader. Ik vind het heel erg dat jij mij nu beschuldigt van liegen.'

'Maar hij heeft je niet verkracht.' Annemarie keek Laura nu zo fel aan dat Laura automatisch een stapje naar achteren deed. 'Jij wilde hem, meer dan wie of wat dan ook, dat heeft hij me zelf verteld. En toen hij jou afwees, heb je alles in het werk gesteld om hem te verleiden toen hij gedronken had. Je hebt hem helemaal gek gemaakt, tot hij uiteindelijk toegaf.'

'Ik heb wát?' Laura hijgde van verontwaardiging. 'Hoe durf je dat te beweren?'

'Al die onterechte beschuldigingen.' Annemarie schudde nu wild met haar hoofd. 'Benthe, jij, jullie willen hem alleen maar kapotmaken omdat jullie hem niet kunnen krijgen.' Haar ogen schoten vuur. 'Maar dat zal niet lukken. Niemand pakt af wat wij hebben opgebouwd. Jij niet, Benthe niet, de politie niet – niemand!'

'Maar ik wil...' Laura probeerde te volgen wat Annemarie zei. 'Ik wil helemaal niemand kapotmaken. Maar hij heeft... Het DNA...'

'Ach, het DNA.' Annemarie maakte een wegwerpgebaar. 'Daar zal wel een truc mee zijn uitgehaald, zo moeilijk is dat niet. Weet je wat het probleem is? Jullie zijn zo intens jaloers op ons. Het is ziek dat je een verkrachting verzint om te maskeren dat je hem hebt verleid en dat hij niet anders kon dan uiteindelijk maar toegeven.'

'Maar hij heeft me gedrogeerd!' riep Laura uit. 'Hoe kan je nou beweren...' Ze maakte haar zin niet af en hief haar handen in een wanhopig gebaar. 'Weet je, ik ga dit gesprek niet met jou voeren. Jij hebt je eigen waarheid gemaakt, omdat je niet onder ogen wil zien hoe jouw man echt in elkaar zit en wat hij mij, en misschien ook wel Benthe, heeft aangedaan. Jij bent...' Ze zocht naar een woord, maar vond het niet en liet uiteindelijk haar armen slap langs haar lichaam hangen. 'Ik ga terug', zei ze, na een laatste moedeloze blik op Annemarie. 'Ik wil niets meer met jou te maken hebben.'

Ze begon te lopen, maar Annemarie zette een stap opzij en versperde de doorgang. 'Jij gaat niet terug', zei ze, kalm en gedecideerd. Haar ogen waren ijskoud. 'Je hebt meer dan genoeg kansen gehad om recht te zetten wat je allemaal bij elkaar hebt gelogen, maar je hebt ervoor gekozen om al die vuile praatjes te blijven herhalen. Ik heb niet voor niets zo hard gewerkt om te komen waar ik ben, waar wíj zijn. Veel te hard om het nu door jou allemaal te laten instorten.'

'Doe normaal', zei Laura en ze stapte naar voren, maar Annemarie ging niet opzij. 'Laat me erdoor', zei Laura. 'Ga maar terug naar je zogenaamde perfecte leven, waarvan je zo bang bent het te verliezen dat vriendschap er blijkbaar niet meer toe doet. De waarheid komt wel boven, Annemarie. Je bent al kwijt wat je had en dat is niet mijn schuld, maar die van jouw eigen vriend.'

'Ik ben helemaal niets kwijt.' Annemarie keek haar strijdlustig aan. 'Uiteindelijk zal iedereen weten dat je hebt gelogen. Dan zullen ze Alec geloven.'

Laura ging er niet op in. Ze liep verder en stond nu op een paar centimeter van Annemarie. 'Laat me erdoor', zei ze veel kalmer dan ze zich voelde. 'Nu.'

Even leek het alsof Annemarie op pauze was gezet. Ze bewoog niet, haalde zelfs geen adem. Het volgende moment plooide haar mond zich in een grijns. 'Ach, Laura toch', zei ze, zonder een greintje warmte in haar stem. 'Jij hebt echt geen idee, hè? Al net zo dom als die lieve vriendin van je. Die wist ook precies hoe het allemaal zat en zou wel even de waarheid gaan vertellen. En nu vertelt ze helemaal niets meer. Want zolang die waarheden van jullie alleen maar leugens zijn, vertelt niemand iets. Daar zorg ik voor.'

Die woorden deden Laura verstijven. Ze stond zo dichtbij dat ze het trillen van Annemaries neusvleugels kon zien. Ze rook haar adem, haar shampoo, voelde de woede die de lucht vulde. 'Zeg jij nou...' Ze slikte moeizaam en voelde zich duizelig, maar dwong zichzelf om verder te praten. 'Zeg jij nou dat jij Benthe hebt vermoord?'

Annemarie deed haar mond open om antwoord te geven. Laura had het gevoel alsof ze in een tunnelbuis werd gezogen, waar de woorden vervormden voor ze haar oren bereikten. 'Ik moest haar stoppen', zei Annemarie alleen maar. Er zat zelfs een zekere luchtigheid in haar stem. 'Ze ging veel te ver.'

Laura was nog nooit met een vuist recht in haar gezicht geslagen, maar ze wist ineens hoe het moest voelen. Een paar seconden lang kon ze alleen maar staren, met open mond, haar ogen opengesperd. 'Maar...' bracht ze toen uit. 'Maar...'

'Ik moest haar stoppen', herhaalde Annemarie. 'Ze deed alsof ze medelijden met me had en vond dat ik moest weten dat ze naar de politie zou gaan.' Laura zag dat Annemarie licht trilde. 'Ze wilde tegen de politie zeggen dat ze Alec die avond boven had gezien en dat hij haar trouwens ook berichten had gestuurd en dat ze dus maar moesten uitzoeken of hij wel te vertrouwen was. Dat mens was knettergek. Het enige waar ze op uit was, was Alec. Intens jaloers was ze. Ziekelijk jaloers.' Annemarie keek in Laura's richting met iets meewarigs in haar blik. 'Ze wilde Alec, dat wist ik al heel lang. En toen ze hem niet kon krijgen, wilde ze hem kapotmaken.'

De woorden aan het adres van haar vriendin deden Laura fysiek pijn. 'Je hebt het mis', zei ze met dichtgeschroefde keel. 'Benthe wilde Alec helemaal niet, Benthe had als enige door hoe hij in elkaar zit.' Dat laatste wist ze ineens heel zeker. 'Zij heeft ingezien dat hij een roofdier is, een verkrachter, en weet ik wat hij allemaal nog meer van plan is geweest. Zij wilde in actie komen om hem te stoppen. En jij... En jij...' Het was alsof op dat moment pas echt in de volle omvang tot haar doordrong wat Annemarie net had gezegd. Er welde een snik in haar op, maar met uiterste krachtsinspanning wist Laura die binnen te houden, net als haar tranen. Haar zin maakte ze niet af. In plaats daarvan dwong ze haar voeten om in beweging te komen, maar het volgende moment voelde ze hoe Annemarie haar met beide handen vastgreep en omdraaide. Laura was niet snel genoeg met reageren. Ineens blikkerde er iets in het zonlicht en voelde Laura het vlijmscherpe lemmet van een mes tegen haar keel. Ze viel op haar knieën en schreeuwde, maar op dat moment realiseerde ze zich dat ze al die tijd nog geen mens had gezien.

Sofía hield haar dossiermap strak onder haar arm geklemd toen ze op hoge hakken de verhoorkamer binnenstapte waar Alec Groothuizen al zat te wachten. Na het verhoor van gisteravond had hij toch om een advocaat verzocht en nu zat hij naast een man van middelbare leeftijd aan wie alles bruingrijs leek te zijn, van zijn haar tot zijn pak, schoenen en ogen. Sofía begroette hen beiden met een kort knikje en stelde vast dat de nacht in de cel Alec geen goed had gedaan. Zijn overhemd kreukte, zijn haar zat rommelig en hij had niet gedoucht, hoewel arrestanten daar wel recht op hadden.

'Ik ga ervan uit dat ik snel weer in mijn hotel ben', antwoordde hij kortaf toen Sofía hem vroeg of hij het aanbod van een bezoek aan de badkamer wel had gekregen.

Ze knikte en deed er het zwijgen toe tot Manuel aanschoof en vier kopjes koffie op tafel zette. Twee ervan schoof hij naar de andere zijde.

'Heeft u tijd gehad om met uw advocaat te overleggen?' vroeg Sofía, terwijl Manuel aan de bandrecorder rommelde.

Alec knikte kort, zijn advocaat nam het woord. 'De heer Groothuizen wil graag een verklaring afleggen.'

Sofía liet niet merken dat dat haar verwonderde. In plaats daarvan knikte ze kort en leunde naar achteren. Manuel had de bandrecorder gestart en de datum en tijd voorgelezen. Alec schraapte zijn keel en keek vluchtig naar zijn advocaat.

'Ik wil bij deze verklaren dat ik Laura van Diemen tegen haar zin heb gedwongen om seks met mij te hebben', zei hij formeel. 'Ik heb haar daarbij gedrogeerd met GHB, zowel via drank als via een injectie. Ik realiseer me dat ik dat niet had moeten doen en aanvaard de gevolgen van mijn daden.'

Sofía liet niet merken dat deze plotselinge bekentenis bij haar grote verbazing opwekte. Gisteravond had Alec nog heel anders tegen de gebeurtenissen aangekeken.

'U bent van gedachten veranderd?' vroeg ze daarom. 'Het was toch geen vrijwillige seks?'

'Ik realiseer me dat het vanuit Laura anders opgevat kan worden', zei hij houterig. 'Met deze verklaring wil ik recht doen aan dat gevoel. Maar ik wil er duidelijk bij vermelden dat ik nu volkomen eerlijk tegen u ben en dat ik mijn medewerking aan het onderzoek wil verlenen, zolang ik dat onderzoek in vrijheid kan afwachten.'

Sofía liet expres een stilte vallen, die diep en ongemakkelijk aanvoelde. 'Bedankt voor uw verklaring', zei ze uiteindelijk. 'En voor de duidelijkheid die u verschaft over uw eigen rol. Helaas zult u begrijpen dat het misdrijf dermate ernstig is dat we u niet op vrije voeten kunnen stellen.'

Alec schoot naar voren. 'Natuurlijk kunnen jullie dat wel', zei hij, een zacht protest van zijn advocaat negerend. 'Nergens staat dat jullie me hier moeten vasthouden. Ik heb bekend wat ik met Laura heb gedaan en ik weet dat jullie denken dat ik iets met de dood van Benthe te maken heb. Maar ik heb nu laten zien dat ik eerlijk ben en jullie hebben geen enkel bewijsmateriaal in de zaak van Benthe.' Hij keek vluchtig naar zijn advocaat, die zat te knikken. Sofía wist zeker dat dit een door de advocaat bedachte constructie was: bekennen wat gewoonweg niet te ontkennen viel, laten zien dat je eerlijk bent, en proberen de andere zaak daarmee van tafel te vegen. Ze moest toegeven dat er kans van slagen was, maar ze kon Alec nog zeker enkele dagen vasthouden en ze zag geen reden om dat niet te doen. Ze vertrouwde zijn ontkenning niet, maar op één punt moest ze hem gelijk geven: op de appjes naar Benthe na, had ze geen enkel spoor dat in zijn richting leidde. En de appberichten waren niet genoeg om als daadwerkelijk spoor te kunnen dienen.

'Waarom heeft u het gedaan?' vroeg ze, zijn protesten negerend. 'Waarom Laura?'

'Omdat ze...' Hij haalde diep adem. 'Ik wilde haar gewoon', zei hij toen. 'Nee, ik móést haar hebben. En ik dacht dat zij het ook wilde.'

Dat was, wist Sofía, een gedachtegang van veel verkrachters: hun slachtoffer wilde het ook, ze was alleen niet in staat het toe te geven. Sommige mannen waren er daadwerkelijk van overtuigd dat hun slachtoffer verliefd was, bijvoorbeeld door een enkele blik in hun richting of een vriendelijk praatje.

'Maar ze wilde niet en dus diende u haar drugs toe.'

Alec zweeg even. 'Het zou haar losser maken, wist ik. Ze zou meer durven.'

'GHB heeft als eigenschap dat een slachtoffer willoos wordt, dat zou u als arts moeten weten.'

'Ik gaf haar niet veel.'

'Via haar drankje misschien. Maar u heeft het ook met een injectie toegediend.'

'Omdat het niet werkte. Ze had te weinig van dat drankje gedronken, denk ik. En ineens ging ze moeilijk doen, maar ik wist gewoon dat ze het wilde. Dus toen heb ik het voor ons beiden makkelijker gemaakt.'

'U wist heel goed dat ze het niet wilde', zei Sofía scherp.

Alec haalde kort zijn schouders op en ging er niet op in.

Sofía veranderde van onderwerp. 'Wist Benthe het?' vroeg ze. 'U bent haar tegengekomen op de bovenverdieping waar, naar ik aanneem, de verkrachting heeft plaatsgevonden.' Scherp registreerde ze het korte knikje van Alec bij haar aanname. Maar daarna schudde hij zijn hoofd.

'Ze vroeg me achteraf wat ik daar had gedaan op dat moment, meer niet. Ik zei dat ik me ziek voelde. Dat was het, ze vroeg niet verder.'

Sofía had moeite te geloven dat iemand met de scherpte van Benthe niet aan elkaar zou hebben gelegd dat Alec boven rondliep en dat Laura was verkracht, maar ze kon het haar niet meer vragen. 'Dus ze had volgens u geen enkel vermoeden? Ze heeft zelfs niet gevraagd of u misschien meer wist van de verkrachting? Al was het maar of u iemand had gezien?'

In Alecs blik zag ze iets van triomf toen hij nee zei. Hij wist ook dat de inhoud van een eventueel gesprek nooit aan het licht zou komen.

Ze vroeg door, over zijn bezigheden die dag dat Benthe overleed, over waar hij was, met wie, hoe laat. Hoewel ze scherp en priemend in zijn richting keek en ieder antwoord in zich opsloeg om het even later weer te gebruiken als hij er ook maar iets van afweek, kon ze niet om het simpele feit heen dat Alec de hele tijd in zijn hotel was geweest.

Ze gooide het over een andere boeg. 'Nadat u Laura had verkracht, moest u ook nog met Cynthia afrekenen, nietwaar? Zij had u immers ook gezien.'

'Ik moest met helemaal niemand afrekenen. Ik heb Laura naar beneden gebracht en voor het hek gezet, met twintig euro voor de taxi in haar hand. Daarna ben ik met een andere taxi naar het hotel gegaan. Mijn vriendin kan bevestigen dat ik daar al was toen zij aankwam, en dat was voordat Cynthia überhaupt in dat zwembad lag.' Hij ging verzitten en staarde haar aan. 'Ik begrijp best dat u hoopt dat u allerlei zaken in één keer kan oplossen, rechercheur. Maar u moet uw huiswerk beter doen.'

Sofía negeerde zijn opmerking. 'Wat vindt uw vriendin er eigenlijk van dat u Laura heeft verkracht?'

Ze wist niet goed wat ze had verwacht, maar dat de blik op Alecs gezicht er eentje van minachting zou worden in elk geval niet. 'Ach, zij...' De minachting was ook hoorbaar in zijn stem. 'Zij zal mij altijd geloven. Zonder mij is zij niets.'

Sofía trok haar wenkbrauwen op. 'Dat zegt u stellig.'

'Omdat het zo is.' Alec leek zich niet te schamen voor zijn arrogantie. 'Dat Annemarie staat waar ze nu is, is dankzij mij.'

Sofía had tot nu toe al niet veel opgehad met Alec Groothuizen, maar nu moest ze echt moeite doen om hem niet te zeggen hoe ze over zijn woorden dacht. Ze dacht aan zijn vriendin – tenger, donker haar, een lieve blik in haar ogen. Knap, ontegenzeggelijk, en toen Sofía het eerste gesprek met haar had gevoerd, was ze slim op haar overgekomen. Sofía had moeite zich voor te stellen dat zo iemand niet kon bestaan zonder... Ja, zonder wat eigenlijk? Het geld van haar man? De status?

'Haar achtergrond en de mijne zijn uiterst verschillend', zei Alec ter verklaring. 'In het Nederlands hebben we een uitdrukking dat wie als dubbeltje geboren is, nooit een kwartje zal worden. Annemarie is het bewijs van het tegendeel. Omdat ik het kwartje ben.'

Sofía moest die zin in haar hoofd herhalen om hem te begrijpen. 'En dus zal ze liever geloven dat haar vriendin alles in het werk heeft gesteld om haar man te verleiden dan dat haar man diezelfde vriendin heeft verkracht?'

Alec kneep zijn ogen samen. 'Ja', zei hij na enig nadenken. 'Dat denk ik wel.'

Sofía wisselde een vluchtige blik met Manuel. Eerder had ze Annemarie gebeld om haar op de hoogte te stellen van wat haar man had gezegd, namelijk dat hij door Laura was verleid. De bekentenis die hij net had gedaan, wilde ze echter liever persoonlijk overbrengen, waarbij ze de reactie van Annemarie scherp zou monitoren.

Ze stond op en zag dat het afbreken van het verhoor Alec verbaasde. 'U wordt teruggebracht naar uw cel, meneer Groothuizen. We gaan op een later moment verder.'

Na die woorden liep ze met vlugge passen de kamer uit. Het geluid van haar hakken weerkaatste tegen de kale muren. Ze voelde de blik van Alec Groothuizen in haar rug branden.

'Stil!' Annemarie duwde het mes hard tegen Laura's keel. 'Niemand zal je horen. Het is helemaal niet toegestaan om in dit natuurgebied te komen.'

Het hek, schoot het door Laura heen. Ze moest terug naar het hek. Daar zou ze andere mensen tegenkomen. Mensen die haar konden helpen. Paniek golfde door haar heen. Automatisch begon haar lichaam te bewegen en ze probeerde op te staan, maar het mes sneed dieper en ze voelde een felle pijn. Het volgende moment voelde ze een straaltje warm vocht over haar hals lopen. 'Dat zou ik niet doen', zei Annemarie uiterst kalm. 'Het is geen prettige wond, zo'n slagaderlijke bloeding.'

Laura slikte moeizaam en probeerde niet aan het bloed te denken. 'Wat wil je?' vroeg ze.

'Ach, Laura...' Het medeleven in Annemaries stem was gespeeld, dat hoorde Laura aan alles. 'Wat is het toch jammer dat het veel te laat is voor deze vraag. Wat ik had gewild, was dat je je leugens voor je had gehouden. Als Benthe dat ook had gedaan, was er niets aan de hand geweest. Maar nu hebben jullie mij gedwongen om jullie te stoppen. Benthe is er al niet meer en jij...' Ze bewoog even, het mes bewoog mee. Laura kreunde van de pijn.

'Ik zal het rechtzetten', probeerde ze toen. 'Echt, ik zal de politie vertellen dat ik heb gelogen. Dat ik Alec wilde en dat hij weigerde en dat ik toen bleef aandringen. Ik zal zeggen dat het mijn schuld was.'

Annemarie maakte een geluid dat grommend klonk. 'Lieg niet', zei ze alleen maar. 'Natuurlijk doe je dat niet. Je hebt al veel te veel gedaan, het enige wat ik kan doen is zorgen dat jij niet nog meer schade kan aanrichten. Sta op!' Het volgende moment trok Annemarie haar overeind. Laura voelde haar telefoon uit haar zak vallen en klauwde ernaar, maar Annemarie schopte hem weg. De wond aan haar hals brandde en Laura schreeuwde opnieuw. ‘Lopen’, zei Annemarie, toen Laura onvast op haar benen stond. Ze duwde haar richting de rand. Met al haar kracht stribbelde Laura tegen, maar Annemarie was sterker. Het volgende moment staarde Laura in de diepte en de puntige rotsen die zoveel meters lager op haar wachtten.

Hoofdstuk 18

'WE MOETEN OPSCHIETEN.' SOFÍA VOELDE ZICH VREEMD nerveus toen Manuel de politieauto voor het hotel parkeerde en ze naast elkaar naar binnen liepen. Sofía met snelle passen, Manuel er op een drafje achteraan. Ze had hem in de auto al verteld dat ze een vreemd gevoel had.

'De manier waarop hij over zijn vrouw praat, is echt tenenkrommend denigrerend', had ze gezegd. 'Maar stel dat het echt zo is, dat zij echt zo denkt over hem en haar status.' Bij dat laatste woord had ze met haar vingers aanhalingstekens in de lucht getekend. 'Dan wil ik graag weten hoe zij reageert als ze hoort dat haar man zelf heeft toegegeven dat hij tegen haar zin seks heeft gehad met Laura. Zoiets kun je als vrouw toch niet naast je neerleggen? Zeker als het om je vriendin gaat.'

Onderweg had Sofía naar Annemarie gebeld, maar ze had haar voicemail gekregen. Ook Laura had de telefoon niet opgenomen. Nu beende Sofía door het drukke resort naar de kamer van Annemarie. Ze klopte aan, en toen nog een keer, maar er werd niet opengedaan. Daarop belde ze opnieuw naar zowel Annemarie als Laura, maar beide oproepen bleven onbeantwoord.

'Dit klopt niet', zei ze tegen Manuel. 'Laura zou altijd opnemen als ik bel. Ze zit te wachten op meer nieuws.' Ze dacht even na en belde toen het nummer van Ruben. Hij nam wel meteen op.

'Met Sofía Peña', zei ze en ze realiseerde zich dat ze hem nog niet eerder had gebeld. 'Ik ben op zoek naar Laura, maar ze neemt haar telefoon niet op.'

'Ze is aan het wandelen', zei Ruben.

'Waar?'

'Dat weet ik niet precies. Annemarie is bij haar.'

Die toevoeging was genoeg om Sofía binnensmonds te doen vloeken, zacht genoeg om het niet hoorbaar te laten zijn voor Ruben.

'Waarom is Laura met Annemarie meegegaan?'

'Om te praten', zei Ruben. 'Voor Annemarie is dit natuurlijk ook niet makkelijk en het leek Laura goed om het erover te hebben.'

'Waar zijn ze naartoe?'

Ruben begon te merken dat Sofía gealarmeerd klonk. 'Dat weet ik niet. Ik neem aan naar het pad langs de oceaan. Wat is er dan?'

Sofía negeerde zijn vraag. 'Waar ben jij?'

'Op mijn kamer. Maar hoe...'

'We komen naar je toe.' Sofía verbrak de verbinding en keek naar Manuel. 'Ik heb echt moeite te geloven wat Alec over zijn vrouw zegt, maar stel dat het waar is...' Ze dacht razendsnel na terwijl ze in de richting van Rubens kamer begonnen te lopen. 'Wat zou ze dan doen? Hoe denkt iemand als zij?'

'Dan lijkt me dat ze boos is dat Alec überhaupt ergens van wordt beschuldigd', zei Manuel. 'Of boos... misschien is ze eerder bang. Bang om te verliezen wat ze heeft, en dat zal dan die status zijn. En geld.'

Sofía knikte. 'Het zit me echt niet lekker dat ze allebei hun telefoon niet opnemen.' Ze haalde haar mobiel tevoorschijn en belde José. Snel legde ze hem de situatie uit. 'Kun je een telefoon laten traceren? Ik app je het nummer.'

Hij beloofde de aanvraag te doen en er meteen vaart achter te zetten. Toestemming voor traceren kon zomaar een paar uur duren, maar in geval van uiterste spoed was het mogelijk het binnen tien minuten te regelen.

Ze bereikten de kamer en een bezorgde Ruben wachtte in de deuropening. 'Wat is er aan de hand?' vroeg hij terwijl hij opzijstapte. 'Denken jullie dat er iets met Laura is?'

Sofía aarzelde kort, maar besloot hem niet te vertellen wat Alec had gezegd. 'Het is van belang dat we hen beiden zo snel mogelijk spreken', zei ze. 'Je zei dat ze het pad langs de oceaan hebben genomen? Weet je ook welke kant op?'

'Ik weet het niet zeker', zei Ruben. Aan zijn gezicht was

te zien dat zijn bezorgdheid toenam. 'Ik denk richting de vuurtoren. Tot nu toe is Laura elke keer die kant op gelopen.' Hij pakte zijn telefoon. 'Ik belde haar al, maar ze neemt niet op. Misschien heeft ze geen netwerk.'

Het was Sofía opgevallen dat de telefoon afwisselend wel overging of meteen op de voicemail sprong. 'Laten we die kant op lopen', zei ze tegen Manuel en ze liep naar buiten. Ruben kwam achter hen aan, maar Sofía hield hem tegen. 'Ik denk dat het goed is dat jij hier wacht. Als ze terugkomt, laat het dan zo snel mogelijk weten. Heeft Laura een iPhone?'

Ruben knikte en Sofía vroeg hem of hij via zijn telefoon kon zien waar de hare was, maar hij schudde zijn hoofd. 'Dat hebben we niet aan staan.'

'Oké.' Sofía knikte een paar keer. 'Bel me als je haar ziet.'

Ruben wilde duidelijk nog iets zeggen, maar uiteindelijk sloot hij zijn mond en knikte. Sofía belde naar het bureau en vroeg om twee agenten extra om te helpen met het opsporen van Laura. Misschien was dat voorbarig, het was nog steeds mogelijk dat Laura en Annemarie gewoon waren gaan wandelen en zich in een gebied zonder telefoonbereik bevonden. Maar Sofía nam liever het zekere voor het onzekere.

Ze verlieten het resort via het hek aan de achterkant. Sofía keek vluchtig naar links, in de richting van Playa Blanca. Rechtsaf, had Ruben gezegd. Dat was de richting waarin Laura tot nu toe altijd had gelopen.

Naast elkaar stapten ze voort met snelle passen. Sofía

vertelde de twee opgeroepen agenten waar ze naartoe moesten. Daarna belde José om te zeggen dat Laura's telefoon uitgepeild zou worden om te bepalen waar die zich bevond. Sofía verhoogde haar tempo nog wat. Het was druk op het pad en ze slalomde tussen wandelaars en tegemoetkomende fietsers door.

'Als je verder loopt, buigt het pad af naar rechts', wist Manuel. 'Je kunt daar ook rechtdoor, maar dat stuk is niet toegankelijk voor het publiek.'

'Dat is het pad dat langs de rotsen voert, toch?' Sofía zette haar hand als een afdakje boven haar ogen. Even dacht ze dat ze Laura zag, maar toen ze dichterbij kwamen zag ze dat de vrouw weliswaar vrijwel dezelfde haarkleur had, maar zeker tien jaar ouder was.

'Daar is het hek', zei Manuel een paar minuten later. Het pad dat wel toegankelijk was, boog af naar rechts. Het hek dat een pad afsloot dat de ene keer wel en de andere keer niet voor publiek toegankelijk was, was gesloten. Er stond een bord bij dat het op dit moment niet toegestaan was om er te wandelen, in verband met de gladde rotsen en de soms harde wind.

Manuel probeerde het hek. 'Het is gewoon open', zei hij. Sofía kneep haar ogen samen. Ze pakte haar telefoon en vroeg de twee collega's die nog onderweg waren, naar het gebied te komen. 'Kom mee', zei ze tegen Manuel en ze duwde het hek verder open.

'Alsjeblieft...' Met alles wat ze in zich had probeerde Laura om Annemarie op andere gedachten te brengen. Ze zat op de grond, op haar knieën en keek omhoog. 'Laat me gaan. Echt, ik zeg niets meer tegen de politie over Alec. Ik zal ze vertellen dat ik het wilde en...' Het waren verloren woorden. Annemarie stond daar maar, neerkijkend op Laura, met om haar mond dat vreemde lachje alsof ze een wedstrijd had gewonnen waarvan Laura niet wist dat ze eraan meedeed.

'Denk goed na', probeerde Laura. 'Als je dit doet, als je mij nu duwt, dan zal de politie zeker weten dat er iets mis is. Ze denken al dat Alec mij heeft verkracht en dan kan ik het niet meer rechtzetten. Dan...' Ze hijgde een beetje. 'Dan weten ze zeker dat er iets mis is, en dan zullen ze jou ook verdenken. Dat wil je toch niet?'

Annemarie gaf geen antwoord. De woorden leken haar niet te raken, het was zelfs alsof ze ze niet hoorde. Het lachje werd breder.

Er volgden een paar seconden waarin het breken van de golven op de rotsen het enige geluid was. Vanuit haar ooghoek zag Laura het water opspatten, schuimend en dreigend. Vanaf de oceaan kwam een stevige wind, ze voelde de nevel op haar gezicht landen. Ze dacht aan Benthe. Was het bij haar ook zo gegaan?

De stilte duurde te lang. Ze moest praten, Annemarie afleiden, toch proberen haar over te halen om terug te gaan. In de stilte kregen Annemaries gedachten vrij spel en hoewel Laura niet precies wist wat er in haar hoofd omging, was ze er zeker van dat ze dat moest voorkomen.

'Waarom wil je dit?' vroeg ze. 'Wat wil je bereiken? Ik weet zeker dat er een andere manier is. Het hoeft niet te eindigen zoals bij Benthe, we kunnen een oplossing verzinnen.'

Nu reageerde Annemarie wel. Ze kneep haar ogen een beetje samen. Het lachje verdween, haar lippen werden een streep tot ze haar mond opendeed en een honend geluid liet horen. 'We kunnen een oplossing verzinnen', praatte ze Laura na. Daarna maakte ze weer dat geluid en schudde haar hoofd. 'Er is geen andere oplossing voor mensen als jij, Laura.'

'Hoe bedoel je? Hoe ben ik dan, volgens jou?'

'Ziekelijk jaloers.' Annemarie zuchtte diep, alsof ze een onwillig kind moest toespreken. 'Zolang ik met Alec ben, wil jij hem al. Jij wil mijn leven, mijn huis, ons geld. Die vriend van jou...' Ze maakte een minachtend geluid. 'Alec is zoveel beter, dat weet jij ook. Maar hij zal altijd voor mij kiezen. En nu probeer je hem kapot te maken, omdat je hem niet kan krijgen.'

Laura moest die woorden opnieuw afspelen in haar hoofd om te begrijpen wat Annemarie bedoelde. 'Maar waarom zou ik dat willen?' vroeg ze. 'Ik ben gelukkig met Ruben en ik gun jou alle geluk van de wereld met Alec. Dat weet je ook, dat heb ik zo vaak tegen je gezegd. Na alles wat je hebt meegemaakt, ben ik zo gelukkig voor jou dat het zo goed gaat met jou. Met jullie.'

'Dat is wat je zégt, ja.' Annemarie priemde met het mes in Laura's richting. 'Maar ondertussen kun je het niet verkroppen dat ik heb wat jij niet hebt. Je gunt mij helemaal niets, je wil het zelf hebben.'

'Maar Annemarie...' Laura's stem klonk opnieuw

smekend. ‘Ik vind het heel erg dat je dit denkt, maar het is echt niet waar. Ik wil jou helemaal niets afpakken, nooit.’

‘Je weet hoe hard ik heb geknokt om te komen waar ik ben’, zei Annemarie nu, Laura’s woorden negerend. ‘Ik had helemaal niets, mijn hele jeugd lang. Ik moest toekijken hoe iedereen een gezin had met liefde, aandacht, met geld en spullen en vakanties. Ik nooit. En nu ik alles heb, laat ik het door niemand afpakken.’

Laura deed haar mond open om iets te zeggen, maar sloot hem weer. Haar tong voelde als schuurpapier en lag dik en log in haar mond. Haar woorden bereikten Annemarie niet, de ontkenning die ze zo graag wilde overbrengen, was zinloos. De overtuiging zat zo diep genesteld in het hoofd van haar vriendin dat ze niet voor rede vatbaar zou zijn. Annemarie geloofde zelf alles wat ze zei en ze had het misschien al heel lang geloofd. Veel langer dan Laura wist. Voor de tweede keer kon ze zichzelf wel voor haar kop slaan dat ze niets had gemerkt. Niet aan Alec, die een kant had waarvan ze het bestaan nooit had kunnen vermoeden. En niet aan Annemarie, met donkere gedachten die giftige overtuigingen waren geworden.

Even keek ze naar beneden. Tussen de rotsen ontstonden schuimende draaikolkjes als het water zich terugtrok. Draaikolken die telkens werden overspoeld door nieuwe golven. Tijdrekken, dat moest ze proberen. Ruben zou haar missen, ze wist zeker dat hij ongerust zou gaan zoeken als ze te lang wegbleef. Ze had hem laten weten dat ze met Annemarie ging wandelen en hij zou weten welk pad ze zou nemen.

Het hek, bedacht ze en de paniek kwam opnieuw op, maar met al haar kracht hield ze die golf tegen. Paniek zou haar niet helpen. Kalm blijven, nadenken, dat moest ze doen. Praten. Uiteindelijk had Annemarie haar al over de rand kunnen duwen of haar kunnen verwonden met het mes, maar stond ze daar nog steeds en leek ze te wachten op iets dat zich niet aandiende. Zolang Annemarie bleef staan, was er tijd. En zolang er tijd was, had ze een kans.

'Waarom Benthe?' zei ze, om de aandacht van zichzelf weg te leiden. 'Waarom moest ze dood?'

De enige reactie kwam van Annemaries ogen, die van links naar rechts gleden, als een dier op zoek naar een prooi. 'Ze had niet de juiste intenties', antwoordde ze toen. 'Ze probeerde Alec gek te maken, net als jij. En toen dat niet lukte, wilde ze hem onderuithalen. Ze had allerlei verhalen bedacht die ze aan de politie zou vertellen. Dat kon ik niet laten gebeuren.'

'Maar je had...' Laura haalde diep adem. 'Je had met haar kunnen praten?'

Annemarie trok haar wenkbrauwen samen en schudde afwijzend haar hoofd. 'Praten deed zij al, en veel te veel. Ik moest haar wel stoppen.' Ze tuitte haar lippen en had blijkbaar een gedachte die een tevreden blik op haar gezicht deed verschijnen. 'Het was eigenlijk heel eenvoudig. Ze had precies verteld welke route ze ging lopen. Ik nam een taxi naar dat park en liep haar tegemoet en toen ze me zag, was ze nog blij verrast ook.'

Automatisch begonnen Laura's hersenen zich een voorstelling van dat moment te maken. Benthe, die natuurlijk enthousiast Annemarie had ontmoet. Annemarie die, zoals ze dat blijkbaar goed kon, haar rol vol overtuiging had gespeeld. En toen een omslag, een bizar moment waarop Annemaries ware bedoelingen waren bovengekomen.

Laura schudde haar hoofd. Ze dwong haar brein om te stoppen. De angst van Benthe, de paniek – niet aan denken nu. Ze moest scherp blijven. Benthe had geen kans meer. Zij wel.

'Het is zo eenvoudig om iets een ongeluk te laten lijken', zei Annemarie nu. 'Mij zullen ze nooit verdenken. Wist je dat de politie niet eens heeft gevraagd waar ik de hele middag was? Ze wilden weten waar Alec was, maar hij heeft zich bij het zwembad genoeg laten zien. Als de politie ernaar vroeg, zou ik zeggen dat ik op onze kamer aan het uitrusten was.' Ze lachte kort en nep. 'Maar natuurlijk had niemand interesse in waar ik was geweest.'

'Weet Alec het?' vroeg Laura nu. Haar mond was zo droog dat praten steeds moeizamer ging. 'Weet hij wat jij hebt gedaan?'

Vreemd genoeg leek die vraag Annemarie te verbazen. 'Wat doet dat ertoe? Ik deed het voor hem. Voor ons. Dat is genoeg.'

'Heb je het hem verteld?' Laura ging verzitten. De wond in haar hals schuurde, maar het bloeden leek te zijn gestopt. Ze wist dat de politie ook onderzocht of Alec met de dood van Benthe te maken had. Als hij wist dat Annemarie het had gedaan, zou hij dat dan zeggen?

'Nee.' Annemarie schudde met haar hoofd met korte, bruuske bewegingen. 'Hij weet dat ik er alles aan doe om te beschermen wat wij hebben en dat is genoeg. Hij kan op mij rekenen, altijd. Hij zal nooit iemand vinden die meer om hem geeft en beter voor hem is dan ik.'

Laura sloot even haar ogen. Ze had het altijd lief gevonden hoe Annemarie Alec adoreerde. Ze was blij voor haar vriendin geweest dat ze een man had gevonden die in zoveel opzichten voldeed aan haar ideaalbeeld. Nooit had ze gezien dat het geen normale vorm van liefde was. Dat het geen adoreren was. Dat het een obsessie was.

'Hij kan op mij rekenen', herhaalde Annemarie. 'En nu hij is opgepakt, moet ik hem uit de politiecel krijgen. Het kan me niet schelen wat daarvoor nodig is, het zal me lukken.' Ze was sneller gaan praten. 'Hij moet weten dat ik alles voor hem doe.'

Annemaries greep om het lemmet van het mes verstevigde zich. 'Alles', herhaalde ze en ze keek Laura met samengeknepen ogen aan. 'Jij zal hem niet meer kunnen raken, nooit meer.'

'Maar ik...' Laura kwam overeind, maar onmiddellijk schoot Annemarie naar voren. Laura week naar achteren, maar voelde de rand van de klif onder haar voeten. Haar hartslag schoot wild omhoog. Ze liet zich struikelend voorovervallen en haar gezicht kwam gevaarlijk dicht bij het mes. 'Terug', zei Annemarie en ze duwde het mes in haar richting. Laura blikte achterom, het was hooguit een halve meter tot de rand. 'Verder terug', herhaalde Annemarie. 'Je bent te ver gegaan, Laura. En je hebt verloren.'

Sofía's telefoon liet een kort piepje horen en ze greep het toestel uit haar zak. 'Het is José', zei ze tegen Manuel. 'Laura's telefoon heeft als laatste contact gehad met de zendmast in de buurt van het hotel en daarna nergens anders meer.' Ze kneep haar ogen samen en dacht na. 'Dus ze kan niet ver zijn, of haar telefoon heeft geen bereik.' Er kwam een oproep binnen en ze nam vlug op toen ze zag wie het was. 'Ruben, met Sofía.'

'Hebben jullie haar al gevonden?'

'Nee, heb je contact met haar gehad?'

'Ze neemt niet op en ze is ook niet teruggekomen.' Zijn stem trilde van bezorgdheid. 'Dit is echt niets voor haar. Ik wil helpen zoeken, waar zijn jullie?'

Sofía begreep zijn gevoel maar nu ze vrijwel zeker wist dat Laura in gevaar was, was het juist belangrijk dat hij niet zou komen. 'We zijn hier met meerdere politiemensen aanwezig', zei ze, hoewel ze ook wel begreep dat hij daar geen geruststelling uit zou halen. 'We doen er alles aan om haar te vinden.'

'Maar ik...'

Sofía onderbrak hem en zei dat ze moest ophangen. Daarna nam ze het wisselgesprek op dat was binnengekomen en dirigeerde agent Ortega en zijn collega Cruz naar de juiste plek. Beide mannen haalden hen nog geen minuut later in. 'We lopen dit pad af', zei Sofía. 'Er is feitelijk maar één route, geen vertakkingen. Ortega, Cruz, jullie nemen de kant van de oceaan voor jullie rekening en kijken naar beneden. Manuel, wij richten ons op de andere kant.' Die andere kant bestond uit een vlakte en het zou niet moeilijk zijn die te overzien.

Haar drie collega's knikten en ze liepen verder. Sofía hield het tempo, maar ze wilde tegelijkertijd ook geen aanwijzingen missen die zich misschien links of rechts van het pad zouden bevinden. Vanaf de oceaan kwam een zoute wind en af en toe zag ze een hoge golf opspatten tot de rand van de rots. Hoog in de lucht kraste een roofvogel. Af en toe bleef ze kort staan om te luisteren, maar de geluiden van de natuur waren de enige die haar oren vulden.

Ze liepen vijf minuten, zes, en toen bleef Sofía zo plotseling staan dat Manuel haar meteen onderzoekend aankeek. 'Wat is er?'

'Hoor jij dat ook?'

'Wat?' Hij kneep zijn ogen samen. Ook Ortega en Cruz stonden nu stil. 'Ik hoor niets', zei Manuel, maar Sofía wist dat haar oren haar niet bedrogen. 'Ik hoorde stemmen', zei ze zacht en ze luisterde opnieuw, maar nu was alles weer stil, op de schorre roep van de vogel na.

'Daar!' Sofía stak haar vinger in de lucht. 'Ik hoor het weer.'

Manuel knikte aarzelend. 'Maar was het niet de wind?'

'Nee.' Sofía zette zichzelf weer in beweging, steeds sneller. Jaren van politiewerk hadden haar zintuigen gescherpt. Ze had de stem van een vrouw gehoord, geen twijfel mogelijk.

Haar drie collega's volgden haar op de voet. Het pad maakte een bocht en Sofía hield haar pas even in. Het volgende moment dook ze omlaag en opzij en ging naast het pad op haar hurken zitten. Haar collega's volgden onmiddellijk haar voorbeeld.

Daar, op het randje van de klif, zat Laura op haar knieën.

Boven haar uit torende Annemarie. Sofía's blik viel op het grote mes dat blikkerde in het zonlicht. Ze vloekte zacht en binnensmonds. Het was nog erger dan ze dacht.

'Doe het niet!' Laura stak afwerend haar handen op. 'Er moet een andere manier zijn en ik...' Ze boog naar voren om maar bij die rand weg te zijn. 'We zijn altijd vriendinnen geweest. Ik geef om je en jij...' Ze hijgde paniekerig. 'Betekende dat dan helemaal niets voor jou?'

'Betekende het niets voor jóú?' kaatste Annemarie terug. 'Als dat zo was, had je nooit gedaan met Alec wat je hebt gedaan.'

'Ik heb niet...' begon Laura, maar ze maakte de zin niet meer af. Annemarie luisterde toch niet.

'Benthe probeerde hetzelfde', zei Annemarie nu, alsof ze een leuk weetje met Laura deelde. 'Die ging op het laatste moment ook ineens doen alsof ze zo'n goede vriendin was.' Ze grinnikte, maar er klonk geen enkele vreugde in door. 'Geestig hoe die dingen gaan', zei ze. 'Blijkbaar is een mens vlak voor de dood bereid om overal over te liegen. Of, nou ja...' Ze keek nadenkend. 'Niet alleen vlak voor de dood.'

Laura probeerde onopvallend naar links en naar rechts te kijken. Als ze heel snel was, kon ze misschien rennen. Naar rechts, het pad af. Annemarie was snel en sportief, maar dat was Laura ook. Het hardlopen had haar een goede conditie gegeven. De adrenaline die door haar aderen vloog, zou haar extra snelheid geven. Ze keek naar Annemarie, en toen naar het pad. Eén kans, hooguit. Het moest in één keer gebeuren.

Ortega en Cruz hadden hun dienstwapens getrokken en hielden die nu tussen hun beide handen, de loop naar beneden. Sofía probeerde nog steeds om de situatie zo volledig mogelijk in te schatten. Ze kon niet verstaan wat er werd gezegd, maar de situatie maakte duidelijk dat Annemarie een kant had waarvan ze het bestaan tot nu toe niet had vermoed. Ze sloot even haar ogen. Had ze het maar eerder ontdekt, dan was Laura nu niet in gevaar geweest. Maar er was nooit één aanwijzing geweest. Annemarie had haar rol zo vol overtuiging gespeeld.

Ortega keek naar haar en daarna naar zijn collega. 'Wat doen we? Ik heb geen vrij schot.'

'Ik ook niet', zei Cruz. 'Maar misschien als ik daar aan de andere kant weet te komen.'

Sofía keek voor zich uit. 'Dan ziet ze ons', zei ze. 'En ik ben bang dat ze Laura dan duwt.'

'Als ik laag bij de grond blijf, kan ik uit het zicht blijven', zei Cruz. 'En dan benaderen we haar van twee kanten.'

Sofía dacht even na en knikte toen een paar keer. 'We moeten heel snel handelen. Ik durf niet te zeggen wat er gebeurt als ze ons in de gaten krijgt.'

Cruz knikte, liet zijn blik gaan over de twintig, dertig meter die hij af te leggen had en begon zich toen ineengedoken te verplaatsen. Annemarie hield haar blik strak op Laura gericht. Cruz hield stil en dook verder naar de grond voor hij zijn weg vervolgde. Sofía hield haar adem in, maar hij bereikte de andere kant van Annemarie zonder gezien te worden. Met beide handen hief hij zijn wapen vanachter een rotsblok en daarna knikte hij naar zijn collega's. Ortega sloop bij Sofía en Manuel vandaan en nam ook zijn positie in. Sofía wist dat zij het teken moest geven. Vanaf haar positie had ze het beste zicht. Ze haalde diep adem en wachtte op het juiste moment. De seconden tikten verder. Annemarie deed een stap naar voren.

'Nee!' gilde Laura. Dit was het, schoot het door haar heen. Dit was het moment. Haar enige moment. Ze sprong overeind, struikelde half en viel op haar knie, maar ze krabbelde overeind en begon te rennen. Annemarie kwam onmiddellijk in actie. Laura voelde haar aanwezigheid achter haar, veel te dichtbij. Ze schreeuwde en rende en wist dat ze niet snel genoeg was. Paniek trok in hoge, hete golven door haar hele lichaam en benam haar de adem. Het volgende moment klonk er een knal en automatisch liet Laura zich op de grond vallen. Annemarie was juist overeind gevlogen en stortte zich in haar richting. Het mes blikkerde naast Laura's hoofd. Ze draaide zich om en opende haar ogen en wist niet of de persoon die ze zag staan echt was of dat ze alleen maar heel graag wilde dat er iemand was. Toen klonk er een stem.

'Dit is Sofía Peña', zei Sofía, nadat Ortega met een waarschuwingsschot Annemarie aan het wankelen had gebracht. 'Annemarie, je staat onder arrest in verband met de dood van Benthe van der Sluijs. Er zijn twee vuurwapens op je gericht, die gebruikt zullen worden als je probeert te vluchten of als je Laura iets aandoet. Geef je over door op je knieën te zitten en je handen in de lucht te houden. Het mes laat je vallen.'

Sofía deed enkele passen naar voren. Ortega en Cruz waren Annemarie nu zo dicht genaderd dat ze hun wapens konden gebruiken zonder Laura te verwonden. De eerste horde was genomen. Ze hield haar blik strak op Annemarie gericht. 'Het is voorbij', zei ze toen Annemarie niet reageerde.

Het duurde vijf seconden, toen zes, zeven. Sofía telde in haar hoofd tot tien en toen tot vijftien en al die tijd verroerde Annemarie zich niet. Ze hield het mes omhoog. Laura kroop bij haar vandaan en bleef buiten haar bereik zitten. 'Geef je over', zei Sofía. 'Dan vallen er geen gewonden.'

Wat er daarna gebeurde ging zo snel dat Sofía's hersenen niet genoeg tijd hadden om te verwerken wat haar ogen registreerden. Waar ze had verwacht dat Annemarie de uitzichtloosheid van haar situatie zou begrijpen en zich op haar knieën zou laten vallen, draaide de vrouw zich razendsnel om en begon bij de beide gewapende agenten vandaan te rennen. Vijf meter, toen tien. Op het moment dat Ortega en Cruz begonnen te rennen, begreep Sofía wat Annemarie van plan was. 'Nee!' riep ze luid en ze rende die richting op, maar het was al te laat.

Het laatste wat ze zag was de beweging waarmee Annemarie haar dood tegemoetsprong.

Hoofdstuk 19

De klik waarmee Laura haar koffer sloot, klonk als zoveel meer dan de simpele sluiting op haar Samsonite. Het klonk als de afsluiting van de vakantie waarvan ze wenste dat ze er nooit aan was begonnen, de afsluiting van het deel van haar leven waarin ze Benthe nog had gehad, de afsluiting van wat ze haar vriendengroep had genoemd – misschien wel de afsluiting van haar leven waarin ze de ongekende luxe van het vertrouwen in anderen had gehad.

Dat was voorbij. Benthe was dood, haar vertrouwen was weg en ze zou voor altijd moeten leven met de vraag hoe ze zoveel dingen niet had gezien. Alec, het roofdier dat zijn zinnen op haar had gezet en niet had gerust tot hij kreeg wat hij wilde. Die al de dag ervoor drugs en een injectienaald had gekocht, die zijn prooi had bepaald en zijn aanval had voorbereid. Die nooit had gedacht dat hij, de koning der roofdieren, gepakt zou worden en toen dat toch gebeurde, had verwacht dat hij zou wegkomen met een vernederende leugen. De enige die hem door had gehad, was Benthe. En dat was een fatale ontdekking gebleken.

'Heb je alles?' vroeg Ruben, die zijn koffer ook sloot. Laura knikte en keek op haar horloge. Nog een uur voor ze met een taxi naar het vliegveld zouden vertrekken. Het liep tegen het einde van de middag. Vanochtend waren de ouders van Benthe met de kist van hun dochter naar Nederland vertrokken. Laura had begrepen dat het lichaam van Annemarie na een kort onderzoek door de patholoog-anatoom was vrijgegeven, maar dat haar familie haar niet kwam ophalen. Ze wist niet wanneer de kist met daarin Annemarie naar Nederland zou vertrekken. Het enige wat ze hoopte, was dat het niet met hetzelfde vliegtuig als zij zou zijn. Natuurlijk zou ze dat niet zien of merken, maar het idee bezorgde haar een ijskoud gevoel.

Haar telefoon ging en ze nam op toen ze zag dat het Cynthia was. 'Hoe gaat het?' vroeg de vrouw met een stem die droop van medeleven. Ze had Laura vandaag al een paar keer gebeld en had aangeboden om naar haar toe te komen, ook al was ze pas gistermiddag uit het ziekenhuis ontslagen.

'Tja.' Laura haalde diep adem. 'We hebben de spullen ingepakt en gaan zo naar het vliegveld.'

'Als er iets is dat wij kunnen doen, laat het ons dan weten', zei Cynthia en ook dat was niet voor het eerst. 'Ik vind het zo verschrikkelijk voor jullie.'

Cynthia had eerder gezegd dat ze wilde dat ze het feest nooit had gegeven, omdat het dan allemaal niet was gebeurd. Maar Laura wist inmiddels dat het niet had uitgemaakt. Alec had zijn prooi al veel eerder bepaald, Annemarie was al jaren geleden op haar pad van giftige gedachten beland. Als het niet op het feest was gebeurd, dan wel op een andere plek.

'Laten we blij zijn dat jij het hebt overleefd', had ze tegen Cynthia gezegd. 'Want ook dat had heel anders kunnen aflopen.'

Wat Cynthia was overkomen, was inmiddels door de politie officieel als ongeluk aangeduid. De combinatie van de verschillende soorten drugs met de alcohol had ertoe geleid dat ze bewusteloos in het zwembad terecht was gekomen en het was puur geluk dat ze op tijd was gered. Ze zou nog een periode van herstel nodig hebben, maar uiteindelijk zou ze weer de oude worden, hadden de artsen gezegd.

'Ik bel je straks nog wel even', zei Cynthia en ze nam afscheid. Laura legde haar telefoon aan de kant. Ruben zocht de laatste spullen bij elkaar, al had hij al een paar keer een rondje door de kamer gelopen zonder echt iets te zien.

Vannacht hadden ze allebei amper geslapen. Nadat Laura door in allerijl opgeroepen ambulancepersoneel was nagekeken en haar wond was verzorgd, was ze meegenomen naar het bureau om een verklaring af te leggen. Ruben mocht daarbij zijn en hij had de hele tijd haar hand vastgehouden. Gek genoeg leek het pas op dat moment tot haar door te dringen wat haar was overkomen, en hoe het had kunnen aflopen. Gedurende het gesprek was het alsof alle gebeurtenissen haar overspoelden. Alec, maar vooral ook Annemarie. Degene die ze zo lang had beschouwd als haar vriendin, was daadwerkelijk van plan geweest haar te vermoorden. Als Sofía en haar collega's niet op tijd waren gekomen... Laura zag weer voor zich hoe Annemarie op die rand stond, ijzig kalm. Hoe ze ineens sprong. Hoe er iemand schreeuwde, ze vermoedde dat ze dat zelf was geweest. Ze verbeeldde zich dat ze de klap had gehoord waarmee het lichaam op de rotsen terecht was gekomen en was achteraf blij dat een van de agenten haar bij de rand weg had gehouden toen ze had willen kijken. 'Ik denk niet dat je dit wil zien', had hij gezegd.

Sofía had haar in het gesprek alle tijd en ruimte gegeven om haar verhaal te doen. Een paar keer hadden ze het gesprek onderbroken voor een pauze – even naar buiten, op adem komen, en dan weer door. Zo had Laura met horten en stoten verteld wat Annemarie had gezegd en welke overtuigingen zich in haar hoofd hadden genesteld. Achteraf had ze zich uitgewrongen gevoeld, maar het gesprek had haar ook geholpen om op een rijtje te zetten wat als een hele verzameling losse flodders door haar hoofd schoot. Pas tegen middernacht was ze met Ruben naar het hotel teruggekeerd en toen hadden ze nog lange tijd met Roxanne en Sven en de ouders van Benthe zitten praten. Hetzelfde verhaal, keer op keer, proberend om het te snappen en om er grip op te krijgen, maar het zou nog een tijd duren voor ze het misschien zou begrijpen.

Er klonk een kort klopje op de deur en toen Ruben opendeed, kwam Sofía Peña binnen. 'Gaat het?' vroeg ze om zich daarna meteen voor haar vraag te verontschuldigen. 'Ik denk dat ik het antwoord wel kan raden.'

'Ja', zei Laura en ze haalde kort haar schouders op. 'Het is vooral heel vreemd allemaal.'

'Ik wilde nog even afscheid komen nemen. En ik wilde je laten weten dat Alec morgen wordt voorgeleid aan de rechter-commissaris die zijn voorarrest hoogstwaarschijnlijk met negentig dagen zal verlengen. We hopen zijn zaak zo snel mogelijk aan het Openbaar Ministerie te kunnen overdragen, zodat zijn proces van strafvervolging kan beginnen.'

Laura knikte een paar keer. 'Oké', zei ze. 'Dank je wel dat je me dat laat weten.'

'Heb je geslapen vannacht?' vroeg Sofía.

'Amper. Elke keer als ik mijn ogen sloot, zag ik het weer voor me.'

'Ik denk dat het goed is dat je terug in Nederland hulp zoekt voor het verwerken van dit trauma', zei Sofía. 'Dit is veel te groot om in je eentje te verwerken.'

Laura knikte een paar keer. Dat had ze al met Ruben besproken.

'Ik laat jullie met rust', zei Sofía. 'Goede reis terug naar huis en weet dat je me altijd kan bellen, je hebt mijn nummer.'

Laura omhelsde haar en keek haar daarna even aan. Ze hield haar hoofd schuin. 'Mooie jurk', zei ze en ze meende het. De rechercheur had haar vaste tenue van een donkere broek en een lichtblauwe blouse vervangen door een strakke, zwarte jurk met hoge hakken eronder.

'Ja.' Sofía glimlachte wat verontschuldigend. 'Een vriendin heeft me uitgenodigd om met haar collega's te gaan eten.'

Laura raakte nog even haar arm aan. 'Ik wil je bedanken voor alles. Zonder jou...' Ze haalde diep adem, maar maakte haar zin niet af. 'Dank je wel.'

Sofía hield haar blik even vast en knikte. Ze kneep in Laura's hand. Toen draaide ze zich om en liep op haar hoge hakken de kamer uit. Met een zachte klik trok ze de deur achter zich dicht.

Laura ging op de rand van het bed zitten. Ruben sloeg zijn arm om haar heen en trok haar tegen zich aan. Haar tranen drupten op de lichtblauwe stof van zijn shirt. Hij drukte een kus op haar hoofd. 'Huil maar', zei hij. 'Huil maar zo lang als het nodig is. Ik ben er voor je.'

Laura bleef zitten en dacht aan wat hij vannacht had gezegd. Dat hij natuurlijk net zo geschrokken en verdrietig en verbijsterd was als zij, maar dat hij óók belangrijke lessen had geleerd. 'Ik had je net zo goed kunnen verliezen, Lau', had hij met tranen in zijn ogen gezegd. 'En zo lang als ik leef zal ik me dat realiseren en iedere dag zielsgelukkig zijn met jou aan mijn zijde.'

Laura voelde alweer tranen opkomen. Ze legde haar hoofd weer op Rubens schouder en nestelde zich in de warmte van zijn omhelzing.

Ciao Bella
€ 17,50

Sneeuwblind
€ 15,-

Provence

€ 10,-

Zandvoort aan Zee

€ 15,-

Familiediner

€ 10,-

Bloedkoraal

€ 7,50

Strandslag Texel

€ 12,50

Ibiza Club

€ 7,50

Zoutelande

€ 12,50

Costa Brava

€ 6,-

Bestemming Bonaire

€ 6,-

Zomernacht

€ 6,-

Casa Ibiza

€ 6,-

Winterwereld

€ 6,-

Zomerhuis

€ 6,-

Winterzon

€ 6,-

Zeezicht

€ 6,-

De jaarclub

€ 6,-

Vive la France

€ 6,-

Ski resort

€ 6,-

Villa Toscane
€ 6,-

Off piste
€ 6,-

Viva España
€ 6,-

Winter chalet
€ 6,-

Blue Curaçao
€ 6,-

Piste alarm
€ 6,-

Last minute
€ 6,-

Vakantievrienden
€ 6,-

Voetbalvrouwen
€ 6,-

Linda van Rijn is bestsellerauteur van vakantiethrillers. Van haar boeken zijn meer dan 2,5 miljoen exemplaren verkocht. Linda van Rijn is het pseudoniem van Mariëtte Middelbeek. Zij is journalist en auteur en publiceert ook onder haar eigen naam. Naast romans, bundels met waargebeurde verhalen en (jeugd)thrillers schrijft Mariëtte historische romans in de serie Vrouwen van Vechtlust.

ISBN 978 94 6068 475 3
€ 21,99

ISBN 978 94 6068 605 4
€ 21,99

Colofon

Redactie: Karin Dienaar
Omslagontwerp: Riesenkind
Omslagbeeld: Dreamstime.com, Igor Mojzes (vrouw) / Paop (panorama)
Zetwerk: Mat-Zet bv, Huizen
Druk: Wilco

Eerste druk oktober 2022

ISBN 978 94 6068 613 9
E-ISBN 978 94 6068 717 4
NUR 305

Uitgeverij Marmer BV
Noorderstraat 55
3742 BB BAARN
T: +31 649881429
I: www.uitgeverijmarmer.nl
E: info@uitgeverijmarmer.nl

@lindavanrijnthrillers
@lindavanrijnthrillers